# TOTAL WAR
# A ESPADA DE
# ÁTILA

**Obras do autor publicadas pela Galera Record**

TOTAL WAR - ROME: Destruição de Cartago

TOTAL WAR: A espada de Átila

# DAVID GIBBINS

# TOTAL WAR
# A ESPADA DE ÁTILA

Tradução de
RYTA VINAGRE

1ª edição

— *Galera* —
RIO DE JANEIRO

2015

CIP-BRASIL. CATALOGAÇÃO NA FONTE
SINDICATO NACIONAL DOS EDITORES DE LIVROS, RJ

G379t
Gibbins, David
  Total War: A espada de Átila / David Gibbins; tradução Ryta Vinagre. – 1ª ed. – Rio de Janeiro: Galera Record, 2015.
  (Total War; 2)

  Tradução de: Total War: The Sword of Attila, vol. 2
  Sequência de: Total War-Rome: Destruição de Cartago
  ISBN 978-85-01-10272-0

  1. Ficção canadense. I. Vinagre, Ryta. II. Título. III. Série.

14-18215
CDD: 028.5
CDU: 087.5

Título original
*Total War: The Sword of Attila*

Copyright © David John Lawrence Gibbins, 2015

Os direitos do autor foram assegurados por acordo através do Copyright, Designs and Patents Act 1988.

Direitos exclusivos de publicação em língua portuguesa somente para o Brasil adquiridos pela
EDITORA RECORD LTDA.
Rua Argentina 171 – Rio de Janeiro, RJ – 20921-380 – Tel.: 2585-2000
que se reserva a propriedade literária desta tradução.

Impresso no Brasil

ISBN 978-85-01-10272-0

Seja um leitor preferencial Record.
Cadastre-se e receba informações sobre nossos lançamentos e nossas promoções.

Atendimento e venda direta ao leitor:
mdireto@record.com.br ou (21) 2585-2002.

# Agradecimentos

Sou muito grato a meu agente, Luigi Bonomi, da LBA; a Rob Alexander da Creative Assembly e Sega; a Jeremy Trevathan, Catherine Richards e à equipe da Pan Macmillan no Reino Unido; a Peter Wolverton, Anne Brewer e à equipe da St Martin's Press, em Nova York; a todos os meus outros editores e tradutores; e todos na Creative Assembly e na Sega por suas informações. Sou particularmente grato a Martin Fletcher pelo excelente trabalho editorial, a Jessica Cuthbert-Smith pela preparação de originais e a Ann Verrinder Gibbins pela revisão e os conselhos muito úteis ao longo do caminho.

Quando eu estava na escola, meu pai me incentivou a ler o romance de Robert Graves *Conde Belisário*; isto, por sua vez, levou-me à principal fonte de Graves, Procópio, depois a Jordanes e Prisco, os historiadores que dão *insight* sobre as invasões bárbaras do século V e o mundo de Átila, o Huno. Meu envolvimento com o período romano tardio como arqueólogo começou quando passei um verão numa expedição à Sicília, acampado nas ruínas de Caucana, sítio identificado por Belisário como o ponto de embarque para a reconquista de Cartago dos vândalos no século VI. Na Sicília, pesquisávamos naufrágios dos séculos IV e V, uma experiência que me permitiu uma visão atenta da arqueologia do período. Mais tarde, pude expandir esse interesse por meio de escavações em Cartago, bem como na Itália, na Grã-Bretanha e em outros lugares que aparecem neste romance, alguns possibilitados pelo financiamento do conselho canadense de Pesquisa em Ciências Sociais e Humanas, da Faculdade de Estudos Clássicos da Universidade Cambridge e do Corpus Christi College, em Cambridge, aos quais sou grato.

Devo um agradecimento especial a minha filha Molly por me acompanhar na escalada de inverno no País de Gales, passando pelo lago Glaslyn e subindo ao monte Snowdon, onde tive a ideia para o epílogo, e aos muitos estudantes que trabalharam em uma escavação que organizei ao lado do rio Dee, onde em certa ocasião ergui uma placa com a inscrição **LEG XX,** como Flávio faz na cena final deste romance.

"Quando certo pastor viu uma novilha de seu rebanho mancando sem nenhum motivo para estar ferida, seguiu ansiosamente o rastro de sangue e chegou por fim a uma espada em que o animal pisara involuntariamente ao pastar a relva. Ele a puxou e levou diretamente a Átila. Este se alegrou com o presente e, sendo ambicioso, pensou ter sido nomeado governante de todo o mundo e que, pela Espada de Marte, a supremacia lhe estava assegurada em todas as guerras."

                 Jordanes (c. 550 d.C.), XXXV, 83, citando o historiador do
                 século V Prisco, testemunha ocular da corte de Átila

"Eles são equipados levemente para o movimento rápido e inesperado na ação; dividem-se decidida e repentinamente em faixas espalhadas e atacam, precipitando-se em distúrbios aqui e ali, provocando uma atemorizante carnificina (...). Não se hesitaria em considerá-los os mais terríveis de todos os guerreiros, porque lutam à distância com projéteis, (...) depois galopam pelos espaços e combatem corpo a corpo com espadas, sem consideração pela própria vida e, enquanto o inimigo se protege dos ferimentos a golpes de espada, jogam nos adversários tiras de pano trançados com nós corrediços e assim os enredam a agrilhoar seus membros (...)."

         Amiano Marcelino (c. 380 d.C.), XXXI, 2, 8-9, sobre os hunos

## Introdução histórica

O século V foi um dos períodos mais importantes de toda a história, um momento de turbulência violenta e guerra que marcou a transição do mundo antigo para o medieval. Quase quinhentos anos depois de Augusto tornar-se o primeiro imperador e oitocentos anos depois de Roma iniciar suas guerras de conquista, o Império romano era uma estrela em declínio: não estava mais na ofensiva, mas lutava contra invasões bárbaras que ameaçavam consumi-lo. O impensável aconteceu: a própria Roma fora pilhada por um exército de saqueadores godos no ano 408 d.C. Muita coisa mudou desde os dias de glória do império, três séculos antes. Roma agora era cristã, com uma nova hierarquia de padres e bispos. O império foi dividido ao meio, com dois imperadores e novas capitais em Constantinopla e Milão, ambas dilaceradas por rivalidades dinásticas e lutas internas. O exército romano mudara a tal ponto que era quase irreconhecível; havia muito se foram os antigos legionários, substituídos por homens que podiam ter origem bárbara. No entanto, ainda havia aqueles na classe dos oficiais romanos que remontavam aos dias antigos, homens imersos nas tradições dos Césares e dos grandes generais da República, homens que acreditavam que a antiga imagem de Roma podia ser impelida uma última vez para organizar o exército contra as forças das trevas que caíam sobre ela; portanto, eles marchariam, defendendo a honra dos legionários e generais do passado, se houvesse uma batalha final.

Para muitos, o futuro reservava apenas morte e destruição. O bispo Agostinho abandonou os prazeres terrenos e mirou apenas na promessa do céu, a Cidade de Deus. Os monges de Arles acreditavam que o Apocalipse bíblico caía sobre eles. Entretanto, pela primeira vez na história romana vemos os escritores da época absortos no que poderíamos chamar de "estratégia grandiosa". Deveria Roma apaziguar os bárbaros, oferecendo-lhes concessões e terras, ou enfrentá-los militarmente? Este debate preocupava todos os níveis da sociedade, envolvendo mesmo o soldado mais humilde em um nível de pensamento estratégico raro entre seus antepassados legionários. O principal comentarista dos anos em que se ambienta este romance, Prisco de Panio, foi ele próprio um diplomata e muito preocupado com esta questão. Sua obra sobrevive apenas em fragmentos e ele tinha pouco interesse pela narrativa militar — nossa reconstrução dos grandes cercos e batalhas deste período exige ainda mais imaginação do que as batalhas do segundo século a.C. descritas em meu livro anterior *Total War-Rome: Destruição de Cartago*. Porém, assim como o historiador Políbio foi uma testemunha ocular da destruição de Cartago em 146 a.C., o próprio Prisco foi para a corte de Átila, o Huno, e nos dá uma imagem extraordinariamente nítida do que viu. É por ele que sabemos do mito de que os hunos nasceram de grifos, de seus rituais funerários sangrentos, do culto da espada, de todas as razões por que Roma tinha muito a temer deste novo inimigo terrível que levou o império do Ocidente ao precipício nos meados do século V.

Um resumo mais detalhado deste período e do exército da Roma tardia pode ser encontrado na Nota do Autor no final deste romance, bem como uma nota sobre as fontes históricas e arqueológicas.

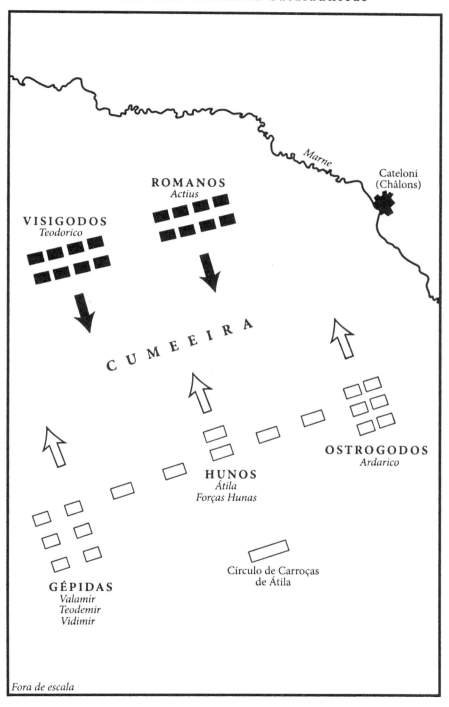

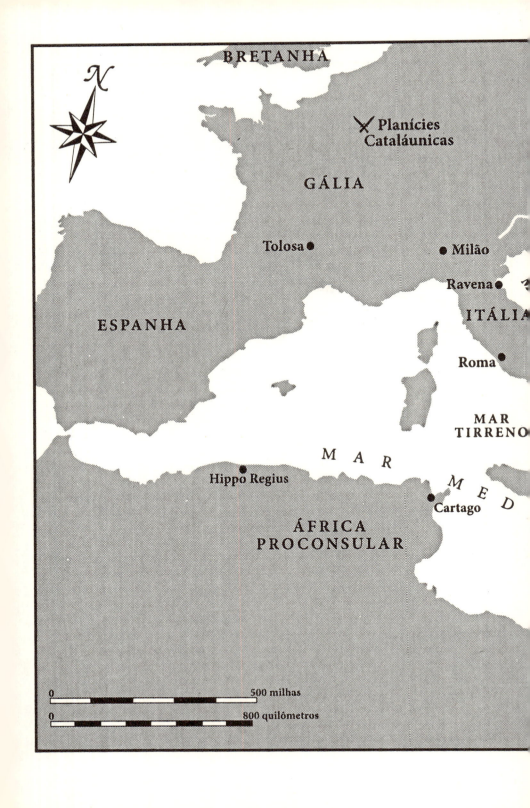

# O Mundo Mediterrâneo, 5º século d.C.

- Capital Huna
- Rio Danúbio
- MAR NEGRO
- Adrianópolis ✗
- Constantinopla
- GRÉCIA
- MAR EGEU
- ÁSIA MENOR
- MAR JÓNICO
- Atenas
- IMPÉRIO SASSÂNIDA
- MEDITERRÂNEO
- Alexandria
- EGITO

# Glossário

Termos da Roma tardia utilizados neste romance:

*Césares* — Termo genérico para os primeiros imperadores, até Adriano

*Centurião* — A posição consagrada de um antigo oficial não comissionado de um *numerus* (ver abaixo)

*Comes* — ("Conde"), o comandante de um exército *limitanei*

*Comitatenses* — ("Companheiros"), um exército de campo

*Dux* — ("Duque"), o comandante de um exército *comitatenses*

*Foederati* — Bandos de guerreiros bárbaros aliados dos romanos

*Limitanei* — Um exército de fronteira

*Magister* — General no comando geral dos exércitos de uma diocese ou província

*Magister Militum* — Comandante em chefe

*Numerus* — Unidade militar cujo tamanho varia de menos de uma centena a várias centenas de homens

*Optio* — Patente semelhante à de cabo

*Sagitarii* — Arqueiros

*Saxões* — Nome genérico para os invasores germânicos setentrionais da Grã-Bretanha

*Tribuno* — O comandante de um *numerus*

# *Personagens*

Estes são personagens históricos reais, a não ser que indicado em contrário.

**Aécio** — Comandante-em-chefe do exército romano do Ocidente

**Anagasto** — General romano sob comando de Aécio, juntamente com Aspar

**Andag** — Criado godo de Átila

**Apsachos** — Arqueiro sármata fictício do *numerus* de Flávio

**Ardarico** — Comandante dos gépidas, sob comando de Átila

**Arturo** — Monge guerreiro britânico semifictício

**Aspar** — General romano sob comando de Aécio

**Átila** — Rei dos hunos

**Bleda** — Filho mais velho de Mundiuk

**Catão** — *Optio* fictício do *numerus* de Flávio

**Dionísio** — Monge cita, mestre de Flávio (e avô de Dionísio Exíguo, a quem a numeração de anos e separação entre a.C. e d.C. são geralmente atribuídas)

**Erecan** — Filha de Átila

**Eudóxia** — Esposa do imperador Valentiniano

**Flávio** — Tribuno fictício, sobrinho de Aécio

**Genserico** — Rei dos Vândalos

**Gaudêncio** — Avô godo de Flávio e pai de Aécio

**Heráclio** — Eunuco grego na corte do imperador Valentiniano

**Macróbio** — Centurião fictício, amigo de Flávio

**Marciano** — Imperador no Oriente que sucedeu Teodósio

**Maximino** — Tribuno da cavalaria do exército oriental

**Máximo** — Soldado fictício do *numerus* de Flávio

**Mundiuk** — Rei dos hunos, pai de Átila

**Octr** — Irmão de Mundiuk e Rau

**Optila** — Guarda-costas huno de Erecan, junto com Trastila

**Prisco** — Erudito e emissário de Teodósio junto a Átila

**Quinto** — Tribuno fictício, sobrinho de Flávio

**Quodvultdeus** — Bispo de Cartago

**Radagaiso** — Visigodo sob comando de Torismudo (e neto de Radagairo que invadiu a Itália em 405)

**Rau** — Irmão de Mundiuk e Octr

**Sangibano** — Rei dos alanos de Orleans

**Semprônio** — Soldado fictício do *numerus* de Flávio, veterano da Bretanha

**Teodorico** — Rei dos visigodos

**Teodorico** — Filho mais novo do rei Teodorico, irmão de Torismudo

**Teodósio** — Imperador romano do Oriente

**Tiudimer** — Comandante visigodo sob comando de Torismudo

**Torismudo** — Filho do rei visigodo Teodorico

**Trastila** — Guarda-costas huno de Erecan, junto com Optila

**Uago** — Tribuno fictício veterano dos *fabri* em Roma

**Valamiro** — Comandante ostrogodo sob ordens de Átila

**Valentiniano** — Imperador romano do Ocidente

# Prólogo

*A Grande Planície Húngara, 396 d.C.*

OS DOIS PRISIONEIROS ROMANOS TOMBARAM PARA A FRENTE, ARRASTANDO as correntes pela neve molhada na encosta que conduzia à campina. Um forte vento açoitava o planalto que cercava a ravina, trazendo com ele uma intensa ferroada de inverno àqueles reunidos para a cerimônia. No alto, águias subiam, voando livres dos pulsos de seus senhores, esperando pela carne e o sangue que lhes seriam deixados quando a cerimônia acabasse. À volta da margem da campina, grandes caldeirões de bronze chiavam acima de fogueiras, o vapor de seu conteúdo subindo e formando uma névoa fina sobre as pessoas. O delicioso aroma da carne cozinhando, de boi, carneiro e veado, vagava pela ravina, sobre as tendas circulares do acampamento, passando pela fonte onde a água sagrada começava sua jornada ao grande rio a dois dias de viagem para o oeste, no lugar onde a terra dos caçadores terminava e começava o império de Roma.

O mais jovem dos dois prisioneiros tropeçou e se apoiou no outro homem, que o colocou de pé com um empurrão e pronunciou palavras ásperas e autoritárias em um idioma desconhecido para a maioria dos que assistiam. Vestiam os restos esfarrapados das túnicas romanas de *milites*, manchadas do marrom da ferrugem da cota de malha, seus pés descalços e ensanguentados dos dias de marcha algemados um ao outro. O mais velho, grisalho, descarnado, a barba branca interrompida por cicatrizes havia muito curadas nas bochechas e no queixo, tinha vergões no braço, onde há muito tempo marcou o nome de sua unidade: **LEGII**. Fitava desafiador à frente enquanto seus captores o empurravam; era o olhar de um soldado que esteve frente a frente com a morte com demasiada frequência para temer o que sabia que agora esperava por eles.

Soou uma trombeta, aguda e estridente, perturbando as águias bem no alto, seus gritos ásperos ecoando por toda a ravina. Uma carroça arrastou-se para o campo de visão do acampamento, puxada por dois bois e cercada por cavaleiros, as lanças erguidas e os arcos pendurados nas costas. Usavam calça e túnica de couro, com o pelo voltado para dentro contra o frio, e sentavam-se em selas acolchoadas com fatias de carne crua, que escorriam sangue pelos flancos dos cavalos; a carne protegia os animais de ferimentos provocados pela sela e proporcionaria uma comida amaciada para os homens na longa caçada na estepe que se seguiria à cerimônia. Tinham elmos cônicos e reluzentes por cima de chapéus de pele de aba larga, com coberturas para as orelhas que podiam ser amarradas contra o vento acre do planalto; por cima das túnicas, usavam armaduras elaboradas, feitas de pequenas placas retangulares costuradas, adquiridas em troca de peles raras de mercadores da distante Serikon, terra que os romanos chamavam de Tina. Desses mercadores também vinha a seda com que as mulheres do grupo envolviam as cabeças, além da magia feroz que os arqueiros lançavam ao céu para indicar o fim da cerimônia e o início do grande banquete que se estenderia pela noite.

O primeiro cavaleiro passou a meio galope pelos caldeirões e pelo grupo de pessoas, parando no meio da campina diante de uma pira alta de gravetos, ainda apagada, com o dobro de sua altura. Puxou as rédeas, faiscando a folha de ouro gravada no couro, e se virou para ficar diante da carroça que se aproximava, curvando-se para a frente e sussurrando para acalmar o cavalo, que relinchava e pisoteava. Quando a carroça parou, ele atirou a lança no chão, retirou o elmo, segurando-o de lado, e olhou, impassível. Sua testa era alta e oblíqua por ter sido atada quando criança; o cabelo preto estava bem amarrado no alto, o rabo de cavalo comprido caindo solto de onde estivera enrolado, abaixo do pico cônico do elmo. Sua pele era profundamente marcada pelo tempo e ele tinha os olhos estreitos e o nariz achatado característicos de seu povo; filetes de barba caíam dos cantos da boca. Uma cicatriz nítida atravessava cada bochecha em diagonal, da têmpora ao queixo, havia muito curada, porém mosqueada e arroxeada no ar gelado.

Ele desceu da sela, com as mãos nos quadris.

— Sou Mundiuk, seu rei — disse. Sua voz era áspera, raspada, como o grito das águias, as palavras terminando nas consoantes duras de uma língua que devia ser ouvida e compreendida acima do uivo do vento. Ele apontou a carroça. — E hoje, se os sinais estiverem corretos, vocês verão seu futuro rei.

Manobrou seu cavalo de lado e os meninos que levavam os bois os conduziram adiante, de modo que a carroça adentrou a roda de pessoas. Tinha laterais altas de madeira, seu interior escondido de vista. Assim que os meninos desatrelaram os bois e os soltaram, quatro homens aproximaram-se de trás: dois traziam archotes acesos; outro, o caminhante das brasas, vestia-se de couro protetor e carregava um balde pesado; e atrás dele arrastava-se a figura do xamã, os olhos brancos e cegos, puxando uma omoplata de boi embranquecida pelo sol. O caminhante das brasas foi à pira e entornou do balde o pesado alcatrão preto que borbulhou no chão da ravina, contornando os feixes de gravetos até que o balde estivesse vazio, voltando em seguida para se colocar ao lado do xamã.

Atrás deles veio a guarda pessoal de Mundiuk: alanos, saxões, anglos, renegados do Ocidente, homens que seriam leais a quem pagasse mais, cuja vassalagem fora comprada com o ouro que ele recebera do imperador em Constantinopla por permanecer a leste do grande rio. Ele aprendera a empregar mercenários com os reis dos godos, governantes que tinha homenageado antes de esmagá-los. Depois de se tornar mais do que um chefe tribal, depois de se tornar rei, aprendeu a não confiar em ninguém, nem mesmo nos próprios irmãos. Os cavaleiros da grande planície, seus guerreiros hunos, eram os maiores que já viveram, mas cada um deles era um rei em formação, acostumado a governar tudo que pudesse ver pelas estepes até o horizonte. E os mercenários lutariam até a morte, não por lealdade, mas porque sabiam que a rendição de um mercenário significava a execução certa.

Os meninos que pastoreavam os bois voltaram e se colocaram um de cada lado da carroça. Mundiuk assentiu e eles soltaram as laterais de madeira, deixando que tombassem. Dentro da carroça, duas mulheres agachavam-se diante de outra, deitada de costas, nos últimos estágios do trabalho de parto: a rainha de Mundiuk. Seu rosto estava coberto por um véu e ela não soltava som algum, mas o véu era aspirado e soprado no ritmo de sua respiração e suas mãos estavam cerradas e brancas. As outras mulheres no grupo começaram a ulular, balançando-se para a frente e para trás, e os homens entoaram um canto gutural, que se elevava num crescendo lento. Houve movimento na carroça e uma das mulheres repentinamente se ajoelhou e olhou para Mundiuk, apontando a pira. Ele pôs o capacete e recuou com o cavalo a meio galope. *Chegara a hora.*

Ele pegou um archote aceso com um dos homens e conduziu o cavalo à pira. Em um movimento rápido, girou o archote sobre a cabeça e o soltou, vendo-o cair e se desintegrar em uma chuva de faíscas. De início nada pareceu acontecer, como se a pira tivesse absorvido a chama, mas logo um brilho laranja difundiu-se do centro e linhas de chamas lamberam os respingos de alcatrão, disparando pela beira em um anel de fogo. As chamas saltaram dos gravetos e se reduziram em segundos a um monte em brasa, revelando uma visão impressionante. No centro, como se erguida nas garras de um deus, estava uma espada reluzente, a lâmina longa apontando para os céus, o pomo coberto de ouro firme em um pedestal de pedra chamuscada, entalhada na forma de uma mão humana. Era a espada sagrada dos reis hunos, trazida ali pelo xamã para a cerimônia da renovação, pronta para desaparecer novamente e esperar pela redescoberta como ocorrera uma geração antes, quando o próprio Mundiuk era o futuro rei.

Ele conduziu seu cavalo à volta mais uma vez, os arreios dourados resplandecentes nas chamas refletidas. Na carroça, as mulheres ainda se reuniam sobre a forma deitada, mas à sua frente, avançou um dos meninos que trouxeram os bois. Pela tradição, a tarefa a seguir seria do filho mais velho do rei, Bleda, cujo nascimento não fora acompanhado por sinais propícios, mas que seria companheiro de armas do futuro rei. Bleda colocou-se ali, hesitante, a cabeça ainda atada em tiras de lã, o olho direito caído onde a espada de Mundiuk tinha deslizado nas lágrimas do menino enquanto fazia os cortes em suas bochechas, exibidos por todos os guerreiros hunos. Seus braços e pernas estavam envoltos em panos molhados e ele olhava temeroso o fogo. "Vá", incitou um dos outros meninos. Ele disparou para a frente, gritando na sua voz estridente de adolescente, e saltou nas brasas, seu grito transformando-se em berros de dor enquanto abria caminho pela pilha bruxuleante até a espada. Ele escorregou e segurou o punho da arma, arrancando-a do pedestal e se virando, saindo trôpego das brasas até Mundiuk. Ofegava, os olhos lacrimejavam e as mãos estavam queimadas, mas ele conseguira. Uma mulher saiu às pressas e jogou um balde de água nele, fazendo-o chiar e fumegar. O garoto estendeu a espada pela lâmina e levantou o pomo para Mundiuk, que a pegou pela guarda e a ergueu bem alto. Mundiuk berrou, fazendo eco pela ravina. Era o grito de batalha huno, um grito que provocava terror a todos que ouviam: um grito de morte.

Mundiuk tocou a lâmina recém-amolada, fazendo sangue escorrer de seu dedo, e olhou os dois romanos. *Um viveria, outro morreria.* Assim a cerimônia acontecia desde que sua linhagem sanguínea governava a grande planície. Bleda sabia que tinha o direito de escolher. O romano mais velho olhava o menino com uma carranca, puxando as correntes. Bleda o encarou também e ergueu o braço, apontando. Mundiuk precisava testar o ardor do homem, para ter certeza de que era o certo. Pegou na sela a maça que usava nos jogos, avançou a trote e a atirou com força na boca do homem, ouvindo o estalo de osso quebrado. O homem cambaleou para trás, mas ficou ereto em seguida, o maxilar inferior espatifado. Cuspiu um bocado de sangue e dentes quebrados e olhou em desafio para o rei.

— *Futuere*, bárbaro — rosnou ele.

Mundiuk o encarou. Sabia o que significava a maldição. Mas isso era bom. Este sujeito não tinha nada a ver com aqueles emissários eunucos chorosos de Constantinopla, os únicos cativos que conseguiram encontrar para a cerimônia de nascimento de Bleda: homens que cometeram o erro de viajar até Mundiuk sem ouro, que imploraram por misericórdia em suas vozes agudas e que se borraram na frente de sua rainha. Quando ele os viu encarar a morte daquela maneira, como covardes, entendeu que os sinais não eram certos e que os deuses não desejavam que Bleda fosse o próximo rei. Mas desta vez era diferente. Estes dois eram soldados. Haviam sido capturados três semanas antes em um ataque a uma fortificação no grande rio, o rio que os romanos chamam de Danúbio; lutaram como leões, mas foram laçados e algemados nas próprias correntes, aquelas que usavam para escravizar outros. Os irmãos de Mundiuk, Octr e Rau, que lideraram o ataque, zombaram da lendária capacidade de marcha dos romanos, mas ainda assim eles marcharam. Ele tinha visto as cicatrizes no braço do homem mais velho, a marca da legião. Só os mais resistentes a teriam. Octr e Rau fizeram bem. O sangue do romano levaria seu filho às almas e mentes do maior inimigo que seu povo já enfrentara. Já o sobrevivente serviria ao futuro rei como escravo e ensinaria todos os truques de seus guerreiros — a habilidade na espada e as táticas —, e também a combater como eles e a pensar como seus generais.

Ele fez um gesto com a cabeça e os homens de sua guarda colocaram os prisioneiros de joelhos aos chutes. O sangue vertia da boca do homem mais velho, mas ainda assim ele permaneceu de pé, encarando à frente. Grunhiu para o outro na língua dos romanos, palavras que Mundiuk compreendeu:

— Lembre-se de nossos camaradas, irmão. Lembre-se dos que já partiram. Eles esperam por nós do outro lado.

O jovem soldado tremia, seu rosto lívido e os olhos injetados, o olhar de um jovem que começava a perceber o inimaginável; ele não sabia que podia ser poupado. Nas mãos algemadas, segurava alguma coisa, agarrando com tanta força que os nós dos dedos ficaram brancos. Ele ergueu os braços para o fogo, manejando o objeto entre os dedos até que ficasse visível: uma cruz de madeira rudimentar que parecia ter sido feita por ele mesmo. Colocou-a em silhueta contra as chamas e murmurou encantamentos, as palavras dos padres de manto marrom que muito tempo atrás viajaram ao encontro do povo da planície para lhes mostrar o deus sangrento da cruz, um deus que eles julgaram de fraqueza e capitulação, um deus que eles desprezavam.

Mundiuk viu a cruz e se enfureceu. Mudou de ideia; o outro seria poupado. Ele berrou, ergueu a grande espada e saltou do cavalo, empurrando Bleda de lado e avançando ao soldado jovem. Em um golpe, decepou suas mãos, fazendo a cruz cair em cambalhota até o fogo. Lançou a espada no ar, segurou o punho enquanto ela descia de lâmina para baixo e a enterrou pelo pescoço e pelo tronco do homem até o chão, prendendo-o ali. O soldado cuspiu sangue, com os olhos vidrados, depois arriou, os pulsos esguichando vermelho e a cabeça tombando para a frente. Mundiuk berrou de novo, socando o peito, e seus homens berraram também. Ele pôs o pé no ombro do homem e o empurrou para longe da espada, limpando o sangue em suas bochechas, lambendo a parte plana da lâmina. Pegou o romano pelos cabelos e o decapitou, jogando a cabeça no fogo, depois arremeteu com a lâmina no meio do tronco, arrancou o coração e o ergueu, espremendo-o até que todo o sangue tivesse esguichado por seu braço e lhe coberto a túnica. Deixando as últimas gotas pingarem na boca antes de jogá-lo de volta ao corpo.

Ele se lembrou das palavras do xamã. *Matar as vítimas uma vez não basta. Para que o sacrifício funcione, deve matá-la repetidamente, vezes sem conta, até que os deuses estejam satisfeitos, batendo os canecos nos céus a cada golpe, a cerveja derramada misturando-se com o sangue das vítimas.*

Atrás dele, homens jogaram mais achas de lenha no fogo e o caminhante colocou a omoplata de touro nas brasas. Mundiuk ergueu a lâmina no alto, brilhando com o sangue, e virou-se para a carroça. Os homens gritaram de expectativa e as mulheres começaram a entoar. Uma das mulheres na carroça virou-se e ergueu o bebê, um menino, e o barulho ganhou um crescendo. Mundiuk o pegou na mão esquerda e o levantou. Olhou em seus olhos, fendas escuras que pareciam perfurá-lo, refletindo o fogo. O presságio era bom. O bebê ainda não chorara. *Ele deve sangrar antes de chorar.*

Ele ergueu a espada até que a ponta roçou uma bochecha, sujando o bebê com o sangue do soldado. Mundiuk lembrou-se das palavras que lhe ensinaram. *O sangue do inimigo se misturará com o sangue do rei. Só então conhecerá seu inimigo e saberá como derrotá-lo. Você se tornará uno com ele.* Mundiuk pressionou a lâmina, cortando a bochecha do menino até o maxilar e fez o mesmo do outro lado, observando as gotas de sangue escorrerem da lâmina no ar, ouvindo o cântico transformar-se em ulos, assistindo as chamas se elevarem acima da pira. O bebê ainda não tinha emitido som algum.

Ele olhou o céu. O grito das águias aumentou a um crescendo, estridente e áspero, tragando o crepitar do fogo. O cheiro e o calor das entranhas as deixaram agitadas. Bem acima, ele via a ondulação de nuvens seguindo para o oeste, como uma torrente de rio irreprimível. Uma das águias, a maior, havia se separado das demais e descia em círculos cada vez menores, o som da investida das asas mais alto a cada vez que sobrevoava a campina. Mundiuk rapidamente recuou e seus homens pressionaram o povo para dar espaço. De repente a ave recolheu as asas e mergulhou no círculo, mirando diretamente o tronco ensanguentado e o coração do romano. Com seu prêmio nas garras, bateu as imensas asas, erguendo o coração do corpo, arrastando uma faixa de entranhas ao subir e voou para o leste, ao ninho distante nas montanhas, onde devoraria sua parte do banquete.

Mundiuk respirou fundo, saboreando o cheiro acobreado de sangue fresco. Os presságios foram bons. *A espada falara.* Ele devolveu o bebê à mulher que estava logo abaixo. Ele mesmo vira os entalhes de águias no penhasco acima dos Portões de Ferro, perto da ponte em ruínas e da fortificação no rio onde capturaram os dois prisioneiros. No passado, as águias eram sagradas para os romanos, sua imagem erguida em estandartes acima dos soldados nos entalhes; mas diziam que, depois que os romanos não conseguiram tomar as terras para além do Danúbio, as águias fugiram enojadas, voltando a seus ninhos ancestrais no Oriente, fervilhando da desonra e da traição. Os soldados na fortificação do rio agora seguiam o deus da cruz, um deus não da guerra, mas da paz, um deus que Mundiuk só podia considerar com desprezo. E agora as águias encontravam novos senhores, cavaleiros que, no ímpeto de vingá-las, um dia varreriam da face do mundo todos aqueles em seu caminho, liderados por um rei que arrancaria o coração da própria Roma.

Houve uma comoção perto do fogo e Mundiuk virou-se, vendo o xamã e o caminhante das brasas usarem uma vareta para tirar a omoplata das chamas. Molharam-na com um balde de água, fazendo-a sibilar e crepitar. O xamã ajoelhou-se ao lado de Mundiuk, murmurando consigo mesmo, e os outros homens guiaram sua mão à face da omoplata, sua superfície queimada e coberta de rachaduras finas. Por alguns minutos, o xamã passou os dedos no osso, lendo da maneira que só ele sabia, murmurando, de vez em quando erguendo os olhos cegos ao calor do fogo, e então baixando-os mais uma vez. Depois de uma última pausa, colocou-se de pé com dificuldade, auxiliado pelo caminhante das brasas. Pegou o cajado e arrastou-se a Mundiuk, o branco dos olhos bruxuleando vermelho com o fogo. Mundiuk colocou a face da espada no ombro, sentindo a umidade do sangue no pescoço.

— E então, velho?

O xamã ergueu a mão.

— Você pegará a espada e a enterrará no pasto acima do grande lago, abaixo dos ninhos das águias. Quando o menino for adulto, um pastor trará um touro diante dele com a perna ensanguentada e o menino saberá que a espada ergueu-se e espera por ele onde o touro foi ferido. Quando ele a encontrar, a lâmina estará polida e reluzente, o gume afiado como se recém-amolado, e então a espada ansiará por sangue e ele conhecerá seu destino.

Outra águia desceu do alto, num grito estridente, pegando um pedaço oferecido a ela pelo xamã e batendo asas para o oeste, provocando uma rajada de ar frio que agitou as chamas na direção do rei. Logo as outras fariam o mesmo, mergulhando para arrebanhar nacos de carne. Mundiuk foi a seu cavalo, segurou a crina com a mão livre e saltou nele, ainda de espada em punho. Uma das mulheres lhe passou o bebê, agora enfaixado, seu rosto limpo do sangue. Mundiuk segurou a espada com uma das mãos e ergueu o bebê com a outra, para que todos vissem. Cada músculo de seu corpo estava tenso e ele se sentiu tomado pelo desejo de batalha. Olhou mais uma vez os olhos do filho e as feridas em carne viva nas bochechas.

— Você aprenderá os costumes de nosso povo — disse. — Aprenderá o arco, a espada e o laço, o cavalo. Aprenderá a língua e os costumes do inimigo, não para dialogar com ele, mas para conhecer suas táticas e seu estilo na guerra, para saber como destruí-lo. Seu exército viajará mais rápido que a notícia de sua chegada. Somente quando os rios correrem vermelhos do sangue de guerreiros hunos e nosso sangue vital estiver extinto, suas conquistas cessarão.

O xamã mancou para o cavalo, de braços estendidos, encontrou as rédeas, segurou-as e ergueu os olhos cegos para o cavaleiro.

— Que nome dará a ele?

Mundiuk olhou fixamente a espada, a espada na qual estava gravado um antigo nome em sua língua, um nome que poucos se atreviam a pronunciar, e olhou o menino de novo.

Você terá o nome daquele que o marcou. Tornar-se-á uno com ele.

Será não apenas um líder na guerra.

*Será o deus da guerra.*

Ele ergueu o menino e berrou o nome.

— Átila.

# Parte 1
*Cartago, África do Norte, 439 d.C*

# 1

Um cachorro uivou, um som estranho e sobrenatural que penetrou o ar parado da manhã e ecoou no vale árido entre o deserto e o mar. O homem no parapeito ergueu-se, seu manto enrolado no corpo contra o frio, agradecido por suas botas de pele de ovelha e as calças e túnica de lã que vestia por baixo da cota de malha, e escutou atentamente. O som atravessava as colinas africanas sem árvores, mas estava próximo, a não mais de uma hora de distância a pé. Ele olhou os homens que tentavam dormir na trincheira atrás, inquietos, indóceis, como se o som do cachorro penetrasse seus sonhos, e por um momento se perguntou se ele mesmo não estava numa espécie de mundo dos mortos, os sentidos entorpecidos pelo frio e a carência de sono. Mas o uivo recomeçou, não só de um cachorro, mas de vários, um crescendo que se elevou e ondulou como uma rajada de vento e voltou a esmorecer. Desta vez ele soube que era real. Sentiu um súbito arrepio pela coluna, não de frio, mas de outra coisa, e rapidamente bateu as mãos e os pés. Sabia que muitos homens agora estariam acordados, seus olhos baços lhe ancorando, as sentinelas da noite espaçadas pela linha olhando, esperando as ordens. Ele devia manter a coragem. *Não podia demonstrar seu medo.*

— Passe adiante. As cidades da África Proconsular a oeste caíram. O bispo Agostinho morreu. O exército dos vândalos está chegando.

O soldado que trouxe a mensagem parou para recuperar o fôlego, seu rosto contorcido de frio e os olhos injetados e exaustos sob a aba do elmo. Flávio parou de bater as mãos e o olhou fixamente, sua mente lutando para entender, depois assentiu, observando o homem passar por cima daqueles ainda adormecidos na trincheira, indo à sentinela seguinte, repetindo a mensagem em um sussurro rouco. *As cidades a oeste caíram.* Flávio bateu as mãos novamente, tentando controlar o tremor. As horas do dia eram de um calor suportável, mas a noite africana no início da primavera ainda era amargamente fria, mantendo-o acordado até durante o breve momento em que se permitia deitar e procurava dormir um pouco. Ele subiu pelo lado de terra irregular do parapeito que eles ergueram no início da noite anterior e olhou a oeste. Hippo Regius era o último bastião da costa africana antes de Cartago, a antiga cidade cujas muralhas oeste assomavam da neblina menos de 1 quilômetro atrás dele. Por quase seiscentos anos, Cartago estivera nas mãos de Roma, o centro da mais rica província do Império do Ocidente. E agora até o bispo Agostinho os desertara. Oito anos antes, quando os vândalos tomaram o episcopado de Hippo Regius e fizeram dele sua fortificação, houve boatos de que o bispo Agostinho morrera de inanição durante o cerco, mas seu destino nunca havia sido confirmado. Agora, no entanto, sabiam ser verdade: finalmente ele abandonara a cidade terrena em troca da Cidade de Deus, o único lugar em que podia encontrar proteção contra o ataque iminente.

Acima de Flávio, o céu avermelhava-se, raiado da luz do sol que começava a aparecer acima da montanha com o cume de chifre a leste de Cartago. O ar ainda tinha o cheiro da noite, úmido, húmico, de um lado repleto do travo do mar, do outro, a exalação arenosa do deserto. Políbio, mais de quinhentos anos antes, escrevera do sabor no ar diante de Cartago, um gosto de sangue, e Flávio pensou senti-lo agora, um odor acobreado e acre que parecia se elevar com a poeira acima dos morros. Eles estavam presos entre dois mundos, entre o mar e o deserto, defendendo um estreito corredor que logo se tornaria uma torrente de morte, como se a cheia de um grande rio se formasse nos morros e ravinas a oeste e logo descesse precipitada sobre eles, irredutível, impossível de resistir.

Ele pegou a espada, prendeu-a abaixo do manto e ergueu o elmo, vendo que a folha de ouro da classe de tribuno que encomendara na oficina em Milão já tinha ficado desalojada e suja, mesmo antes de ele ter visto qualquer ação. Ele se curvou, cuspiu nela e esfregou com uma ponta do manto, depois olhou em volta quando alguém apareceu do lado do fogo para cozinhar, atrás da cumeeira.

— Você não deve fazer isso, Flávio Aécio — disse o homem, falando em latim com um forte sotaque da fronteira do Danúbio. — Isto é, a não ser que queira tornar-se alvo fácil para a primeira lança de arremesso bárbara.

— Os homens devem ver meu posto e saber a quem seguir — respondeu Flávio, tentando aparentar severidade.

O outro homem bufou.

— Neste exército do homem, todos lideram do fronte — rebateu. — Não é como o exército de seus honrados ancestrais, dos tempos de Cipião e César, cheios de elmos com plumas e peitorais polidos, como aqueles que vemos nas esculturas no Fórum de Roma. Neste exército do homem, se um tribuno quer o respeito dos homens, ele lidera *primus inter pares*, o primeiro entre muitos. Deste modo, quando morre, sua unidade não titubeia, porque os que estão à volta preenchem o espaço e outro assume seu lugar. Se quiser mostrar a seus homens a quem respeitar, deve esfregar na folha de ouro a terra e o suor de cavar as trincheiras, depois o sangue pegajoso das entranhas de seus inimigos. Aposto que não ensinaram isso na *schola militarum* em Roma. Pense nisso, depois coma alguma coisa. Inspecionarei as armas dos homens.

Flávio olhou pensativamente o elmo e o homem que partia. Macróbio Vipsânio era muito musculoso, mais baixo do que o ilírio comum, os olhos amendoados traindo alguma linhagem distante para além das estepes citas. Como centurião, parecia um romano, mas, no sangue, era um bárbaro. O próprio Flávio não era muito diferente, descendendo, por parte de mãe, da antiga *gens* Júlia, mas, também, de um comandante godo por parte de pai. Muitos soldados agora eram assim, consequência da integração e do casamento inter-racial, de apaziguamento e colonização de terras dentro das fronteiras, da necessidade de recrutar um número cada vez maior de guerreiros bárbaros para manter as forças do exército romano. Chefes tribais bárbaros como o avô de Flávio admiravam a tradição marcial romana e enviavam os filhos à escola militar em Milão e em Roma, mas sempre havia alguma coisa que distinguia esses homens, uma tensão, algo que Flávio tinha visto no tio e no pai, e que esperava ter nele mesmo. Era uma inquietude que impelia os bárbaros que não mandavam os filhos a Roma — já que não admiravam seu estilo — a queimar e causar destruição pelo Império, a fazer o que alguns julgavam impossível e realizar a travessia marítima pelas Colunas de Hércules, da Espanha à África, transformando-se e adaptando-se como uma imensa fera transmorfa em sua marcha incansável pelo litoral africano na direção de Cartago. E todos sabiam que a marcha dos vândalos era meramente um presságio do que estava por vir, pois, para cada tribo que Roma apaziguava, para cada grupo de guerreiros integrados, havia outra força mais beligerante à espreita nas florestas e nas estepes. E, atrás delas, existia um poder como nunca se viu, um exército de guerreiros inclinados unicamente à destruição que ameaçava eclipsar Roma não por acordos e tratados, mas pelo fogo e pela espada.

Flávio conheceu Macróbio apenas três semanas antes, quando desembarcara em Cartago com os outros novos tribunos e fora encarregado do *numerus* de reconhecimento da guarnição da cidade, seu primeiro comando de campo. Metade dos candidatos a oficial que passaram pela *schola militarum* de Roma com ele era de veteranos como Macróbio, homens que ascenderam das fileiras e foram recomendados pelo *comes* de sua força de fronteira ou pelo *dux* de seu exército de campo. O conselho militar do imperador deliberadamente situou a *schola* na antiga cidade não só para lembrar os cadetes das glórias passadas do Império, mas para mantê-los longe das cortes imperiais em Ravena e Milão, onde cadetes mais jovens e privilegiados como Flávio podiam apelar ao patronato para facilitar seu caminho pelo programa de treinamento e ganhar favores. O próprio Macróbio teria escarnecido da *schola*, um desperdício nela. Era um centurião nato, soberbo na composição de uma unidade de luta a partir dos pouco mais de oitenta homens de um *numerus* de fronteira, mas preferindo deixar as decisões de vida e morte ao tribuno que respeitava. Ele apreciava sua patente antiga, derivada do fato de que sua unidade parental era a famosa Vigésima Legião Valeria Victrix, outrora o orgulho da guarnição romana na Bretanha, mas, com a retirada daquela província trinta anos antes, ficara reduzida a uma unidade do exército de fronteira africano. Seus soldados brincavam que ele era o último centurião da Roma antiga. Considerando o provável resultado dos acontecimentos de hoje, talvez se provassem certos.

Nas semanas antes da chegada de Flávio, Macróbio recebera a tarefa de montar a unidade de reconhecimento usando os soldados de fronteira do deserto que afluíram a Cartago com a ameaça do Ocidente, seus fortes abandonados e a fronteira encolhida ao perímetro de defesa que eles agora ocupavam, à vista das muralhas da própria Cartago. O efetivo na guarnição da cidade era desesperador: menos de mil homens da Vigésima Legião exaurida, junto com o equivalente a três *numeri* do *limitanei* de fronteira, pouco menos de trezentos homens a mais, no cômputo geral. Mesmo dentro da cidade, a guarnição se reduzira desesperadoramente, com grandes setores da muralha da cidade ocupados apenas por sentinelas, insuficientes para alertar o comandante da guarnição da aproximação de um inimigo, que dirá montar qualquer reação séria. Sem esperanças de outros reforços, agora a defesa de Cartago dependia da sustentação do prestígio e da honra romanos, da luta até a morte e da bravura suicida, e de fazer o suficiente contra as probabilidades para garantir que a história não se lembrasse do fim da África do Norte romana como uma derrota e um massacre ignominiosos.

Flávio deixou esses pensamentos de lado e se concentrou em seus homens. Ao contrário dos legionários voluntários do passado, quase todos eram recrutados, com exceção dos ilírios do Danúbio, que representavam o mais próximo que Roma ainda tinha de um quadro profissional motivado por tradição marcial. Entretanto, Macróbio tinha lhe mostrado que mesmo o fracassado menos promissor podia ser colocado em forma, que sempre havia força a encontrar em algum lugar. A maior força deste exército da Roma cristã estava em suas unidades pequenas, de administração menos complexa do que as antigas legiões e mais adaptadas para distribuição dispersa e pequenos combates. Flávio lhes pagara um bônus em *solidi* de ouro de seu próprio bolso, sempre um bom começo para um novo comandante e, com Macróbio para guiá-los, tentou elevar seu *esprit des corps*, falando-lhes dos antigos generais e das guerras, de Cipião Africano e da captura de Cartago por Roma; contou-lhes que não havia motivo para que não fossem tão bons como os soldados dos Césares e que mesmo então eram os auxiliares de fronteira, como o *limitanei* moderno, que compunham a força principal do exército.

Nas três semanas anteriores ao avanço na direção dessa cumeeira, Flávio se juntou aos homens como um soldado comum enquanto Macróbio os treinava, fazendo-os marchar incansavelmente sob o sol africano, liderando-os em missões práticas de reconhecimento quilômetros adentro do descampado ao sul de Cartago; usaram guias númidas para lhes ensinar a encontrar água e algum calor à noite, algo que evidentemente Flávio deixou de fazer ele próprio nas últimas horas. Ele se lembrou de todo o treinamento, todos os exercícios, e bateu as mãos novamente para se aquecer, olhando pela crista da cumeeira, onde estavam entocados. Por cima do declive, era cortada pela estrada para Cartago, a rota que um atacante tomaria do oeste. Metade de seus homens estava metida de um lado e metade do outro, e atrás deles Flávio distinguia a ravina rasa com o poço de água e o fogo para cozinhar, a fumaça fina dos preparativos para o desjejum enroscando-se por sobre a elevação. Quanto menor a unidade, mas fácil era ficar vigilante, pensou ele ironicamente, e mais fácil de alimentar; esta era uma vantagem do tamanho de seu comando.

Observou enquanto Macróbio avançava em sua direção ao lado da trincheira, tocando as lâminas das espadas dos homens, lambendo o dedo quando faziam-no sangrar e deixando a lâmina desembainhada para ser amolada quando isso não acontecia. Apesar da inexperiência, Flávio sabia que Macróbio o respeitava por ter se apresentado à unidade avançada quando nenhum dos outros oficiais da guarnição o faria; e Flávio, por sua vez, respeitava Macróbio por não dar a menor importância ao fato de que o tio de Flávio, Aécio, era *magister militum* do Império Romano do Ocidente, o segundo em poder depois do imperador Valentiniano. Ali fora, na linha de frente, o patronato e as ligações familiares à moda antiga eram irrelevantes e só o que importava era se um soldado tinha a coragem de permanecer firme e lutar até a morte pelo homem a seu lado. Flávio começava a compreender que alimentar este caráter entre seus subordinados era mais importante do que todas as táticas e estratégias que aprendera na *schola militarum* em Roma, e que seu sucesso como líder de uma pequena unidade como esta, no pouco tempo que tinha, dependeria de dar ouvidos a Macróbio e atenção a seus conselhos.

Macróbio voltou a ele, limpando a mão no gibão e assoando o nariz com os dedos na terra.

— Se este fosse um exercício de treinamento, eu os crucificaria — resmungou. — Mais da metade das espadas têm pontos de ferrugem nas lâminas. Se o gume está cego, eles podem muito bem usar a face da lâmina, que será de mesma ajuda.

— Todo o óleo que restava foi usado para cozinhar na noite passada e, sem uma boa lubrificação, as lâminas enferrujam em questão de horas — disse Flávio. — Onde está o ferrador?

— Com o *optio*, perto do fogo. Montando a pedra de amolar agora. Cuidarei para que os homens afiem suas lâminas quando forem para o desjejum.

Flávio virou a cabeça para a extremidade sul do parapeito, de onde o mensageiro voltava.

— Soube das notícias?

Macróbio fez que sim sombriamente.

— Um extraviado as trouxeram há cerca de uma hora, enquanto você dormia. — Estiveram avançando do oeste nas últimas horas, principalmente escravos númidas que mal conseguem juntar duas palavras em latim e estão chocados e exaustos demais para nos dizer muita coisa. Precisamos encontrar alguém com autoridade que possa nos dar boas informações.

Flávio colocou o elmo, subiu ao ponto mais alto do parapeito e olhou por cima da cumeeira. Jorravam refugiados do Ocidente desde que o *numerus* fora lotado neste lugar, sobreviventes das aldeias e cidades que caíram para o exército vândalo desde as Colunas de Hércules. Macróbio colocou-se a seu lado, sua barba cinza e rala cintilando na luz do amanhecer e seu gorro de feltro panônio comprimido no formato do elmo, solidificado pelos anos de uso por baixo dele. Juntos, examinaram o horizonte a oeste, as cristas e vales ainda cobertos pelas sombras do início da manhã. Macróbio estreitou os olhos e apontou.

— Por ali, a pouco mais de 3 quilômetros a sudoeste. Distinguem-se dos outros refugiados por virem daquela direção, já que alguém tentando escapar da captura se viraria para o sul a partir das cidades a oeste e viria a nós pelo leste, à margem do deserto, um terreno cruel onde a probabilidade de perseguição seria menor. Podem ser cidadãos fugidos, e não escravos poupados, como aqueles númidas. Três, talvez quatro pessoas, e dois animais.

Flávio seguiu seu olhar, sem nada enxergar.

— Sua vista é melhor do que a minha, centurião.

— Servi por 22 anos no exército de fronteira *limitanei*, dez deles aqui na África, à margem do grande deserto. Você aprende a localizar manchas distantes na poeira.

Uma voz semiadormecida resmungou por entre as formas deitadas atrás deles na trincheira, a maioria agora acordada:

— Junte-se ao *limitanei*, foi o que me disseram. Veja as fronteiras do império, disseram. Coma javali e cervo todo dia, escolha a mulher local que quiser e selecione cem *iugera* de terras de primeira como presente de aposentadoria. Nunca tenha de erguer sua lança por raiva. Conheça bárbaros fascinantes tribais bárbaros.

— É bem verdade — grunhiu outro. — Fascinantes mesmo, isto é, nos poucos momentos em que você consegue enxergá-los em meio a um borrão de pintura de guerra e gritos enquanto avançam da floresta na sua direção. Depois, se tiver a sorte de sobreviver, você é embarcado em um navio na direção do outro lado do império, para um lugar como este, e lhe dizem para cavar uma trincheira e esperar que a mesma coisa se repita.

— E, enquanto isso, o exército de campo *comitatenses* se esquiva nas cidades e ao redor do imperador, engordando e enriquecendo à nossa custa.

Macróbio olhou Flávio de banda.

— Já ouviu essa?

— Sobre o *comitatenses*? É o que eu sempre ouço — disse Flávio.

— O *comitatenses* diz a mesma coisa do *limitanei*. Cada um considera o outro de segunda classe. Quando não é um resmungo sobre isso, é outra coisa. Acontece o mesmo com os soldados no mundo todo. Queixas, queixas, queixas. — Ele se virou para os homens, falando mais alto. — E, olhando para vocês, eu poderia concordar com eles.

— E nunca temos pagamento — acrescentou o primeiro homem, levantando-se de olhos baços.

— Não temos pagamento desde os tempos de meu pai — grunhiu o outro. — Se não fosse pelos prêmios dados pelos imperadores ou um comandante excêntrico de mentalidade generosa querendo que realmente lutemos por eles, não passaríamos de escravos.

— Você terá o seu, Máximo Cunobelino — afirmou Flávio. — Fui fiel a minha palavra e dei a cada um de vocês um bônus de cinco *solidi* quando passaram na inspeção como unidade, e vocês e suas famílias receberão mais cinco quando isto acabar. Equivale a dois anos de pagamento. Mandei instruções ao contador-chefe de meu tio Aécio em Milão para receber os pedidos de qualquer mulher ou filho cujo nome esteja de acordo com a lista que lhe enviei duas semanas atrás, de Cartago. Suas famílias serão bem-cuidadas.

— E quanto à sua, tribuno? Quem recebe seu prêmio?

Flávio pigarreou. Sabiam muito bem que ele não tinha pagamento, que sua renda vinha da riqueza de família.

— Um décimo de meu ouro vai para a basílica de São Pedro, em Roma, para a glória de Deus.

O soldado escarrou no chão sem cuidado algum.

— A Igreja tem dinheiro demais, na minha opinião — rebateu. — Jesus era um homem pobre como nós e não precisava de padres com vestimentas elegantes, nem imensas basílicas de mármore. Nós somos os verdadeiros soldados de Cristo, e não os padres.

O outro homem, um arqueiro sármata de nome Apsachos, resmungou e se levantou.

— De qualquer modo, os *solidi* de ouro não têm utilidade aqui. Não vejo um mercado em lugar nenhum neste deserto desolado onde comprar comida. E estou morto de fome.

Macróbio desceu na trincheira e se postou diante dos dois soldados.

— Ora, então vocês têm sorte. Pelo cheiro, o fogo me parece pronto. Como são os primeiros a se levantar, mandarei vocês e o resto da sua seção para a primeira turma no desjejum. Há um lombo de cervo e uma tigela de caldo para cada um de vocês. Levem as espadas e cuidem para que sejam afiadas. Quando terminarem, voltem aqui e enviarei a próxima seção. E, lembrem-se, se eu vir qualquer um de vocês urinando ou defecando em qualquer lugar que não seja a trincheira de latrina, sabem que trabalho farão a seguir.

Os dois soldados pularam da trincheira, seguidos por mais ou menos uma dúzia de outros homens que estiveram se arrastando por perto, todos bem despertos ao ouvir falar em comida. Macróbio subiu a trincheira até o *optio* da seção seguinte. O cheiro de carne assada e fervida fez Flávio salivar; de repente, percebeu como estava faminto. Uma vantagem de ser uma unidade avançada de reconhecimento era que seu comando incluía um destacamento de *sagitarii*, arqueiros como o sármata Apsachos, úteis tanto na busca de alimentos como na batalha. Na noite anterior, em um oásis arborizado, eles encurralaram e abateram três dos cervos europeus colocados ali séculos antes, quando os romanos tomaram essas terras depois das Guerras Púnicas, transformando-as em uma vasta reserva de caça. Flávio tinha se emocionado com a caçada, esquecendo-se do iminente ataque, sua exuberância levando-o de volta aos anos de infância, quando aprendera a caçar com o pai e os tios na floresta da Gália central. O cervo proporcionaria um desjejum forte para os sessenta homens distribuídos pelo alto do morro e o cozimento daria uma bebida quente com o caldo.

Ele tentou ignorar o ronco do estômago e o conhecimento de que a comida quente seria útil contra o frio. *Primus inter pares* ou não, uma coisa que ele não faria seria ir à frente de seus homens ao fogo de cozimento. Por trás do humor grosseiro estavam alguns dos sujeitos mais valentes que restaram na guarnição africana e todos sabiam que esta refeição podia ser a última. Se Flávio fosse mesmo liderá-los até a morte em batalha, teria pelo menos a satisfação de saber que tinha cumprido com sua responsabilidade como comandante e cuidado de suas famílias e seus estômagos.

Engoliu em seco e olhou à frente. Os homens que ainda não tinham ido ao desjejum já estavam de pé ao longo do parapeito, em silêncio, as espadas frouxas nas bainhas e as lanças prontas, os arqueiros segurando os arcos, todos fitando o horizonte como Flávio, procurando pelos primeiros sinais do que estava por vir. Ele viu um homem fazer o sinal de Cristo e olhou a imensa cruz de madeira erigida ao lado das muralhas de Cartago, postando-se ali como a cruz da crucificação que diziam ainda assomar sobre a pedra do Calvário, em Jerusalém. A cruz de Cartago fora esculpida com madeira queimada encontrada fora das muralhas, de construções destruídas quando Cipião tomou a cidade, e agora parecia se postar ali como um símbolo da glória do passado, um talismã contra o mal iminente. Entretanto, a cruz estava atrás deles, invisível quando se voltavam para enfrentar o inimigo, como se o próprio Cristo tivesse medo de chegar perto demais das mandíbulas do inferno, como se a magra linha de soldados estivesse encravada em terras do interior onde até o poder do Senhor podia ser jogado de lado pela violência da guerra.

Ele pensou no que o soldado dissera sobre a riqueza da Igreja e a pobreza de Jesus. Já fazia mais de cem anos que o imperador Constantino havia se livrado do manto dos antigos deuses e adotado a cruz, anos que não eram mais calculados secretamente por alguns *ad urbe condita*, desde a fundação da cidade, mas *anno domini nostri iesu*, no Ano de Nosso Senhor Jesus Cristo. O próprio Flávio aprendera grego com o monge Dionísio da Cítia, que havia secretamente elaborado o novo calendário, cujos livros costumava levar para ele enquanto o pequeno monge corria entre bibliotecas gregas e latinas de cada lado da Coluna de Trajano em Roma, escolhendo obras de virtude cristã a serem copiadas no *scriptoria* e outras a descartar como amorais e corruptas. Flávio visitara novamente a biblioteca grega ao saber de sua nomeação para Cartago a fim de consultar os historiadores militares e ficou chocado ao ver os espaços nas prateleiras; levou a obra de Políbio para Cartago a fim de preservá-la dos monges, com a desculpa manifesta de que seria necessária no campo como manual de treinamento para o combate futuro.

Era um mundo em transformação, e isso não se limitava às bibliotecas. As antigas famílias patrícias ainda estavam lá: os senadores e cavaleiros, as antigas *gentes* como a família de sua mãe, mas seu poder era apenas nominal; a nova aristocracia era dos padres e bispos. Cristãos por gerações agora podiam adorar abertamente, enfim livres dos séculos de perseguição; os antigos templos foram convertidos em igrejas e agora basílicas eram concluídas. Entretanto, muitos evitavam esses lugares e continuavam a adorar privadamente em suas casas ou em salas subterrâneas secretas, em cavernas e catacumbas. Para eles, a promessa do cristianismo era de uma religião sem sacerdotes, uma religião do povo comum, e a Igreja de Roma e de Constantinopla não passava da antiga religião com um novo disfarce, com rituais arcanos, o medo da represália divina e os caminhos obrigatórios para a salvação que escravizavam a congregação ao clero. E, para os imperadores e generais, o profeta amante da paz dos evangelhos não era mais suficiente para preparar a Igreja para a guerra de todas as guerras, para as trevas iminentes; Cristo precisava ser encouraçado, recriado à imagem de Marte Ultor, colocado diante dos soldados no campo de batalha para dissuadi-los de abandonar seus exércitos e seguir o caminho de Agostinho à Cidade de Deus, onde os padres não tinham influência e o único imperador era a verdadeira divindade.

Flávio virou-se, viu a nuvem distante de poeira que Macróbio localizara a sudoeste e respirou fundo. Não havia padres ali e não havia cruz flamejante para os soldados seguirem. O que importava agora não era o poder destruidor do Senhor ou a misericórdia de Cristo, mas as pequenas superstições e rituais que sustentavam a coragem dos soldados desde tempos imemoriais: orações fragmentadas, um amuleto da sorte, a estatueta de um ente querido metida numa bolsa no cinto. Ele pegou a pequena cruz de prata que usava no pescoço, segurou firme por alguns instantes e a recolocou embaixo da cota de malha. Até mesmo o tempo para isso tinha passado. Tudo o que importava agora era manter a coragem, afastar o medo, concentrar-se no aço frio, na ânsia pela batalha e no desejo de matar.

# 2

Flávio puxou com os dentes os últimos fiapos de carne da perna de cervo e jogou o osso longe, limpando com as costas da manga a gordura na barba por fazer. Já se sentia melhor, os primórdios de algo parecido com calor se espalhando pelo corpo. Rejeitou a oferta de vinho, temeroso de se embriagar, aceitando em vez disso a bebida que Macróbio lhe passava. Era uma infusão de folhas chamada *catha*, vinda do deserto oriental que os soldados da fronteira aprenderam a beber com os nômades para se manter despertos. Tomou o que restava da tigela de madeira e a devolveu a Macróbio, que pegou um chumaço de folhas e as meteu na bochecha, mascando-as e cuspindo os pedaços de caule. Ele olhou para Flávio, falando com a bochecha cheia:

— Depois que você cria gosto por esta coisa, a infusão não basta. Nem imagina o que é passar meses em um posto avançado do deserto tentando ficar acordado.

— Agora creio entender por que sua visão noturna é tão boa — disse Flávio. Desde que tomara a bebida, a luz parecia mais intensa, mais clara, como se seu ponto de visão fosse projetado um pouco para a frente. Apontou para o sudoeste. — Eles estão vindo, subindo a elevação. A no máximo dois estádios de distância. Devo ordenar aos homens que se preparem para a ação?

— A decisão é sua, tribuno.

Flávio olhou pela linha.

— A última seção pode continuar comendo. O resto ficará de prontidão atrás do parapeito, de elmo e espadas sacadas. Os *sagitarii* espaçados a intervalos de cinco homens com uma flecha pronta para ser lançada. Só devem atirar a uma ordem minha.

— Ave, tribuno.

Macróbio transmitiu a ordem a seu primeiro *optio* e o clamor de armaduras e espadas pôde ser ouvido pela trincheira dos dois lados enquanto os homens se preparavam. Ele se virou para Flávio e ambos subiram e se colocaram novamente no parapeito, Macróbio com os pés firmemente plantados e separados e a mão no pomo da espada, o elmo agora cobrindo o gorro. Flávio afrouxou a espada, sentindo mais uma vez na boca a poeira do ar. O grupo de refugiados entrou no campo de visão, três homens e uma mula, andando lentamente para o parapeito, um homem na frente erguendo uma cruz que parecia ter sido feita apressadamente com dois galhos e uma corda. Houve um arrastar e murmúrios entre os soldados atrás de Flávio.

— Os vândalos também alegam ser cristãos — disse um deles. — Não podemos confiar nessa cruz. Digo para atirar neles.

— Só alguns são cristãos e de uma espécie bem estranha. De qualquer modo, aquele na frente veste uma sotaina. Claramente é um monge.

— Calem-se — rosnou Macróbio pelo canto da boca. — Ou colocarei os dois ali para prática de tiro ao alvo.

O homem de sotaina chegou a 20 metros deles, passou as rédeas da mula a um dos companheiros, ambos núbios, vestindo pouco mais que tangas. O homem tirou o capuz, revelando o cabelo comprido e a barba de um monge penitente, ergueu a mão para proteger os olhos e olhar o parapeito, localizando o elmo de Flávio, e avançou alguns passos em sua direção. O arqueiro atrás de Flávio puxou o arco, mas o tribuno estendeu a mão e o deteve.

— Identifique-se — exigiu.

— Sou um homem de Deus.

— Podemos ver o que finge ser — rosnou Macróbio. — De onde vem?

— Venho de Hippo Regius. Meu nome é Arturo, escriba do bispo Agostinho.

— Arturo. É um nome muito estranho — disse Macróbio com desconfiança, puxando a espada pela metade da bainha. — Parece vândalo para mim.

— É bretão.

Macróbio bufou.

— O que faz um monge bretão no deserto africano?

— Se não estou entendendo mal sua pronúncia e aparência, posso do mesmo modo perguntar também o que faz aqui um ilírio, possivelmente um rético do Danúbio com algo de cita.

As narinas de Macróbio inflaram e Flávio estendeu o braço para contê-lo.

— Diga-nos o que foi feito do bispo Agostinho.

Arturo fez uma pausa.

— Deixamos Hippo Regius em segredo quando os vândalos apareceram no horizonte a oeste — respondeu. — Vivemos escondidos num monastério próximo ao grande deserto, trabalhando em seus escritos finais. Quando a doença do bispo Agostinho piorou, ele me ordenou que fugisse, para preservar seus livros. Estão aqui, em meus alforjes. Tomamos uma rota ao sul conhecida por meus núbios, à margem do grande deserto, para evitar a perseguição, mas felizmente os vândalos ficaram em Hippo Regius para saquear e queimar, e mostraram pouco interesse naqueles que fugiam; eles sabem que, no fim, alcançarão a todos nós. Quanto ao bispo Agostinho, só posso temer o pior.

— Soubemos que ele morreu.

Arturo baixou a cabeça.

— Ouvi este boato de outros refugiados. Foi como o próprio Agostinho teria desejado.

Flávio olhou o homem, tentando avaliá-lo.

— E o exército vândalo?

— O senhor saberá que são liderados pelo rei Genserico. Saberá também que Bonifácio, *magister* do exército de campo africano e *comes Africae*, bandeou-se para o inimigo, de modo que quase toda a África romana já está nas mãos de Genserico, exceto por aqui, Cartago. Genserico voltou em sua palavra e abateu a maioria dos *comitatenses* que se entregaram a ele para que não haja aumento de sua força como resultado da traição de Bonifácio, mas isto nada muda, pois Genserico tem mais de 20 mil guerreiros vândalos a sua disposição, todos sedentos por sangue. Ele também tem quase mil alanos.

— *Alanos?* — disse um dos homens, aos sussurros. — Aí fora?

Arturo concordou com um movimento de cabeça, sua expressão sombria.

— Agora Genserico intitula-se *Dux Vandales et Alanes*. Os chefes tribais dos alanos estão subordinados a ele. Genserico os usa como ponta de lança nos ataques. São mais altos do que os demais, gigantes louros de olhos azuis. Tudo e todos têm caído diante de seu assalto. — Ele se interrompeu mais uma vez, semicerrando os olhos para os homens. — Mas se estiverem interessados, sei de uma maneira de matá-los. Se tiverem coragem para tanto.

— Esta é uma declaração ousada para um monge — disse Flávio. — E também uma avaliação tática muito astuta. Você é um dos convertidos de Agostinho? Um soldado convertido a monge?

Uma lufada de vento, quente e seco, ergueu a sotaina de Arturo e Flávio viu o brilho de metal por baixo, a bainha de uma espada que parecia um gládio antiquado. Ele estreitou os olhos para o homem e apontou a espada com a cabeça.

— Seus monges lutam corpo a corpo, então?

Arturo também o fitou, de olhos frios e duros, depois abriu a sotaina de modo que a guarda da espada ficou à vista de todos.

— Você não esteve em Hippo Regius — rebateu ele em voz baixa. Puxou a espada e colocou a face da lâmina na palma da mão. Era uma espada antiga, seu gume irregular, desgastado por marcas e amassados, mas as partes limpas eram reluzentes e afiadas. Uma mancha de sangue seco cobria a lâmina perto do punho, onde coagulara numa camada grossa.

— Não tive a oportunidade de limpá-la e oleá-la adequadamente — disse ele. — Estivemos nos deslocando continuamente desde a fuga de Hippo Regius, e tive alguns encontros com saqueadores vândalos.

O sármata Apsachos, atrás de Flávio, desembainhou a lâmina, uma espada muito maior, e a ergueu, fazendo-a brilhar na neblina.

— Crave a espada na areia — disse. — É assim que costumamos limpar as nossas quando estamos no deserto. Limpa em segundos e também a pole.

Arturo lançou a cabeça para seus dois companheiros.

— Os guerreiros númidas acreditam que enterrar a espada na areia traz má sorte. Acreditam que isto seria perfurar a pele da mãe terra, que os poços secariam e nosso inimigo cairia sobre nós. Eles limpam suas lâminas com azeite de oliva. Podem ser pagãos e supersticiosos, mas neste caso estou inclinado a acompanhá-los.

Apsachos olhou a lâmina de sua espada, grunhiu e a recolocou na bainha.

— Ora, isto é ótimo — resmungou ele. — Como se as coisas já não fossem bem ruins sem um mau presságio.

A sombra de um sorriso passou pelos lábios do monge e ele se virou para Flávio.

— Em resposta a sua pergunta, sempre preferi a luta corpo a corpo às táticas à meia distância ensinadas à infantaria romana hoje em dia. Usar essas espadas longas e atirar lanças em formação em massa para repelir um ataque inimigo é muito bom, desde que o inimigo não rompa suas linhas e, de qualquer modo, não é este tipo de combate que está em meu sangue.

— E qual é? — perguntou Flávio, olhando indagativamente o monge.

O homem parou, olhou a fila de soldados e baixou a espada, estendendo a mão direita.

— Caio Arturo Prasutago, ex-comandante do *Cohortes Britannicus* da *Comites Praenesta Gallica*, o exército de campo do norte.

Flávio olhou nos olhos do homem, tomou a decisão e apertou a mão dele.

— Flávio Aécio Segundo, tribuno do *protectores numerus* da Vigésima Legião Victrix, patrulha avançada da guarnição de Cartago. — Correu a mão pela trincheira. — Estes são meus homens.

Flávio sentiu Macróbio tenso e o viu descer a mão novamente à guarda da espada.

— Espere um momento — grunhiu o centurião. — Não foi esta unidade que desertou na Gália? Que se bandeou para os bárbaros? Que matou romanos? — Houve um movimento geral entre os soldados, de olhos fixos e desconfiados no monge, as armas sendo sacadas. Flávio ergueu a mão.

E ele agora é um homem do clero.

— Ou finge ser — rosnou Macróbio.

Arturo ergueu a mão e puxou a sotaina para baixo, revelando uma antiga cicatriz que corria pelo pescoço, da orelha esquerda à clavícula oposta.

— Quando eu tinha 6 anos, os saxões atravessaram o mar e invadiram o forte litorâneo onde eu morava, matando minha mãe e minhas irmãs e cortando meu pescoço, deixando-me ali para morrer. Meu pai era o comandante da guarnição.

Flávio se virou para o soldado a suas costas, um veterano grisalho ainda mais velho do que Macróbio, mantido na unidade por suas habilidades de arqueiro. Perguntou:

— Você esteve lá, não esteve, Semprônio, na Bretanha, no fim?

O homem baixou o arco, curvou-se e cuspiu.

— É verdade, estive lá. Ainda um jovem recruta com a *classis Britannicus*, a frota bretã, tripulando o forte litorâneo em Dover. Fomos os últimos a partir, depois de supervisionar a retirada de todos os soldados da fronteira norte e dos outros fortes costeiros. Não houve glória nenhuma nisso. Nem mesmo foi uma retirada em combate. Partimos sob o manto da escuridão, impelindo nossas barcaças de transporte do exato lugar onde César desembarcara quase quinhentos anos antes. Eram tempos em que Roma era liderada por homens fortes. Fomos liderados pelo fraco imperador Honório, que abandonou a Bretanha e deixou os civis à própria sorte.

Arturo ouviu o homem com seriedade, depois assentiu.

— Se a guarnição na Bretanha tivesse sido mantida, as coisas podiam ter sido muito diferentes. Eles não teriam conseguido repelir os saxões, mas podiam tê-los convencido a chegar a um acordo, a aceitar terras, como os visigodos a aceitaram do imperador na Aquitânia. A Bretanha ainda teria sido uma província do Império e os saxões teriam mandado os filhos a Roma para serem educados como os godos agora fazem com a Gália. Em vez disso, os imperadores esvaziaram a guarnição bretã para travar suas próprias guerras de sucessão e reforçar a própria guarda pessoal, enfraquecendo a Bretanha e proporcionando um alvo tentador para a invasão. Na época da última retirada, a guarnição bretã era pouco mais do que uma força mínima. A Bretanha foi perdida não pela pressão dos bárbaros, mas pela obsessão dos imperadores com sua própria segurança e a ameaça de usurpadores.

— O imperador Valentiniano é diferente — disse Flávio. — Ele fortalecerá Roma mais uma vez.

— Talvez — respondeu Arturo. — Mas não o vejo aqui, parado atrás de uma cruz, liderando seus homens contra a maior ameaça enfrentada pelo Império. Perder a África com seus rendimentos e cereais seria muito mais grave do que o saque da própria cidade de Roma. Todavia, o imperador está sentado com sua corte em Milão e só o que vejo aqui é um jovem tribuno, um centurião e sessenta homens de um *limitanei numerus*, um seixo para conter uma torrente furiosa.

— Estes somos nós — murmurou um dos homens. — O derradeiro *limitanei*.

— Roma precisa de generais como Genserico — afirmou Arturo. — Homens que são ao mesmo tempo reis e líderes de guerra, homens como Júlio César ou Trajano, o Velho. Sem eles, Roma pode vencer batalhas, mas jamais vencerá guerras. E os vândalos não são os piores. Atrás de sua terra natal ao norte, nas florestas e estepes do Oriente, há uma força das trevas maior do que qualquer um aqui pode imaginar, acumulando energia para um confronto que será o teste dos limites do Império.

Flávio gesticulou para a arma de Arturo.

— Essa espada... Um legado do passado?

— Meu pai também foi abandonado à morte naquele dia, quando tive o pescoço cortado, e os mortos saxões foram empilhados em volta dele. Consegui engatinhar em sua direção e, num último suspiro, ele me deu esta espada. Disse-me que desde que ela fosse carregada por um soldado descendente de seu dono original, a Bretanha resistiria à invasão. Tornei-me um menino seguidor de uma unidade *comitatenses*, depois fui adotado pelos soldados e dois anos mais tarde, quando saí da Bretanha com eles, ainda tinha a espada comigo. Seu dono original foi um soldado da Nona Legião que esteve entre os primeiros a desembarcar com a força de invasão do imperador Cláudio, mais de 350 anos atrás.

— Então você *é* um romano — rosnou Macróbio. — Isto torna ainda pior o crime de deserção.

— O que significa ser romano? — disse Arturo, olhando em volta. — Quem de vocês, aqui, é verdadeiramente romano? Sim, vocês combatem para um exército romano, contra bárbaros. Mas são também sármatas, godos, ilírios. Tenho ascendência romana, mas a família de meu pai era principalmente do reino bretão dos icenos, e a de minha mãe, brigante. E depois que Honório nos abandonou, não nos chamamos mais de romanos. Consideramo-nos bretões.

— Então, por que a sotaina? — perguntou Flávio. — Por que não está na Bretanha, combatendo os invasores? Há rumores de resistência contínua nas montanhas no oeste da ilha.

Arturo pôs a espada na bainha e fechou a sotaina. Levou as mãos ao rosto, passando-as pelas bochechas e pela barba, e ficou em silêncio por um momento. Flávio viu pela primeira vez como ele estava desgastado e sujo pelas intempéries, como parecia cansado. O homem deixou suas mãos caírem na rudimentar cruz de madeira pendurada no pescoço. Macróbio continuou impassível, a mão ainda no pomo da espada. Arturo levantou a cruz e a beijou, olhando em seguida para Flávio.

— Quando parti da Bretanha, estava decidido a voltar, a levantar a espada de meu pai contra os saxões. Minha missão para o bispo Agostinho ainda não terminou. Devo levar seus livros a um lugar seguro, a um mosteiro na Itália. Mas não fugirei de Cartago sem enfrentar o inimigo em batalha. Ofereço minha espada a vocês.

— Você ainda não nos disse como matar alanos — resmungou um dos homens.

Flávio fitou o monge. Eles ainda não sabiam toda a história de como Arturo deixara sua unidade na Gália, mas agora havia pouco tempo para isso.

— Oferta aceita.

Arturo assentiu em reconhecimento e lhe lançou um olhar de aço.

— E agora, se vamos lutar por vocês, meus homens e nossa mula precisam de água.

Flávio observou Macróbio levar o grupo ao poço, descendo na trincheira e subindo do outro lado, com a mão no punho da espada, claramente ainda sem conceder a Arturo o benefício da dúvida. Ele se virou para o oeste, refletindo sobre o que Arturo contara. Lembrou-se, quando menino em Roma, de se intimidar com Agostinho, o destemperado que todos desejavam imitar, e ficar tão perplexo quanto os demais quando ele de repente abriu mão do vinho e das mulheres pela batina. Alguns viram isto como um ponto forte, como a vontade de se afastar de vícios mundanos, mas outros entenderam como uma fraqueza, com a noção de que o clero em si era uma tentação a qual os homens de ação deveriam resistir a fim de fazer o bom trabalho de Deus na terra: liderar os exércitos de Cristo contra o inimigo bárbaro.

Flávio aprumou a orelha. Estava convencido de que tinha ouvido novamente o mesmo som que o assombrara algumas horas antes, deitado ali, lutando contra o frio, entrando e saindo da inconsciência; um som do oeste que se elevava e ondulava sobre os roncos e grunhidos a sua volta. Os barulhos pareciam mais altos e precisos desde que bebera a infusão das folhas de *chata* que Macróbio lhe dera. Ele se perguntou se experimentava a mesma percepção ampliada daqueles que não conseguiam dormir, se sua imaginação e a lembrança daquele som na noite lhe pregavam peças. Depois ouviu de novo e viu outros pararem o que faziam para escutar, uma onda de tensão que parecia farfalhar pela trincheira. Era um cachorro latindo, em seguida outros, ecoando de uma ponta do horizonte a oeste a outra, agora um pouco mais perto do que quando ele ouvira antes. Não eram apenas os latidos e uivos de cães selvagens, mas algo diferente, mais orquestrado, e provocou o mesmo frio na espinha que ele tinha sentido menos de uma hora antes.

Ele tentou ignorá-lo e se concentrou no plano tático que elaborara com Macróbio nos últimos dois dias. Tudo dependia dos homens do *numerus* manterem a coragem e deixarem que o inimigo se aproximasse o máximo possível. Escondidas entre os morros atrás da trincheira estavam cinco catapultas *onager* com bolas de fogo, retesadas e pesadas para que as bolas explodissem no terreno íngreme menos de 100 metros à frente da trincheira. Eles teriam tempo apenas para disparar uma vez e os artilheiros tinham molhado as máquinas com nafta para garantir que as bolas de fogo, quando acesas, também inflamassem as catapultas, impedindo que caíssem em mãos inimigas. Uma equipe de *fabri* da guarnição de Cartago também cavara uma vala na frente das catapultas e a tinha enchido com potes de nafta, prontos para virar e inflamar depois que as bolas de fogo explodissem e quaisquer homens sobreviventes do *numerus* tivessem voltado para as muralhas de Cartago.

Para uma linha defendida por menos de cem homens, esta prometia ser uma extravagante exibição de força, mais impressionante que qualquer coisa que os vândalos tivessem encontrado enquanto as guarnições reduzidas da costa ocidental africana caíam uma por uma com seu avanço. Mas Flávio e Macróbio não tinham ilusões a respeito de sua eficácia. Depois que os vândalos percebessem a força mínima imposta contra eles, a pausa momentânea provocada pelas bolas de fogo apenas redobraria sua fúria e a única chance de sobrevivência para aqueles do *numerus* que conseguissem voltar às muralhas de Cartago seria escapar com o resto da guarnição por mar. Mas Flávio sabia que tramar uma defesa planejada não era meramente um gesto heroico; o que estava em risco eram os restos em farrapos do prestígio militar romano. Este prestígio já sofrera um massacre com a traição do comandante *comitatenses* no Ocidente e sofreria um golpe maior se corresse a seus outros inimigos a notícia de que o exército de Roma não se incomodava nem mesmo em impor uma resistência simbólica contra um assalto a Cartago, cidade cuja conquista por Roma seiscentos anos antes tinha dado início ao império. Se ele, Macróbio e cada homem que restasse do *numerus* caíssem levando um guerreiro vândalo ou alano, ele teria cumprido o juramento a seu tio Aécio na nomeação como tribuno, de sempre manter a honra de Roma e a dos soldados sob seu comando, garantindo que seus atos não fossem lembrados pela história como o último suspiro de um exército, mas como um ato final de valor e fúria.

Macróbio subira ao parapeito ao seu lado e ouvia um uivo sinistro vindo das colinas à frente.

— Já escutei este som — grunhiu ele. — Foi enquanto eu servia sob o comando de seu tio na fronteira do Danúbio vinte anos atrás, quando os vândalos saíram das florestas.

— Chamam-se Alaunt — disse Arturo, aparecendo do outro lado de Flávio. — Cães imensos de caça e combate, treinados unicamente para matar. Genserico os mantém na trela até o último instante, até que seus olhos se tornem vermelhos e as bocas espumem, depois os solta junto com os guerreiros alanos. Quando o uivo se transforma em latido, significa que estão chegando.

Flávio sentiu um arrepio por dentro. Agora sabia que o uivo não era um som do deserto, mas das florestas do norte, um lugar onde os cães eram realmente lobos e aqueles que os domavam, os mestres dos lobos, saíam armados aos urros da floresta como um só, trazendo as trevas que estiveram varrendo contra o Império do Ocidente já havia mais de cinquenta anos. Ele fechou os olhos por um instante, tentando se concentrar. *Não deve perder a coragem.* Olhou novamente, varrendo o horizonte, ainda sem nada ver. O uivo tinha parado e foi substituído por um silêncio estranho e sobrenatural, como a calmaria antes de uma tempestade.

Arturo virou-se para ele.

— Qual é seu plano?

Flávio respirou fundo.

— Você verá as catapultas e a vala com os potes de nafta depois do poço — respondeu. — Após a pirotecnia, será uma questão de lançar as flechas e combate corpo a corpo. Este morro dá para a estrada que vai ao porto oeste da cidade. É a rota que qualquer atacante tentaria forçar primeiro. De nossas posições em terreno mais elevado, talvez possamos defender a passagem por tempo suficiente para que qualquer um que ainda esteja em Cartago e deseje fugir chegue ao porto e embarque nas últimas galés. Quando for a hora certa, voltaremos às muralhas da cidade.

Arturo olhou as muralhas. Então disse:

— Genserico deixará que seus homens estuprem e pilhem até que se satisfaçam, mas poupará a vida dos cidadãos de importância e lhes oferecerá termos generosos. Ele pretende se acomodar em Cartago e sua receita tributária é sua futura riqueza. Mas não poupará ninguém armado.

— Você sabe muito sobre Genserico — resmungou Macróbio.

— Genserico emprega mercenários estrangeiros como guarda pessoal. É mais seguro para um rei do que ter os próprios homens, porque a lealdade de um mercenário é garantida pelo ouro. Antes de eu assumir a sotaina, fui capitão de sua guarda.

Flávio viu Macróbio enrijecer.

— Eu sabia que nossa confiança em você era equivocada — rosnou ele, a mão de volta ao pomo da espada.

Arturo ergueu a mão.

— Isso foi dez anos atrás, depois de deixar o exército de campo do norte. Éramos um pequeno grupo de bretões que compunha a *Cohortes Britannicus*, uma unidade *foederati*, mas fomos mal utilizados pelo *comes*, ordenados a sufocar uma revolta camponesa no norte da Gália, massacrando a população e incendiando as terras. Desertamos, sim, mas não combatíamos mais por Roma. Alguns voltaram para se juntar à resistência na Bretanha e outros procuraram os reis bárbaros, como mercenários. Eu ainda não estava preparado para voltar, portanto vendi minhas habilidades ao rei vândalo. E não tenha medo. Meu primo Prasutagus entrou comigo a serviço de Genserico, mas o rei decidiu que não haveria lealdade de parentesco entre sua guarda e o assassinou. Posso ser cristão, mas ainda estou preso ao antigo juramento *wergild* dos icenos e a vingar meu primo, neste mundo ou no próximo. Genserico não é amigo meu.

Macróbio grunhiu, com a mão ainda na espada. Houve uma comoção pela linha, um farfalhar e um sussurro entre os homens, e então uma sentinela apareceu correndo.

— Há gente chegando, centurião — ofegou o homem. — Mais refugiados, visíveis do flanco esquerdo do morro. Parecem desesperados, correndo e cambaleando, jogando de lado quaisquer pertences que tenham. É como se algo fora de vista viesse atrás deles, empurrando-os para a frente.

— Eles não vão conseguir — disse Arturo. — Devemos nos preparar. O inimigo está quase sobre nós.

A cabeça de Flávio rodava. Sentiu-se delirar e teve uma súbita revelação. *Ele já tinha ouvido esse som.* Alguns meses antes, depois de ler em Políbio sobre uma antiga profecia de que Cartago cairia mais uma vez, ele viajou ao sul de Roma aos Campos Flégreos, em visita ao túmulo do grande Cipião Africano, vitorioso sobre Aníbal, havia muito descuidado e tomado de mato. Queria visitar a caverna da Sibila, ver com os próprios olhos a origem da profecia. Encontrou a caverna, passou pelas cruzes e velas que enchiam a lareira da sacerdotisa de Apolo morta havia muito e se postou diante do abismo, escutando. Dizem que o cadáver escurecido e ressecado da Sibila ainda ronda pelos recessos interiores da caverna e que se você prestar atenção, pode ouvir suas últimas emanações. Ele foi embora decepcionado, subjugado, tendo ouvido apenas o vento oeste do mar assoviando e sibilando pelas rochas. Só agora percebia o que realmente escutara. Não era o som do mar. Era o som distante de cães, uivando e latindo. A sombra da Sibila o havia alertado. *A profecia se realizaria.*

Ele sentiu o suor frio nas mãos e seu coração agora martelava. A boca estava seca, a respiração curta. Tentou ignorar o vazio no estômago, o tremor nas mãos, tentou se convencer de que era apenas cansaço, o ar do deserto e o frio. Entretanto, sabia que estava nas garras do medo. Colocou a mão na bolsa em seu cinto e pegou uma das moedas de ouro que usara para pagar aos homens no dia anterior, tentando refrear o tremor na mão, olhando a efígie do imperador: em uma face estava impassível, quadrada e, na outra, em armadura de legionário antiquada, as pernas expostas, de peitoral, um pé numa serpente de cabeça humana vencida e a mão erguendo um orbe com uma cruz. Flávio pretendia olhar esta moeda nos instantes antes da batalha para lembrar a si mesmo dos motivos pelo qual combatia: o Império, a cruz e Roma. Mas só o que pôde fazer foi fechar a moeda na mão para impedir que tremesse, desviar os olhos e ver a realidade que se desdobrava diante dele. Agora conseguia enxergar os refugiados: formas humanas e distantes tombando e cambaleando pela encosta, levantando-se e tentando prosseguir, mulheres e homens arrastando crianças, todos em suas últimas forças depois de dias de luta diante de um terror que mal podiam imaginar, que latia e uivava atrás deles. Flávio ouvia o coração martelar nos ouvidos. Havia uma diferença entre os soldados da Roma cristã e os legionários que tinham vindo antes deles, dos tempos antes de os anfiteatros transformarem-se em lugares sagrados de peregrinação, quando ainda eram ensopados de sangue. *Ele nunca vira uma pessoa ser dilacerada até a morte por um animal.*

Macróbio falou algo em voz baixa e gutural, na língua que Flávio o ouvira usar com vários dos outros soldados das terras do Danúbio. Virou-se para ele.

— O que disse?

Macróbio olhou severamente o horizonte e sacou a espada.

— Eu disse na língua dos vândalos o que o mestre dos lobos agora fala a seus homens. *Soltem os cães de guerra.*

# 3

Os cães caíram num silêncio apavorante, um silêncio que Flávio conhecia de seus próprios cães de caça: era o silêncio de um animal que pretendia unicamente matar, que ia além da necessidade de aterrorizar a presa. O primeiro dos animais tinha dominado os refugiados alguns instantes antes e agora ele via dezenas deles, correndo à frente de uma onda de guerreiros vândalos que ele sabia que absorveria quem tentava fugir deles com a facilidade de um maremoto engolfando tudo a caminho da terra. Ele e seu *numerus* faziam parte dessa inexorabilidade, uma frágil linha de defesa que não tinha qualquer chance de deter o assalto, mas que não cairia sem lutar.

Ele se obrigou a desviar o olhar, voltando-se para averiguar que tudo estivesse preparado. Um quilômetro atrás deles, as muralhas de Cartago estavam emolduradas pelo brilho vermelho do sol nascente, como se a cidade já estivesse em chamas. Flávio se perguntou se alguém observava das muralhas ou se as sentinelas tinham fugido para as embarcações no porto. Para além dos morros, quinhentos passos atrás da trincheira, ele distinguia os braços de arremesso das cinco catapultas, cada uma delas recuada por um guincho contra a torção da corda enrolada que prendia a base do braço à estrutura pesada. Abaixo de cada braço estava pendurada uma bolsa contendo uma bola de argila cheia da mistura de combustível, pronta para ser lançada depois que os artilheiros golpeassem o pino de retenção com uma marreta de madeira. Ele agora via os homens, um para cada catapulta, segurando as velas que tinham acendido com os últimos resíduos do fogo de cozimento; a seu comando, eles inflamariam as bolas de fogo e nafta na vala diante deles.

Agora o olhavam fixamente, esperando pelo sinal. Todos os homens na trincheira faziam o mesmo, os nós de seus dedos brancos nas armas, como se todo o *numerus* estivesse teso como as catapultas. Flávio se virou para olhar sobre o parapeito. Os cães se aproximavam, a não mais de quatrocentos passos, precipitados em sua ansiedade para alcançar a presa, erguendo uma imensa trilha de poeira a suas costas. Cavalgando pela poeira, ele viu o primeiro dos mestres dos lobos, os guerreiros alanos, homens imensos com peles nos ombros, estalando os chicotes que usavam para impelir os cães, portando maças cruéis, crivadas de pregos, que eram sua marca registrada em batalha. Uma torrente de vândalos parecia cair em cascata sobre o aclive atrás deles, atravessando o vale e correndo encosta acima para a trincheira, os cães perto o bastante para que suas presas e o vermelho dos olhos estivessem visíveis. Flávio olhou a massa em aproximação, avaliou sua velocidade e possível ponto de impacto. *Havia algo errado*. Ele se virou para Macróbio.

— As bolas de fogo devem cair na massa do inimigo. Os cães chegarão a nós antes que os vândalos entrem em alcance.

Macróbio segurou a espada preparada.

— Então cuidaremos dos cães quando estiverem aqui — respondeu ele. — Atenha-se a seu plano, tribuno. — Ele se virou e olhou para seus homens. — Firmes — rosnou. — *Sagitarii*, retesem os arcos.

Os arqueiros a cada cinco homens pela linha ergueram os arcos e apontaram, mantendo posição enquanto Macróbio levantava a mão. Flávio olhou os artilheiros. Havia lhes dito para só atacar a seu comando e tinha esperanças de que mantivessem a coragem. Eram homens especialmente recrutados por ele ao *numerus* para a tarefa, veteranos do *limitanei* de fronteira, recomendados por Macróbio, que juraram sacar a espada e manter posição depois que os onagros disparassem.

O primeiro dos Alaunt estava agora à distância de apenas um arremesso de pedra, um vulto em disparada, maior do que qualquer lobo que Flávio já tinha visto na vida, triturando o que havia pelo caminho ao subir o aclive na direção deles, seu pelo preto eriçado e pontilhado com a espuma que babava das mandíbulas. Flávio segurou a espada com as duas mãos, pronto para cravar em ventres e pescoços, sabendo que haveria pouco espaço para girar ou cortar. Ele invejou Arturo e seu gládio, e viu o bretão de sotaina mais além no parapeito, perto da estrada, para onde enviara seus núbios e o cavalo de volta à cidade. Os cães estavam quase sobre eles, uma linha de imensas feras maciças numa nuvem de poeira que cobria tudo o que vinha atrás. Macróbio se retesou e baixou o braço.

— *Agora!* — berrou.

Flávio teve consciência do assovio das flechas justamente quando o cão líder chegou à frente do parapeito e se atirou sobre eles. A flecha do sármata a suas costas se enterrou nos tufos de pelo da boca da fera, tarde demais para impedir o animal, nas convulsões da morte, de jogar-se no homem e rasgar seu pescoço, um emaranhado de pernas e sangue que rosnava, gritava e se contorcia, caindo depois na poeira. Outros cães tombaram no chão em plena correria, espetados por flechas, mas alguns eram rápidos demais para que os arqueiros recarregassem e apontassem, atirando-se nos homens com os caninos à mostra. Macróbio caiu de costas atrás da trincheira com o pomo de sua espada fixado no chão e pegou um cachorro na ponta, estripando-o quando se lançou para ele. Outro animal derrubou Flávio de lado e meteu as garras em seu braço, deixando quatro riscos vermelhos que rapidamente se encheram de sangue. O cão subiu ao lado da trincheira e sumiu, passando pelos artilheiros e as catapultas, seguindo para as muralhas de Cartago, o novo líder de um bando que se desligava da rixa e seguia, como se o cheiro da cidade fosse uma atração ainda maior do que o sangue à volta deles.

Flávio levantou-se com dificuldade, o braço pingando sangue, e num borrão viu as formas erguidas dos mestres dos lobos alanos se aproximando, seguidas pela onda de vândalos a não mais de duzentos passos de distância. *Chegara a hora.* Ele se virou para os artilheiros, levantou o braço, sentindo o sangue espirrar no rosto, e o baixou.

— Soltem! — gritou ele. Os artilheiros aproximaram as velas para acender as bolas de fogo e bateram as marretas de madeira nos pinos de retenção. Lenta e graciosamente os braços subiram, balançando as bolsas em um amplo arco, até que bateram nas vigas de trava com um baque surdo e as bolsas soltaram seus mísseis. As catapultas explodiram em chamas com o voo das bolas de fogo, a argila rachando no impacto e cuspindo nacos em chamas. O primeiro atingiu um guerreiro alano em cheio no peito, inflamando suas peles e o cabelo num jato de fogo. Isso não o impediu de avançar, porém, trôpego e girando em pirueta como uma fogueira ambulante, até cair pesadamente na terra. Os outros projéteis chocaram-se na primeira fila de vândalos, criando um muro contínuo de fogo de que os homens tentaram desesperadamente se livrar, alguns caindo e se contorcendo na terra para apagar as chamas e outros correndo às cegas como tochas humanas, gritando e largando as armas enquanto os arqueiros atrás de Flávio tentavam pegá-los.

Os alanos à frente do fogo guardaram os chicotes e avançaram segurando apenas as maças de guerra, armas apavorantes talhadas de um mesmo galho de carvalho, cravejadas com pinos de ferro que brilhavam ao sol. O mais próximo investiu diretamente contra Arturo, que estava no parapeito, de capuz baixo e o gládio preparado. Flávio viu os artilheiros avançarem para a vala na frente das catapultas, as velas prontas para acender a nafta e criar uma barreira de fogo atrás dos sobreviventes do *numerus*, para permitir sua retirada. Flechas começaram a assoviar no alto, partindo das fileiras dos vândalos, algumas batendo inofensivas no parapeito e outras encontrando seu alvo. Macróbio virou-se para ele, sua cota de malha pingando das entranhas do cachorro e, juntos, os dois se viraram e berraram para cada lado da trincheira:

— *Recuar! Recuar!*

A ordem chegou tarde demais para os homens à esquerda de Flávio. Um alano apareceu no parapeito; um homem enorme, com braços grossos como sua maça. Com um único golpe, arrancou a cabeça de um homem e girou para trás, pegando a barriga de outro, a cabeça empalada batendo na cota de malha do sujeito enquanto o golpe quebrava suas costas, um jato de sangue e entranhas caindo por suas pernas. O alano desceu a trincheira ainda golpeando, os homens desesperadamente saindo de seu caminho, os arqueiros sobreviventes virando-se e atirando à queima-roupa no peito e na cabeça do gigante, enchendo-o de flechas até que uma, atravessando-lhe a testa, finalmente o fez cair, seu corpo se sacudindo de joelhos e tombando para a frente entre a carnificina que ele criara ao redor.

De repente, um alano estava na frente de Flávio, uma forma descomunal silhuetada pelo fogo que ainda grassava pela linha de vândalos atrás dele. Flávio lembrou-se do que Arturo dissera momentos antes da batalha, cumprindo a promessa de contar como combater os alanos: *Não recue. Mantenha posição e escape do primeiro golpe. Depois, quando os braços dele estiverem elevados e ele, vulnerável, avance e crave a espada em seu coração.* O alano rugiu, seus dentes afiados como o de seus cães, o cabelo amarelo amarrado atrás e voando a suas costas; mas era como se Flávio não ouvisse nada, não enxergasse nada, preso num momento que pareceu se expandir infinitamente. Era algo que conhecia pelos relatos, nos quais ele próprio não acreditava, daqueles que estiveram em situação de vida ou morte em batalha dessa maneira. E teve consciência do ataque da maça que descia sobre ele, girando baixa para pegá-lo nas pernas. Deu um pulo enquanto a maça o errava e girava no alto para a direita, até que o alano a segurou acima da cabeça, o ímpeto o fazendo tombar para trás, seus olhos arregalados de fúria quando percebeu a própria vulnerabilidade. Flávio imaginou que podia ver o coração do homem batendo embaixo de seu esterno ofegante e cravou a espada ali, empurrando com força, até senti-la atravessar a espinha e sair do outro lado. Manteve a espada no local, cada músculo de seu corpo tenso, sentindo o fedor de suor e adrenalina e o coração falhar contra a lâmina, até estremecer e parar. O homem tossiu uma torrente de sangue e caiu contra Flávio, largando a maça atrás de si, os braços flácidos e sem vida.

Ele empurrou o corpo de lado, pôs o pé no peito do homem e puxou a espada. Macróbio pegara o arco e a aljava do arqueiro morto atrás deles e disparava com a maior velocidade possível sobre o parapeito. Os vândalos tinham passado pela carnificina provocada pelas bolas de fogo e estavam a segundos de distância. Flávio olhou à esquerda e à direita ao longo da trincheira, vendo apenas cadáveres. Macróbio soltou a última das flechas, pegou a espada que tinha enterrado no chão e arrastou Flávio.

— Ou estão todos mortos, ou foram embora — berrou. — Você cumpriu seu dever. Agora devemos nos juntar aos sobreviventes. — Ele arrastou Flávio pela trincheira, subindo do outro lado, aos artilheiros que aguardavam. Ao assim fazer, Flávio viu que o sármata prostrado mais perto deles ainda estava vivo, mexendo a boca e gesticulando. O tribuno baixou a espada e o colocou em suas costas, mas ao fazer isso uma flecha voou através do pescoço e da cabeça do homem, espirrando sangue em

Flávio e lançando os dois para a frente. Macróbio os separou, os olhos do homem agora arregalados na morte, e, juntos, os dois passaram pela vala enquanto os artilheiros jogavam nela suas velas e a nafta explodia numa muralha de fogo.

Flávio parou por um momento, recurvado e ofegante, e sentiu o calor nas costas, consciente de Macróbio e Arturo reunindo os artilheiros e os empurrando para diante. Via outros sobreviventes do *numerus* correndo e passando pelos onagros em chamas por terreno aberto para o leste. *Ótimo. Ele seria o último homem a partir.* Tinha sustentado sua honra, a palavra dada ao tio Aécio algumas semanas antes em Roma, e não abandonara seus homens. Ele olhou o sangue que pingava do braço, vendo suas veias inchadas, sentindo o coração martelar. Tinha sentido algo mais, não apenas dor e medo, mas uma enorme exaltação. Matara um homem em batalha pela primeira vez. Naquele momento, ele soube o que os gregos queriam dizer com um *kharme*, o desejo de batalha, e por que os homens ansiavam por ela. *Era bom.*

Macróbio estava à sua frente, gritando:

— Venha, tribuno. Às muralhas de Cartago. Precisamos correr e salvar nossa vida.

Meia hora depois, Flávio estava sentado entre seus homens do lado de dentro do porto leste da muralha da cidade. Os grandes portões de madeira haviam sido abertos para eles pelo esquadrão de sentinelas da guarnição que jurara permanecer de serviço até que eles estivessem seguros no interior da muralha. Ele vira as sentinelas barrando o portão e se retirando para as ruas na direção do porto a fim de se reunirem à retaguarda da guarnição, que esperava no cais para ser levada pelas últimas galés. Os arredores pareciam desertos, mas Flávio sabia que o povo de Cartago se escondia em suas casas — aqueles que acreditaram nas garantias do traidor Bonifácio de que os civis não seriam machucados, nem teriam suas propriedades destruídas, que as autoridades da cidade teriam lugar garantido na nova administração sob o governo de Genserico e seu conselho de chefes tribais. Não era uma garantia que se estendia aos *milites* da guarnição ou que mereceria qualquer crédito caso existisse. Sua exibição simbólica de resistência da trincheira infligira baixas suficientes para atiçar a fúria dos vândalos, eliminando qualquer possibilidade de misericórdia que algum dia pudessem demonstrar. Sua única chance de sobrevivência era sair de Cartago, e agora.

Ele ergueu um dos odres deixados pelas sentinelas e permitiu que a água escorresse por sua garganta, sorvendo grandes goles e deixando que espirrasse no rosto. Passou-o ao homem que lhe entregara e olhou em volta. Macróbio tinha lhe informado o número de baixas, mas ele podia contar sozinho. Perderam mais dois homens durante a retirada para as muralhas, um para um Alaunt errante e outro para os próprios ferimentos, desabando morto enquanto era ajudado na travessia. Do *numerus* original de oitenta homens, apenas dezesseis sobreviveram. *Dezesseis homens.* Flávio pensou que seu comando era insignificante, para começo de conversa, mas isto ia além de uma brincadeira. Entretanto, eles eram o exército que restava da África, os últimos soldados do exército que séculos antes tinha rompido essas encostas para reclamar Cartago como sua. Ele ainda era seu comandante. Cada um dos homens trazia as cicatrizes do assalto, alguns com ferimentos abertos de mordidas dos Alaunt e outros com a carne esmagada e rasgada, onde suportaram os golpes de maça dos alanos. As próprias marcas de batalha de Flávio, os três talhos em paralelo das garras do cachorro por seu braço, começavam a inchar e latejar dolorosamente.

O arqueiro sármata Apsachos rolou, levantou a perna direita e olhou a carne retalhada de sua panturrilha.

— Isto foi o desjejum de um cachorro, senhor, se quer minha opinião.

O homem ao lado dele riu e fez uma careta de dor, segurando uma mancha vermelha que escorria por entre a cota de malha em seu flanco direito.

— Não me faça rir, Apsachos. Se eu não estivesse segurando minhas vísceras, daria uma bela gargalhada.

— Deixe que saiam e veremos se você realmente é visceral. Não o vi mostrando nada disso lá atrás.

— Isso porque você estava ocupado demais rebolando o traseiro para o inimigo ao tentar fugir, enquanto eu dava conta de um alano sozinho.

— Só quem vi fazer isso foi seu tribuno, Flávio Aécio — disse Macróbio, agachando-se entre os homens. — Mas todos aqui mostraram coragem, assim como nossos camaradas que agora estão com Deus. E Apsachos, se você fosse tão rápido em cavar latrinas como é com seus gracejos, eu lhe daria a *corona civilis* com grinalda de folhas de oliveira.

— Condecorações por esta ação, centurião? Uma retaguarda que não se aguentou em uma campanha fracassada, o melhor de Roma fugindo com o rabo entre as pernas depois de abandonar Cartago, a joia do Império? Creio que isto não será esquecido por nossos amados generais, que comem uvas e fazem orações em Ravena e Milão.

Macróbio tirou a cota de malha estropiada do braço esquerdo, revelando uma flecha quebrada de vândalo cravada fundo no ombro.

— Todos nós temos nossas condecorações, Apsachos. Condecorações que ficarão conosco, em nosso corpo, para nos lembrar deste dia e de nossos camaradas que caíram aqui. É só isso que importa. Os generais com suas cabeças nas nuvens e os bispos que os lideram podem ir para o inferno. E agora beba deste segundo odre que os guardas nos deixaram. Ouço os Alaunt latindo nos portões. Se não partirmos agora, além de desjejum, também seremos o almoço dos cães.

# 4

Flávio ajudou o último dos feridos e o escorou ao se arrastarem para o leste, atravessando Cartago na direção do porto. Estavam seguindo a rota que Arturo tomara à frente para encontrar seus núbios e recuperar o alforje. A cidade não resistiria aos vândalos por muito tempo; assim que percebessem que as muralhas não tinham defesa, usariam ganchos para escalar e abririam os portões para que os outros os seguissem. Flávio sentia a presença do lado de fora, uma força vasta e incansável agitando-se contra a cidade, esperando que seus batedores fizessem um reconhecimento das muralhas e dessem o sinal para o último assalto. Ele tentou acelerar o passo. Vinte minutos depois, tinham colocado a muralha leste a 400 metros de distância. Perto da beira-mar, passaram pela imensa estrutura dos banhos imperiais, rompendo a linha dos molhes. À frente, ficava o famoso porto interior, construído setecentos anos antes pelos cartagineses púnicos contra a ameaça do ataque naval romano, uma ameaça concretizada quando Cipião Emiliano desembarcou suas forças do mar e arrasou a cidade. O porto agora estava à vista, reconstruído na época de Júlio César e, depois de mais vinte minutos passando por casas particulares e de cômodos, eles deram na margem do complexo, pouco antes do promontório oriental, onde a cidade se projetava no mar Mediterrâneo.

As ruas estavam encobertas por um silêncio sinistro, quase sem ninguém, mas Flávio via algumas dezenas de figuras na extremidade do cais, diante da proa de uma galé: a última embarcação atracada no porto. Ao se aproximar, ele localizou Arturo com sua sotaina, os dois núbios e o cavalo, e, atrás deles, o capitão de barba branca que concordara em continuar ali para apanhá-los, se houvesse sobreviventes. Flávio se apressou para o homem, bateu a mão em seu ombro e lhe falou em grego:

— Somos apenas 16 em número. Não há mais. Obrigado por esperar, *kyberbetes*.

— Não precisa agradecer a mim, Flávio Aécio. Lembre-se, também fui tribuno em minha juventude, o comandante de uma *liburnian* na frota do Adriático, a *classis Adriaticus*. Mesmo agora, como civil, jamais deixaria para trás companheiros guerreiros de Roma. Você e seus homens têm *virtus*, ao contrário daqueles integrantes da guarnição que já fugiram.

— Quando podemos embarcar?

— Muito em breve. Estamos carregando o que resta de lingotes de prata e ouro do bispo de Cartago. É por ordem expressa do *primicerius sacri cubiculi* do imperador, Heráclio.

— Aquele eunuco? A ama de leite do imperador? — Macróbio se juntou a eles, curvou-se e cuspiu. — É melhor amarrá-lo a bordo, depois jogá-lo no mar.

— O tesouro antes dos homens — resmungou outro homem do *numerus*. — É sempre assim.

O capitão olhou para Macróbio como se pedisse desculpas.

— Conhece a realidade, centurião. Se eu aparecer em Óstia sem o tesouro e apenas com soldados, os brutamontes godos de Heráclio me arrastarão para a prisão Mamertina em Roma e me esfolarão vivo. Se eu aparecer com tesouro *e* soldados, tudo ficará bem.

— É melhor para Heráclio que você apareça com o tesouro, porém sem soldados — disse Macróbio. — Assim, aquele sapo choramingas poderá viver outro dia. Admiro Valentiniano, mas seus eunucos podem ir para o inferno.

Flávio olhou o capitão.

— Você tem no máximo dez minutos — falou. — Os vândalos terão invadido e estarão aqui em uma hora.

— *Ave*, tribuno. — O capitão se voltou para a tripulação, que carregava com esforço caixas e engradados pela prancha para a galé, uma larga embarcação de um convés com espaço para trinta remadores e os homens do *numerus*, caso conseguissem se encaixar entre os engradados no convés estreito que corria acima da quilha do casco, entre os bancos. A embarcação estava ancorada na beira do porto retangular, de frente para o canal leste que levava ao mar, sua rota de fuga. Do outro lado do cais ficava o porto circular interno, lar no passado das galés de guerra dos cartagineses e depois quartel-general da frota romana de cereais. Esboçados contra a margem do porto havia os restos de quatro naves de guerra romanas, seu fundo despedaçado e os remos quebrados. Flávio olhou para Arturo.

— Pelo menos depois que estivermos no mar, os vândalos não poderão nos seguir rapidamente.

Arturo amarrou o alforje e observou o porto.

— Não conte com isso. Há um mito de que o mar é o calcanhar de Aquiles dos bárbaros, porque os godos não conseguiram atravessar o Bósforo em Constantinopla depois da batalha de Adrianópolis, sessenta anos atrás. Mas, na época, eles eram inexperientes na navegação pelo Mediterrâneo e pretendiam ir mais para o oeste do que o leste. Quando alcançaram a extremidade sul da Grécia e depois a Itália em sua grande migração, não foi tanto a ignorância do mar que os impediu de ir mais além ao sul, mas o fato de que não viam sentido nisso; queriam terras, e não se tornar piratas. Genserico é diferente. Compreende que o mar não é uma barreira, mas uma rota, que o Mediterrâneo é um campo de batalha que qualquer bárbaro que pretenda enfrentar Roma ignora por próprio risco. Entre os mercenários da Bretanha que ficaram com Genserico depois que deixei seu serviço estava um antigo artífice da frota do canal, a *classis Britannica*, que sabia construir as embarcações de fundo achatado preferida pelos povos do mar do noroeste. Eram barcos de tal projeto que permitiram a Genserico atravessar o estreito de Gibraltar, da Espanha à África. E você pode ter certeza de que depois que ele e seus vândalos tomarem os portos de Cartago, rapidamente se afirmarão no Mediterrâneo. Os invasores em terra irão se tornar invasores por mar. Lembre-se, conheço esses bárbaros. Já os vi com meus próprios olhos, lutei junto deles, nas montanhas e planícies do Norte, nas florestas, nas estepes muitos estádios a leste, muito além do alcance de Roma.

Flávio o olhou.

— Você viajou para longe, Arturo.

— Fui a lugares sombrios.

Arturo voltou-se para os núbios, procurou em sua sotaina e deu a cada homem uma bolsinha de moedas, depois acariciou o focinho do cavalo, sussurrando em seu ouvido. Bateu em seu flanco e ergueu a mão em despedida enquanto o cavalo trotava atrás dos núbios, saindo do porto em direção ao portão leste da cidade.

— Para onde eles vão? — perguntou Flávio.

— A um lugar onde homens como eles não são escravizados por homens como nós — disse Arturo. — Eu os aconselhei a viajar ao Oriente à margem do grande deserto para o Egito, depois ao sul, pelo curso do rio Nilo, ao reino de Aksum. É o primeiro reino cristão no mundo, fundado bem antes de Constantino, o Grande, ter sua revelação e converter o Império Romano. Se chegarem a salvo em Aksum, poderão encontrar santuário e liberdade.

— E você? Por que não se junta a eles?

Arturo colocou o alforje no ombro.

— Porque fiz o juramento de que levaria estas obras de Agostinho para a segurança na Itália.

— São para as bibliotecas de Roma? Ali pelo menos os monges do *scriptoria* as conservarão como a palavra de Deus, e não as desfigurarão e destruirão, como estão fazendo com muitas grandes obras do passado pagão.

— Eu lhe direi quando estivermos a bordo. Agora devemos ir.

O capitão da galé acenava com urgência para que avançassem. Um clérigo gordo passou apressado — um bispo, a julgar pelo hábito —, arrastando um saco que tilintava de lingotes numa das mãos e com a outra puxava uma escrava pelo pescoço. Ela era alta, africana, porém incomum, de cabelos pretos crespos e face machucada. Enquanto era rebocada, lançou a Flávio um olhar insondável. Ele tinha visto o bastante de escravas espancadas na vida para pensar que estava imune a isto, mas a visão da mulher sendo arrastada pelo clérigo suarento, com seu saco de despojos, repugnou-o. Sabia que era a última coisa com que devia se preocupar agora e tentou tirar a questão da cabeça enquanto Arturo subia a prancha e embarcava. Flávio esperou até que o último de seus homens o seguisse e subiu na prancha atrás de Macróbio. Pensou por um momento, virou-se e correu de volta, passando pelo marinheiro que desamarrava a prancha do cais, agachou-se e pressionou sua mão contra a antiga pedra púnica de Cartago pela última vez. Ao baixar os olhos, viu algo numa rachadura entre os blocos, uma moeda de prata corroída, e a retirou, observando a cabeça de uma deusa numa face. Girou a moeda, analisando-a, e a meteu na bolsa do cinto. Virou-se e correu de volta pela prancha, pulando no convés da galé pouco antes de os homens puxarem a prancha para bordo. Olhou para trás e viu apenas os odres de água e cascas de comida descartados que eram os últimos resíduos do exército romano nas margens da África do Norte.

O capitão largou os cabos e a galé afastou-se do cais. Os remadores sentaram-se nos bancos, flexionaram-se, preparavam-se para a tarefa. Aqueles poucos do *numerus* que ainda estavam aptos e capazes assumiram um lugar junto deles nos remos, enquanto o resto se espalhou pelo convés central e na popa. Um *iatros* grego, médico que estivera entre os poucos civis a partir com eles, já se curvava sobre o primeiro dos homens, seu escalpelo de bronze posicionado para raspar a carne pulverizada e a esponja ensopada de água do mar para limpar o ferimento. A mulher de cabelo crespo levantou-se para ajudar, mas foi puxada violentamente para baixo pelo bispo e obrigada a massagear seu pescoço. O capitão gritou uma ordem e o primeiro golpe dos remos levou a galé para o meio do porto e à estreita passagem no lado leste, que levava a mar aberto pela muralha da cidade. O barulho dos conquistadores ecoavam pela cidade: ordens aos gritos, a ocasional palavra em uma língua gutural ouvida com clareza no ar parado da manhã, o latido dos cães. Eles embarcaram com pouco tempo de folga e Flávio sabia que só estariam livres quando passassem sob a linha da muralha da cidade e saíssem do alcance de qualquer arqueiro vândalo que conseguisse chegar a tempo aos portões do porto.

Os remos bateram de novo e o capitão se apoiou no leme, apontando a galé para a passagem. Flávio andou entre seus homens até a popa, onde Arturo estava sentado, e se ajoelhou a seu lado. Ainda estava tomado de adrenalina e se sentia nervoso, os olhos disparando para todo lado, procurando o inimigo, virando-se e espiando ansiosamente o estreitamento à frente, onde ficariam mais vulneráveis. Um dos homens apontou para a acrópole da cidade.

— Dá para vê-los agora. Na plataforma — disse.

Flávio protegeu os olhos e observou. O soldado tinha razão. Um fluxo de homens podia ser visto junto da margem da imensa plataforma de alvenaria que se elevava acima da cidade, o local do antigo templo púnico a Ba'al Hammon e agora uma grandiosa basílica. Um homem estava destacado, de mãos nos quadris, olhando o porto e o mar, como se fitasse a própria Roma. Naquele momento, Flávio entendeu que via Genserico, via um rei bárbaro pela primeira vez. Sentiu um arrepio tomar o corpo e segurou os bancos da nave, olhando fixamente, sem mais pensar nos acontecimentos das últimas horas, mas agora nos meses e anos à frente, na configuração que homens como Genserico dariam ao império que Flávio jurara defender.

— Agora é hora de ver Cartago arder — resmungou o soldado.

Arturo apertou as alças do alforje para manter o conteúdo seco, as primeiras gotas de respingos dos remos os alcançando.

— Talvez vejamos chamas, mas serão fogueiras de vitória, não de destruição — disse ele. — Assim como os cristãos em Roma converteram basílicas em igrejas e o coliseu em um altar a Deus, Genserico e seus chefes não destruirão Cartago, mas converterão os palácios e palacetes em seus salões de banquete. Os grandes monumentos de Roma sobreviverão, mas não se iludam. Serão meros esqueletos, como os ossos embranquecidos de guerreiros mortos há muito tempo no campo de batalha, a não ser que Roma se reagrupe e reaja à ameaça com uma força militar muito maior do que qualquer coisa já imposta contra os bárbaros.

O capitão gritou uma ordem e os remadores empurraram com força e puxaram os remos, mantendo-os perto das aposturas enquanto deslizavam na obscuridade da passagem. As laterais eram escuras, indiscerníveis, os antigos blocos de alvenaria mal podiam ser distinguidos da pedra em si, e, acima deles, a imensa forma das muralhas da cidade mal era visível na névoa do sol. Era como se Cartago já estivesse sumindo na história, espectral, diáfana, pronta a ser reclamada pelo lodo e o pântano que havia ali quando os fenícios aportaram a primeira galé na margem, antes mesmo de Roma nascer. Flávio virou-se para Arturo, lembrando-se do que ele acabara de dizer.

— E o que nós, soldados de Roma, devemos fazer?

O próprio Arturo parecia fazer parte daquele limbo, a barba e o cabelo comprido apanhados na estranha semiluz da passagem, sentado de costas retas na proa, como um rei mítico. Ele pôs a mão no alforje e falou em voz baixa.

— Responderei contando-lhe o que pretendo fazer com estes livros. Quando menino, na Bretanha, antes da chegada dos saxões, fui educado em grego e latim e, depois de minha fuga, os soldados colocaram-me em um mosteiro na Gália até que eu tivesse idade para ingressar no exército. Saí quando tinha 16 anos, mas já tinha ouvido falar de Agostinho pelos monges. Depois de meus anos com os *foederati* e em seguida como mercenário dos reis bárbaros, encontrei muito de meu agrado neste serviço. Fiquei enjoado de matar, e não endurecido por isso. A Cidade de Deus parecia-me um lugar melhor do que qualquer cidade que os homens pudessem criar. Mas vi como os homens fracos que governavam Roma começavam a encontrar na Cidade de Deus uma desculpa para rejeitar a crise, a estratégia e o planejamento de que precisávamos para contra-atacar a ameaça bárbara.

— Se só o que importa é a Cidade de Deus, por que se incomodar com os assuntos terrenos?

— Você viu com seus próprios olhos, Flávio. Os homens, os imperadores, podem usar os ensinamentos de Agostinho como desculpa para levar uma vida de indolência e prazer. E então Agostinho começou a pregar contra o livre-arbítrio, a alegar que os homens não podem influenciar o próprio destino. A desculpa ficou ainda mais forte. Se a vida é preordenada, por que se dar o trabalho de debater estratégia? Depois de dois anos com Agostinho em Hippo Regius, comecei a ouvir o chamado de minha terra natal, a lembrar-me do juramento que fiz quando menino, de voltar à Bretanha e lutar por meu povo. Falava-se de montar resistência aos invasores saxões nas colinas e vales do oeste, de uma resistência liderada pelo povo e seus capitães eleitos. Os ensinamentos de Agostinho não mais pareciam ter lugar na visão de meu destino. Tornei-me um herege em segredo muito antes de deixar seus serviços.

— Então você decidiu voltar à Bretanha.

— Esta era minha missão quando você me conheceu. O avanço dos vândalos e a queda de Hippo Regius libertaram-me da obrigação para com Agostinho e a ida a Cartago foi a primeira parte de minha jornada para casa. Cumprirei meu juramento a Agostinho. Protegerei sua obra e a levarei até a Itália, mas não a Roma ou Ravena. Levarei ela ao mosteiro de Monte Cassino, ao sul de Nápoles, onde a confiarei a um monge de minha ordem entre os irmãos que não a revelarão a ninguém e a guardarão trancada naquela fortaleza montanhosa.

— Onde acumulará poeira e não será lida.

— Onde aguardará por uma época mais contemplativa, uma época em que os homens possam refletir sobre Deus e o caminho ao Paraíso sem deixar que isto interfira na batalha por um reino dos homens na terra.

— E sua ordem?

Arturo calou-se por um tempo.

— Não posso falar o nome dela — respondeu finalmente. — Somos proscritos em Roma. É uma ordem que vem de meu povo e acredita que os homens podem dar forma ao próprio destino. As batalhas são vencidas por soldados, não por sacerdotes. E são os reis que conduzem os assuntos dos homens na terra, não Deus.

Macróbio aproximou-se depois de ajudar o médico grego e se sentou pesadamente ao lado de Arturo.

— Vi-o abater dois alanos e suportar a primeira onda de vândalos. Um monge guerreiro — disse a contragosto. — Este mérito lhe dou, mas se sua história tem ou não alguma verdade, não posso julgar.

Arturo sacou a espada por baixo da sotaina. Macróbio enrijeceu e o monge pôs a outra mão no ombro do centurião, sorrindo.

— Não tema, meu amigo. Apenas vi seu tribuno Flávio Aécio perder a espada. Deixou-a cair tentando salvar um homem, um ato que no passado teria lhe granjeado a *corona civilis*. Antes disso, vi-o confrontar um alano com a mesma espada, apesar da dificuldade de manobrar uma arma de tal tamanho. A minha será melhor para ele. É mais curta, projetada para a arremetida. Pode lhe servir bem, Flávio, como serviu a meus ancestrais legionários na Bretanha.

Ele entregou o gládio a Flávio, sua lâmina vermelha e opaca de sangue seco, a ponta mostrando marcas novas da batalha. Flávio a virou nas mãos, sopesando-a.

— E você? Pode um monge bretão e herege lutar com as próprias mãos?

Arturo fechou a sotaina e respondeu:

— Cumpri com meu juramento de *wergild* pelo assassinato de meu primo por Genserico. Tirei sangue de seu exército e a conta está paga. Uma nova espada será forjada para mim na Bretanha, uma espada de uma nova era, um novo reino. Mas seu reino ainda é o império de Roma e, para você, a espada dos legionários ainda tem poder. Haverá guerra no futuro.

— Genserico atravessará o Mediterrâneo.

Arturo fez que sim.

— Quando ele chegar ao norte a partir daqui e tomar a Sicília, o último celeiro de Roma terá acabado. Sem esmolas de cereais, o povo de Roma se rebelará e os escravos se erguerão em revolta, como fizeram quando os godos pilharam a cidade uma geração atrás. A frota naval de Roma deve estar preparada para enfrentar esta nova ameaça. Mas há algo pior por vir, algo de que já falamos. Todos os guerreiros de Roma devem se preparar contra uma nova escuridão no horizonte, uma escuridão que vem se precipitando das estepes para além do Danúbio, um novo líder que surgirá dentre os hunos. Tive um embate com ele certa vez, quando o senhor godo a quem servi levou sua guarda pessoal à cidadela de madeira em uma comunidade nas estepes a leste do Danúbio. Combatemos em sua arena de duelo e eu venci. Mas ele era jovem então, as cicatrizes de nascimento no rosto ainda não tinham endurecido. Agora é um homem, fortalecido pela guerra, impiedoso e motivado pela ambição, de olhos postos no império ocidental de Roma.

— Você fala de um filho de Mundiuk — grunhiu Macróbio. — Dizem que foi batizado com o nome da antiga espada dos reis hunos. Chamam-no de Átila.

A galé deslizava em silêncio sob as muralhas da cidade, o ímpeto do último golpe dos remos ainda a impelindo adiante, e então saíram ao sol ofuscante do mar aberto, as ondas batendo na proa e a plena força do vento nordeste caindo sobre eles. O capitão gritou, os remadores estenderam os remos e o tambor na popa começou a ressoar, o imenso tamborileiro de pele negra dando uma batida a cada vez que os remos golpeavam a água. O ritmo aumentou ao contornarem o promontório e o capitão virou o leme no curso para Roma. Um manto de borrifos caiu na popa e os encharcou, uma limpeza bem-vinda depois da poeira da cidade. Flávio usou a água para limpar a lâmina do gládio, deslizando-a na bainha vazia abaixo de seu manto. Assim que pudesse, pegaria um pouco de azeite de oliva com o cozinheiro do navio para impedir que ela enferrujasse.

Ele viu Arturo o observando, assentiu e se escorou enquanto a galé começava a subir e descer com o balanço do mar. Recordou-se da moeda antiga que encontrara no cais e a tirou da bolsa, segurando à luz do sol. Era de prata, mas perdera o brilho, o metal coberto pela pátina do tempo. Do outro lado da deusa, divisou dois cavaleiros e um cachorro pequeno, e abaixo deles uma única palavra, ROMA. Ele se lembrou das moedas de ouro recém-cunhadas que distribuíra aos homens do *numerus* antes da batalha, a efígie de Valentiniano de um lado, impassível, de pescoço grosso, e do outro o imperador em armadura com os pés na serpente que segurava o orbe e a cruz. Flávio sabia que a moeda de prata datava de tempos antigos, dos tempos de grandiosas vitórias e conquistas, de generais como Cipião e César, que eles acreditavam jamais poder imitar. Entretanto, neste momento, com a adrenalina da batalha ainda em suas veias, a moeda parecia espectral, como as muralhas por onde tinham acabado de passar: a cor lhe fora sugada, um objeto do passado. Ele pensou no que Arturo dissera. Se Roma quisesse sobreviver como algo além de uma relíquia, precisava planejar antecipadamente. A moeda de Valentiniano parecia dizer isso, resplandecente em ouro, as imagens desenhadas por força da tradição, mas olhando adiante; ali estava um imperador na armadura venerada dos legionários, no entanto subjugando um novo inimigo e erguendo os símbolos de uma nova religião, de uma nova ordem mundial que podia preparar Roma para o futuro. Ele só esperava que a imagem do imperador não fosse desvirtuada pela realidade, algo que poucos dos que não tinham acesso à corte íntima e cada vez mais remota do imperador nos palácios de Ravena e Milão podiam julgar.

O bispo já estava enjoado na proa da galé e a mulher de cabelos crespos observava Flávio, sua atenção arrebatada, curiosa para ver o que ele faria com a moeda. Ele pensou por um momento e então jogou o objeto bem longe no mar, para se juntar aos detritos da história, onde era seu lugar. Agora era o momento de os soldados de Roma segurarem os punhos de suas espadas e enfrentarem um novo inimigo, e não se atolarem nas glórias perdidas do passado. Ele olhou fixamente a mulher, então se voltou para seus homens. Seu ferimento latejava e ele sentia dor em cada osso do corpo, mas os borrifos de água o revigoravam. Ele assumiria seu lugar entre os remadores assim que o primeiro homem estivesse cansado. Seria uma longa viagem para casa.

# Parte 2
*Roma, Itália, 449 d.C*

# 5

Flávio olhou com um fascínio perplexo a infantaria dos godos avançar em blocos, formando uma linha estacionária no terreno elevado enquanto a cavalaria estendia-se dos dois lados. Era uma manobra clássica, saída dos livros, algo que ensinavam aos comandantes desde as guerras contra Aníbal. Também era errada, terrivelmente errada a ponto de Flávio começar a se desesperar com a noção de que jamais conseguiria que este grupo específico de futuros generais desistisse das distrações noturnas e fizesse seu dever de casa. Suspirou e observou as forças romanas se distribuírem com uma precisão um pouco maior na colina oposta, as sete legiões ocupando a crista: no centro, os *lanciari* e os *mattiarii*, a infantaria armada com maça; os *scutarii* protegendo a cavalaria de reserva; os *sagitarii* dispersos pelo front. Ele lhes daria mais alguns minutos para entender como esta distribuição igualitária não podia terminar em nada além de uma batalha de atrito e depois, não pela primeira vez, tentaria preencher os enormes espaços no conhecimento que claramente não foram encontrados nas tabernas e bordéis em volta do Fórum na noite anterior.

Ele acariciou as três marcas brancas e paralelas no braço direito, sentindo a pulsação que vinha quando o clima estava quente ou ele se exercitava, quando as veias e artérias do braço pulsavam e pressionavam o tecido cicatricial endurecido. Já fazia quase dez anos desde Cartago — dois anos de campanha contra os ostrogodos no Norte, dois anos de administração e treinamento nos quartéis *comitatenses* nos arredores de Ravena e agora quase seis anos em Roma —, apesar disso, o ataque dos cães de guerra Alaunt naquela manhã na periferia de Cartago parecia nítido como se fosse ontem; algo que ele reviveu nos anos seguintes em sonhos que o faziam saltar, tenso e agarrando o próprio braço na cama, banhado de suor, incapaz de respirar ou de gritar. Agora havia menos pesadelos, mas ouvir um cão latir ao longe ainda o deixava nervoso, fazendo um filete de suor escorrer por suas costas. Ele observou novamente os exércitos opostos. O que tinha vivido na época não podia ser ensinado. Tratava-se de algo que os presentes ali só podiam entender em primeira mão, quando também enfrentassem a morte em batalha e quando os sobreviventes aprendessem a viver com suas consequências.

— Flávio Aécio. — Alguém sacudia seu braço. — O que faremos agora?

Flávio se assustou e olhou nos olhos do primo Quinto. De súbito lembrou-se de onde estava e se voltou para o modelo na mesa.

— Desculpe. Eu estava a 2.400 quilômetros daqui, pensando em minha própria experiência de batalha.

— Fale-nos dela — adiantou-se um dos rapazes. — Os alanos eram de fato tão ruins? Os únicos que vi são agricultores da Aquitânia, e pareceram-me bem domesticados.

— Em um outro momento — disse Flávio, endireitando as costas. — Temos vinte minutos até o final da lição. Torismudo lhes contará sobre a batalha.

O godo alto assentiu para ele e pegou um ponteiro de madeira com um dos rapazes. Torismudo fora parceiro de luta de Flávio nos dias em que ambos eram alunos na *schola*, vinte anos antes. Era o filho mais velho e herdeiro do rei visigodo Teodorico, no passado um aliado. Muitos anos antes, no entanto, tornara-se um inimigo de Roma; agora, se achava sob uma bandeira de trégua no forte visigodo de Tolosa, na Gália, para discutir os termos com o tio de Flávio, o *magister militum* Aécio, desejando outras concessões de terras agrícolas e vinhedos que Aécio rejeitava categoricamente. Embora a missão tivesse um fracasso, os termos da trégua permitiram que Torismudo e seu cortejo permanecessem mais um dia em Roma e ele havia concordado em passar uma hora na turma de Flávio na *schola* naquela tarde.

— A Batalha de Adrianópolis, perto de Constantinopla, cinco dias antes do Idos de Agosto, *Anno Domini* 376 — começou ele, sua voz grave e seu latim com um leve sotaque. — Quem pode me dizer alguma coisa sobre as condições daquele dia?

Seu pedido foi respondido com silêncio e Flávio olhou os 16 candidatos a oficiais distribuídos em volta da mesa. Metade era de cadetes de ingresso direto, adolescentes como Quinto, aprovados nos exames de acesso, e a outra metade era de homens das classes *optio* e centurião recomendados por uma comissão de seus comandantes de *limitanei* e *comitatenses*, o mais velho deles com pouco mais de 30 anos. Os cadetes mais novos sentiam-se intimidados por Torismudo e alguns dos mais velhos estavam visivelmente apreensivos, homens que podiam ter enfrentado os visigodos em batalha e talvez alimentassem lembranças nítidas e apavorantes, como aquelas que Flávio suportava da luta contra os vândalos e alanos diante de Cartago.

Flávio bateu a mão na mesa.

— E então?

Quinto deu um pigarro.

— Fazia calor.

— Muito bem. — Torismudo bateu o ponteiro na mão. — Algo mais?

Quinto respondeu novamente, com a voz trêmula:

— E não havia água.

— Muito bem. — Torismudo baixou o ponteiro com força na mesa, rachando a ponta e abalando os blocos. — E isso é o que vocês não aprendem nesses jogos de guerra. De pé nesta sala fresca, cuidando de sua ressaca e se perguntando que pústulas contraíram das meretrizes na noite passada pelo Tibre, não tinha como estarem pensando como soldados em batalha, não é verdade? Qualquer um com dor de cabeça e olhos turvos pode empurrar blocos por uma maquete e fingir que é general. Mas ser um bom comandante não é apenas tática. Também é saber como ser um soldado: como é se sentir exausto, faminto e sedento, sentir-se desorientado, desapontado por falsas expectativas, humilhado. Se vocês não compreendem isso, podem empurrar esses blocos até que Júpiter volte para governar Roma, e ainda não vencerão batalhas.

Quinto apontou o modelo com a mão um tanto trêmula. Então, falou:

— Antes da batalha, os godos queimaram a relva e as lavouras, aumentando o calor e reduzindo a visibilidade. Já estava um forno, doentiamente quente. O imperador Valente fez seus homens marcharem por quase sete horas da cidade de Adrianópolis ao acampamento godo, chegando no início da tarde, no auge do calor. Naquela época do ano não havia regatos, nem outra fonte de água. Homens desmaiaram de desidratação antes mesmo que a batalha começasse e outros mal conseguiam se deslocar com sua armadura. Isto foi o que obtive no relato de Amiano Marcelino antes de a biblioteca fechar — declarou, olhando tristemente em volta.

— Você quer dizer antes de as tabernas abrirem — disse Torismudo, olhando feio.

Um dos cadetes mais novos de repente empurrou a cadeira para trás e correu a um canto onde vomitou ruidosamente, enchendo a sala com o cheiro. Flávio cerrou os dentes, pegou o próprio ponteiro e empurrou a linha de blocos vermelhos em um círculo.

— Foi assim — explicou ele. — Os godos formaram um círculo de carroças, na realidade uma fortificação protegendo suas mulheres, crianças e posses, com anéis de infantaria à volta e sua cavalaria posicionada por perto. Os romanos chegaram exaustos e desidratados, como disse Quinto, mas acreditando que sua força era maior. É possível que Valente tenha perdido o controle de seus homens; jamais saberemos, porque ele não saiu dali vivo. Meu avô Gaudêncio, que estava na batalha do lado dos godos, disse que os romanos deixaram que as paixões os regessem, que, à primeira visão do exército godo, lembraram-se da devastação causada por eles em suas terras nos anos anteriores, enfureceram-se e atacaram, sem as ordens de Valente. Outros contam que a desidratação e o cansaço os fizeram delirar, incapazes de raciocinar e tomar decisões sensatas. Para mim, esta é uma boa explicação para o que aconteceu em seguida.

Ele empurrou os blocos azuis dos romanos para o vale abaixo e para o círculo de carroças.

— Deixando seu ponto de observação na colina adjacente, os romanos investiram pelo vale e subiram a encosta até os godos, esgotando-se ainda mais. Ao chegarem, descobriram que o círculo era impenetrável e eles eram repelidos sempre que tentavam atacar. — Flávio empurrou os blocos azuis novamente para o vale, depois trouxe os blocos vermelhos e finos que representavam a cavalaria goda na direção dos adversários, deixando o círculo de blocos vermelhos inalterado. — Os romanos bateram em retirada em completa desordem e, na fuga, a cavalaria dos godos caiu sobre eles, seguida pela infantaria que, naquele momento, sabia que podia deixar em segurança o círculo de carroças. Sobrecarregados pela pesada armadura e pelos escudos, os romanos foram destruídos e o vale transformou-se em um rio de sangue. Uma estimativa afirma que morreram 20 mil romanos, quase três quartos daqueles que entraram em ação no dia.

— A maior batalha dos tempos modernos — disse Torismudo. — A pior derrota da história das forças romanas. Uma humilhação para todos que se chamam soldados e eu falo como godo, assim como Flávio fala como neto de um dos vitoriosos.

— Os hunos usam círculos de carroças — disse um dos homens mais velhos, seu rosto pétreo ao fitar Torismudo. — Eu mesmo já vi, bem de longe, quando os hunos avançaram para a Trácia. Em vez de distribuir sua cavalaria fora do círculo, como os godos em Adrianópolis, eles mantiveram seus arqueiros montados dentro do círculo, lançando-os às linhas inimigas quando chegava a hora certa. Disseram que a tática foi desenvolvida pelo próprio Átila.

À menção deste nome, a atmosfera na sala mudou, tornando-se tensa, mais concentrada, as faces pálidas dos cadetes mais jovens olhando para Torismudo.

— Que chances crê que temos contra ele? — perguntou Quinto.

— Numa batalha aberta? Nenhuma, a não ser que vocês aprendam as lições de Adrianópolis.

Ele olhou para Flávio, que se voltou para a turma.

— Vocês são afortunados por terem o príncipe Torismudo para instruí-los. Agora me escreverão um sumário de dez pontos das principais lições a aprender com Adrianópolis. Aqueles que forem aprovados seguirão diretamente ao pátio de exercícios para a demonstração de armas desta semana com Macróbio, depois irão a uma higiene completa nos banhos de Caracala, cuja tarifa de entrada é cortesia minha, e voltarão aqui a fim de preparar o equipamento para treinamento de infantaria no Campo de Marte. Os que forem reprovados passarão a noite inteira com os monges na biblioteca grega ajudando a reorganizar a sessão de história militar. Há tabuletas de cera e penas na caixa embaixo da mesa.

Quinto rapidamente pegou a caixa e distribuiu o conteúdo, e todos se recurvaram sobre suas tarefas. Flávio se levantou e acompanhou Torismudo à porta dos fundos da sala e falou em voz baixa, sem ser ouvido da mesa:

— Peço desculpas pelo estado deles, especialmente o de meu primo Quinto. Sinto o cheiro da noite passada em seu hálito. Ele tem talento para ser um bom tribuno, mas, se não for aprovado em seu exame por conta da farra e da bebedeira, trará desonra não só a si mesmo, mas a mim também.

Torismudo tossiu.

— Ele me lembra alguém que conheci no passado.

Flávio fez uma expressão exageradamente séria.

— E quem poderia ser?

— Lembra-se daquele concurso de bebida junto do Tibre? Uma copa de cada vinho, de Falerno à Campânia, até que um de nós caísse.

— Eu venci.

— Essas bebidas romanas elegantes não caem bem em minhas entranhas.

Flávio pôs a mão em seu ombro.

— Até nosso reencontro, Torismudo.

— Em luta ou como aliados.

— Crê que isto seja possível? Que Roma e os visigodos voltem a ser aliados?

Torismudo olhou o chão.

— Sombras escuras caem sobre o mundo — respondeu. — A ameaça de Átila é maior do que qualquer coisa que já enfrentamos. Sobreviveremos apenas se novas alianças forem forjadas, se homens que antes foram inimigos deixarem as diferenças de lado pelo bem comum. Sem isto, entraremos numa era das trevas.

— Guarde um lugar em seu salão de banquete para mim, Torismudo. Podemos realizar muito juntos.

— Considere feito. Agora, devo ir.

# 6

A porta da câmara da *schola* se abriu e de lá saiu Macróbio, de pernas separadas e mãos às costas, sua túnica recém-tingida de vermelho e o número de seu velho *limitanei numerus* ainda orgulhosamente exposto nos ombros. Flávio olhou o relógio de sol visível pela janela ao lado do mercado de Trajano. Excedera-se no tempo, como sempre. Deixou que os cadetes terminassem de escrever, recolheu as tabuletas e se levantou.

— É tudo por hoje. Na semana que vem, trataremos da cultura bárbara.

Ouviu um gemido da fila da frente.

— A cultura bárbara de novo não, tribuno. É tudo ísatis, abraçar árvores e gritos estridentes.

— Conheça seu inimigo, Marco Durânio. E não se preocupe, não precisa forçar a vista na biblioteca com um livro, começando do zero. Para pesquisar, você vai ter apenas que conversar com seus amigos. Metade dos presentes aqui tem ancestrais godos.

— Quando voltaremos às batalhas?

Flávio o olhou com severidade.

— Na semana seguinte, vocês receberão instruções sobre levantamento e leitura de mapas com Gneu Uago Alêntio, tribuno veterano dos *fabri*. É um oficial da reserva que ministrou aulas na *schola* por décadas e concordou em vir lhes ensinar como um favor especial a mim, então vocês têm sorte. É gépida por parte de pai, com algum sangue alano, então você também poderá interrogá-lo sobre a cultura bárbara, Marco Durânio. E ele é um disciplinador duro como uma rocha, portanto cuidado com a boca. Agora desçam, bebam alguma água da fonte e se preparem para ver alguns itens interessantes da coleção de Macróbio na *palaestra*.

— Sim! — exclamou Marco Catão, dando um soco no ar. — A melhor parte da semana.

— Poderemos experimentar? — perguntou Quinto.

— Isto é de decisão do centurião. Dispensados.

A turma rapidamente recolheu seus pertences e saiu em fila, passando por Macróbio, que observou o último deles partir e se virou para Flávio.

— Você não lhes disse que este é seu último dia.

— Minha nomeação no quadro de Aécio ainda não foi confirmada — respondeu Flávio. — Mas eu não queria partir com trombetas. Afinal, foram apenas seis anos e Uago ficou aqui por mais de trinta.

— Cabe ao instrutor cuidar para que a turma de partida olhe à frente, e não a suas costas — disse Macróbio. — A recompensa está na qualidade do corpo de oficiais que você ajuda a criar.

— Como esteve o campo de exercícios nas últimas semanas?

— Começou com alguma delicadeza entre os rapazes ricos de Ravena, mas isso logo se resolveu. Ficar na mesma classe de veteranos grisalhos das fronteiras faz maravilhas por eles.

— *Corpora sano, mens sana*, centurião. Vejo os efeitos de seu treinamento quando eles entram em sala de aula. Exaustos e batidos, mas com a mente mais afiada.

— Estou ansiando por voltar aos meus próprios soldados.

— Sua nomeação como centurião na guarda pessoal de Aécio deve vir com a minha. Significa que o antigo *numerus* estará todo reunido novamente, aqueles de nós que ainda estão vivos. Você ficará à disposição de Aécio para qualquer tarefa que ele lhe dê, assim como eu.

— Isto é o melhor que um velho veterano como eu pode esperar. E servir diretamente a Aécio será uma honra maior do que qualquer condecoração.

Flávio assentiu e pôs a mão em seu ombro. Macróbio já passara da idade normal de aposentadoria, tendo servido no exército por mais de trinta anos, mas era resistente e vigoroso como muitos homens no auge da forma física. Depois de Cartago, Flávio tentara lhe conseguir a *corona civica* por sua coragem ao salvar a vida de dois de seus homens na batalha contra os vândalos, mas, como a defesa de Cartago fora um fracasso, ele e todos os outros recomendados para as premiações foram ignorados. Dois anos de duras campanhas contra os ostrogodos depois disso acrescentaram uma nova safra de cicatrizes no corpo de Macróbio, entre as quais um vergão nítido pelo pescoço, de uma machadinha saxã, as únicas condecorações que realmente importavam entre soldados. Aécio, porém, as notara e recompensara todo o *numerus* escolhendo-os como sua guarda pessoal, a maior honra que podia ser concedida a uma unidade. Com o *numerus* retirado da linha de frente, Flávio aceitou o cargo de instrutor em táticas de batalha na *schola militarum* em Roma, trazendo Macróbio consigo para preencher um posto vago no departamento de treinamento físico. Mais de seis anos tinham se passado desde então, e nesse tempo eles viram três turmas de tribunos recém-comissionados, jovens ainda na adolescência, junto com veteranos promovidos das fileiras, homens que reforçaram as unidades da linha de frente de *limitanei* e *comitatenses* contra a crescente ameaça das estepes, para além dos confins do rio Danúbio, a leste.

Macróbio gesticulou com a cabeça para a entrada da *schola*.

— Há alguém aqui que deseja vê-lo.

Flávio olhou para a sala da guarda, junto da rua, e seu humor azedou.

— Não me diga que é Lívia Vipsania — resmungou. — Se for ela de novo, precisamos bater em retirada rapidamente pela entrada dos fundos.

— Desta vez você tem sorte. É um velho amigo.

Flávio soltou um suspiro de alívio. Lívia Vipsania era a mãe insistente de várias meninas que lhe eram empurradas como possíveis candidatas ao casamento. Como sobrinho do *magister militum* Aécio, o homem mais poderoso no Império do Ocidente depois do próprio Valentiniano, Flávio era considerado um ótimo partido, embora, ao abrir mão da maior parte de sua herança como doação aos homens de seu *numerus*, ele valesse pouco mais do que seu salário como tribuno de classe mediana e morasse nos modestos aposentos dos oficiais no quartel que dava para o Circo Máximo. Já tinha uma namorada, uma mulher chamada Una, a ex-escrava que vira ser maltratada e espancada pelo bispo na galé de Cartago. Depois de vê-la sendo surrada de forma particularmente selvagem, Macróbio evitou por pouco que Flávio matasse o bispo, convencendo-o a oferecer todo o ouro que lhe restava pela mulher, um pagamento que o bispo aceitou com demasiada prontidão. Flávio ofereceu-se para fazer o que pudesse para devolver Una a seu próprio povo, mas ela preferiu permanecer com ele. A última coisa que o tribuno queria agora era ser tragado no mundo dos casamentos dinásticos e na etiqueta de classe alta em Ravena e Roma, em uma época em que as nuvens de guerra pairavam sobre o império e tornavam qualquer ambição doméstica não apenas irrelevante, mas irresponsável.

Eles entraram no vestíbulo, onde um homem que estivera sentado nas sombras se levantou, jogou para trás o capuz do manto e abraçou Flávio, que o levou rapidamente à sala de aula, longe do alcance de outros ouvidos. Ele fez um gesto de cabeça para Macróbio, que fechou a porta ao sair, as sombras de seus pés visíveis pela fresta na base, onde ele montava guarda. Flávio voltou-se para o recém-chegado.

— Arturo — exclamou, segurando o homem pelos ombros. — Pensei que estaria em Pártia. Não esperava vê-lo por meses.

Arturo arriou numa cadeira, aceitando o copo de água que Flávio lhe oferecia. Não era a primeira vez que ele via Arturo desgastado ao voltar de uma missão de coleta de informações para Aécio, mas desta vez ele aparentava mais idade, os primeiros fios grisalhos na barba e no cabelo, a pele do rosto muito bronzeada e enrugada em torno dos olhos. Estava magro, quase emaciado.

— Você precisa comer — disse Flávio, olhando o amigo com preocupação. — Venha comigo a meus aposentos e Una preparará alguma coisa.

Arturo balançou a cabeça.

— Mais tarde, prometo-lhe. Agora há assuntos mais urgentes.

— O que houve?

Arturo curvou-se para a frente.

— Viajei pelo leste, de Persépolis a Ctesifonte, disfarçado de mercador de vinhos. Em Ctesifonte, passei quatro meses em um calabouço por me atrever a perguntar se podia vender minhas mercadorias aos agentes do imperador, como meio de entrar no palácio. Um desses meses passei amarrado a uma estaca no sol do deserto todos os dias. Até o melhor agente de informações pode cometer um erro e agora sei que ninguém no império sassânida sequer menciona a palavra palácio, que dirá o nome do imperador. Mas depois de ser libertado e me recuperar, levei parte de meu vinho, retirando-o de onde havia guardado, a meus captores, que admiraram sua qualidade e o divulgaram no palácio. Em resumo, fui convidado aos aposentos domésticos e depois à câmara de jantar real, onde depois de me fazerem beber meu próprio vinho para testar se estava envenenado, passei um dia e uma noite servindo-o em um grande banquete imperial, ouvindo tudo o que podia. A boa notícia é que um pequeno comércio familiar de vinhos em Hispânia Tarraconense está prestes a receber uma encomenda surpresa e ficar muito rica. A má notícia é a que acabo de transmitir a Aécio.

— E qual é?

Arturo o olhou, desgostoso.

— Os sassânidas não apoiarão uma aliança contra Átila, nem com a Roma do Oriente, nem a do Ocidente — respondeu. — Os hunos são seus inimigos, mas preferem enfrentá-los nos próprios termos e no próprio território, no deserto em que seus soldados estão familiarizados e onde acreditam que um aliado romano inexperiente e nessas condições seria apenas um estorvo. Eles acreditam poder conter qualquer ataque de Átila no gargalo da antiga fronteira pártia ao norte, entre o mar Negro e o mar Cáspio, ao sul das montanhas do Cáucaso. Também acreditam que Átila não tem intenções com Ctesifonte e que seus olhos estão firmes no oeste, e assim qualquer ataque a Pártia seria apenas um joguete, atiçando seus guerreiros e estimulando seu apetite pela verdadeira guerra de conquista que ele planejou contra o Ocidente. A julgar por todas as outras evidências que os agentes de Aécio reuniram, creio que os sassânidas têm razão.

— E como isto afeta os planos de Aécio?

— Se uma aliança com os sassânidas está fora de cogitação, a única outra maneira de compor um efetivo suficiente para enfrentar Átila será voltar-se para Teodorico e os visigodos.

— O filho dele, Torismudo, esteve aqui há pouco. Partiu antes de você aparecer.

— Segurei-o na rua quando cheguei. Ele sabe quem sou porque me viu no passado quando ele era menino e eu, um mercenário a serviço de Genserico, visitando a corte visigoda. Ele me disse que não irá diretamente a Aécio, mas levantará a questão com seu pai em Tolosa, no conselho de guerra.

— Você não deve deixar que uma só palavra disto vaze. O eunuco Heráclio de Valentiniano sabe o quanto os visigodos o detestam e fará qualquer coisa para sabotar planos de uma aliança entre Roma e os visigodos, mesmo que as consequências condenem todo o império do Ocidente.

— Heráclio é o principal motivo para Aécio não guardar mais confiança em Valentiniano nas questões de inteligência — disse Arturo. — A predileção do imperador por eunucos, como Teodósio no Oriente, o está transformando em pouco mais do que uma figura de proa, deixando nas mãos do *magister militium* as verdadeiras rédeas do poder, mas também criando um vácuo perigoso que Heráclio e os eunucos no Oriente podem preencher. Torismudo compreende isto e, antes que o conselho se reúna, levantará a questão de uma aliança apenas privadamente com o pai Teodorico.

Flávio franziu os lábios e meneou a cabeça.

— Conheço bem meu tio e conheço também Teodorico, parente distante de meu avô godo, que vi pela primeira vez quando Torismudo levou-me à corte dos visigodos nos tempos em que estávamos na *schola*. Ambos são homens da razão, mas também são guerreiros que relutariam em ceder. Os ventos da guerra do Leste terão de ser fortes para afastá-los de sua animosidade.

— Por este motivo vim e estou lhe dizendo isto. — Arturo tirou de sua túnica um cilindro de madeira contendo um pergaminho. — Isto é a confirmação de sua nomeação como tribuno especial a serviço de Aécio e de Macróbio como centurião em sua guarda. Você agora se subordina diretamente a ele. Seu tio tem outro plano, e envolve os dois.

Flávio sentiu um jorro de empolgação.

— Diga-me o que devo fazer — pediu.

— Primeiramente, precisaremos ir amanhã pela manhã ver seu velho instrutor Uago, para examinar alguns mapas. Depois disso, improvisaremos. Valentiniano e seu séquito estão na cidade e os agentes de Heráclio notarão qualquer oficial que não vá ao palácio prestar seus respeitos. Se tivermos de ir à corte, não passará de uma distração para nosso verdadeiro propósito, que nos verá partir da cidade ao pôr do sol seguinte, numa missão da qual talvez não retornemos.

Arturo levantou-se e tirou o manto, revelando a túnica e a insígnia de um tribuno dos *foederati*, o emblema do lobo do *numerus Britannorum* preso à espádua. Flávio pôs a mão em seu ombro.

— Aécio restabeleceu sua patente. Com um longo atraso.

Arturo pendurou o manto novamente.

— Não passa de um truque. Fico menos visível andando por Roma neste uniforme do que num manto de espião.

Flávio foi à porta, abriu e olhou para Macróbio.

— Quando terminar com os cadetes na *palaestra*, procure Una e peça-lhe para preparar minhas armas e equipamento. Depois, vá a seus aposentos e faça o mesmo.

Macróbio o fitou com os olhos brilhando.

— Eu sabia que havia algo em andamento! — falou. — Arturo nunca veio à *schola* tão abertamente para encontrá-lo.

— Saberei mais amanhã. Encontre-me em meus aposentos ao meio-dia.

— *Ave*, tribuno.

— E, Macróbio...

— Sim, tribuno?

— Tem alguém de quem se despedir?

— Só as mulheres nas tabernas junto do Tibre. Elas agradam a um velho veterano como eu, a quem Roma jamais pagou o bastante para criar uma família. Que é mal pago até para uma visita à taberna.

Flávio sorriu e lhe deu um tapa no ombro.

— Ora, é melhor ir lá esta noite. Também terei de fazer minhas despedidas. Talvez partamos de Roma amanhã ao anoitecer.

— *Ave*, tribuno, com prazer. Antes disto, porém, à *palaestra*.

# 7

Meia hora depois, Flávio estava fora da sala de aula, na sacada que dava para a *palaestra*, um pátio retangular cercado por colunatas e espargido com areia para absorver o sangue. Fazia apenas vinte anos desde que ele e Torismudo lutaram à exaustão ali, corpo a corpo e com espadas, praticando com cada arma bárbara em que pudessem pôr as mãos; entretanto, agora Flávio supervisionava ele próprio sua última turma. Era na *palaestra* e no Campo de Marte, nos arredores da cidade, que os instrutores tomavam sua última decisão sobre aqueles adequados para a patente de tribuno, excluindo cadetes com quaisquer características que ele, Macróbio e os demais soubessem que lhes garantiriam a falta de respeito de seus homens no campo. A hesitação, e até o medo, podiam ser perdoados, em especial entre os candidatos mais jovens; a arrogância e o pensamento tacanho, não. Este podia ser seu último dia na *schola*, mas Flávio sabia que não devia ser diferente dos demais; teria de tentar esquecer Una e Arturo e se concentrar intensamente em cerca de uma dezena de cadetes oficiais que Macróbio logo estaria orientando na areia.

Ele olhou para além da *palaestra* os cilindros superiores da grande coluna de mármore que se erguia do Fórum de Trajano, a estátua de bronze do próprio imperador reverenciado que parecia olhar diretamente para ele. Ali, no interior das quatro paredes da *schola*, sentia-se protegido da corrupção e da sordidez da corte de Valentiniano, como se aquele olhar do alto banhasse o pátio na pureza de sua visão. Às vezes, ele sentia que se olhasse a estátua por tempo suficiente, seria levado de volta no tempo, que conseguiria descer e abrir os portões para a rua e se juntar ao grupo de legionários retratados na coluna, marchando com eles pelas multidões vibrantes para colocar seu butim aos pés do imperador antes de segui-lo a outras conquistas e vitórias para além das fronteiras. Era uma visão de Roma que o sustentava quando era um menino crescendo entre esses monumentos e uma visão que ainda o seduzia, apesar de tudo que ele sabia sobre a vacuidade do poder imperial e das trevas à frente, que pareciam oferecer poucas chances de um retorno triunfante às glórias do passado.

Ele foi trazido repentinamente ao presente quando apareceram na *palaestra* quatro escravos carregando uma mesa de armar, seguidos por Macróbio, com uma braçada de armas embrulhadas que abriu no tampo da mesa. O treino desta tarde deveria ser a última aula dos dois sobre as armas dos inimigos. Na semana anterior, foram as redes de arremesso dos suevos, que diziam se basear naquelas usadas pelos *velationes* nos tempos dos gladiadores, algo que nem mesmo Macróbio podia dominar; hoje ele estaria em terreno mais firme com as armas dos hunos. Dali, iriam para um treinamento intensivo de três meses no Campo de Marte, liderando infantaria e cavalaria *numeri* em falsas batalhas, aprendendo os fundamentos da artilharia e da engenharia de campo com os homens da catapulta e os *fabri*, e terminando com as marchas e os testes de resistência que determinariam a seleção final. Na aula da manhã, Flávio fora menos severo do que o normal depois da óbvia displicência de sua turma nas tabernas na noite anterior, lembrando-se de sua própria última noite de liberdade antes que os centuriões de treino do Campo de Marte berrassem suas ordens e os trancassem por todo o treinamento.

Eles agora saíam em grupo, uma dezena de meninos e cadetes veteranos, formando um semicírculo frouxo na frente de Macróbio, semicerrando os olhos e os protegendo contra o sol. Ele olhou para Flávio, que assentiu, depois olhou duramente a turma.

— Bem-vindos à luz do dia. Isto deve assar o que resta do vinho em vocês. Quem pode me falar dos hunos?

Houve silêncio por um momento, em seguida Quinto ergueu a mão e deu um passo à frente.

— Moram a leste do Danúbio e ao norte do lago Maeotis, perto do Oceano Congelado, e são uma raça selvagem sem paralelo.

O rapaz parou de falar e Macróbio o olhou fixamente.

— E então? Continue.

Quinto deu um pigarro. Prosseguiu:

— Eles são de porte grande, mas têm pernas curtas, como feras bípedes desgrenhadas. No momento de seu nascimento, são cortados no rosto três vezes, o que lhes confere cicatrizes para a vida toda e por consequência os homens não podem deixar crescer a barba. Perambulam pelas estepes, dormindo sob as estrelas e em barracas grosseiras, e em campanha moram em carroças como os godos.

Marco Catão também levantou a mão.

— E eles comem carne quase crua de qualquer animal, meramente aquecendo-a ao colocá-la entre as coxas enquanto cavalgam ou no dorso de seus cavalos — acrescentou com entusiasmo. — E usam gorros redondos com protetores de orelha, perneiras de pele de bezerro, túnicas feitas com a pele costurada de pequenos camundongos e armaduras de pequenas placas de bronze entrelaçadas em suas túnicas, que dizem ser copiadas dos guerreiros da própria terra de Tina. E eles se cobrem de ísatis azul.

— Não, idiota — zombou Quinto, virando-se para ele. — Estes são os agatirsos.

Macróbio estreitou os olhos para eles.

— Isso me parece familiar — falou. — O que os dois estiveram lendo?

— Fui ontem à tarde à biblioteca de latim — respondeu Quinto.

— Quando deveria estar pesquisando a Batalha de Adrianópolis.

— Encontrei o volume de Amiano Marcelino, *Res Gestea*, "O que Fiz", escrito na época de nossos avós — disse Quinto. — Era o melhor livro, muito mais interessante do que aqueles sobre Adrianópolis. Não quero faltar com o respeito, mas parece-me que os gregos que os escreveram não sabiam muito sobre a batalha, enquanto Amiano era verídico. *E escreveu em latim.*

Macróbio grunhiu.

— Nisso tenho de concordar com você: Amiano foi um verdadeiro soldado, ao contrário dos supostos historiadores de nossa época, monges e escribas que nunca levantaram uma espada por raiva em toda a vida.

— Ele escreveu que esteve no *proctetores domestici* — disse Quinto. — Era uma unidade baseada na antiga Guarda Pretoriana, para proteger o imperador.

— Isto foi no início da carreira, um posto cerimonial para meninos ricos, como metade de vocês. Depois ele passou a agir como um soldado de verdade, em campanha na Gália e na Pérsia no regime dos imperadores Constantino e Juliano. Tornou-se braço direito do *magister militum* Ursicino, o maior general dos tempos modernos até Aécio. Meu próprio avô lutou com um filho de Ursicino, Potentias, em Adrianópolis — disse Macróbio bruscamente —, parando sobre seu corpo depois que ele caiu e arrastando-o de volta às linhas romanas, um ato que lhe granjearia a *corona civilis* se algum oficial estivesse vivo para assistir. Ursicino e Amiano foram dispensados do exército depois que os persas tomaram Amida, na Ásia Menor. Era um lugar impossível de defender, mas o imperador precisava de alguém para culpar, e assim afastou seu melhor general e seu tenente mais capaz. O que é bem característico. — Ele olhou feio os dois rapazes mais uma vez. — E então? O que mais diz Amiano?

Quinto deu outro pigarro.

— Não tive tempo para me informar melhor sobre os hunos, mas li a parte em que ele fala que nenhuma fera selvagem é mais mortal para os romanos do que os cristãos são uns com os outros.

Macróbio olhou para Flávio na sacada e se curvou para a frente, com a mão em um joelho, baixando a voz:

— Neste exército do homem, qualquer deus, qualquer ídolo que o faça atravessar a noite, qualquer um que o fortaleça antes de uma batalha, é seu para venerar, sem questionamentos. Fora das quatro paredes desta *schola*, porém, esteja precavido. Repita qualquer coisa parecida com a que acaba de dizer e se meterá em problemas. Estou surpreso que os monges que administram as bibliotecas não tenham localizado isto e posto Amiano na pilha de lixo. O bispo de Roma agora pensa que é o próprio Deus e tem espiões em toda parte.

Quinto fez que sim pensativamente e ergueu de novo a mão, seu rosto corado de empolgação.

— Amiano também diz que para além da terra dos hunos está a tribo dos gelões, que esfolam os inimigos que abatem em batalha e fazem roupas com a pele para eles e seus cavalos.

— Ouvi falar disso — concordou outro dos rapazes. — Meu antigo mestre de cavalaria soube de um cavaleiro cita que realmente viu. Disse que os gelões preferem esfolar um homem antes que esteja morto, pois então a pele ainda está viva, e quando é vestida ela se gruda ao corpo como uma luva e cabe perfeitamente. Economiza o pagamento a um alfaiate, não é?

— Isso é doentio — disse outro dos rapazes.

Marco Catão deu um passo à frente, com os olhos brilhando.

— Quinto, lembra-se daquela última passagem de Amiano que você leu para mim na biblioteca? Sobre os antropófagos e as amazonas? — Ele se voltou para o grupo. — Os antropófagos vivem para além dos gelões, perto de Tina, e só comem carne humana. As amazonas, ora, todos sabemos sobre elas da *taverna amazonica* perto do Tibre, onde as meretrizes se vestem de amazonas. Elas lutam nuas, apenas com uma tanga, e estão sempre ávidas por homens. Dão um desconto especial para os cadetes da *schola*.

O outro rapaz que tinha falado zombou dele.

— Quer dizer que elas dão *a você* um desconto especial, Marco Catão, mas só porque sempre termina seus assuntos antes mesmo que elas tenham a oportunidade de te tocar. Você não saberia dar prazer a uma cabra, que dirá a uma mulher.

— Posso tentar com uma amazona da vida real quando quiser — disse outro rapaz agressivamente. — Se são ávidas por carne de homem, mostrarei do que é feito um romano de verdade.

— Um romano de verdade ou um godo de verdade? — interveio outro. — Lembre-se de sua linhagem, Júlio Ácer. E, pelo que soube, os godos de verdade só levantam quando estão perseguindo em retirada um exército de eunucos com traseiro de fora.

— Cuidado com o que diz — rosnou um *optio* mais velho. — Metade de nós aqui é de godos e veteranos de combate e sabemos o que é derramar sangue no campo. Se quiser uma demonstração, pode desnudar seu traseiro para nós no Campo de Marte depois da *schola*. Isto é, se não estiver ocupado demais sendo perseguido por amazonas.

— Basta — berrou Macróbio, mal reprimindo um sorriso. — Guardem esta rixa para o campo de exercícios. Quanto a comedores de carne e esfoladores, não posso afiançar. Mas posso atestar pelas amazonas. E você não tentaria nada com elas, Júlio Ácer, elas é que tentariam com você. — Ele se virou e pegou cuidadosamente um objeto na mesa, uma massa escurecida e endurecida com o que parecia um rolo de cobras mortas havia muito tempo. — Alguém reconhece isto?

Quinto avançou um passo, olhando.

— É um chicote. Um chicote muito antigo.

— Muito bem. — Macróbio postou-se de pernas separadas, mostrando o objeto à volta, para que os demais vissem. — Dizem que este chicote de guerra foi carregado por uma princesa cita que combateu com Cipião Emiliano no sítio de Cartago e que o uso que fez dele desfez a vontade do Batalhão Sagrado cartaginês. Por quase seiscentos anos, este chicote foi passado pelas gerações da família Cipião e agora é uma das estimadas posses do arsenal da *schola*. A princesa cavalgava com tribais berberes no deserto e aprendeu com eles a incrustar lascas afiadas de obsidiana perto da ponta do chicote, como podem ver aqui. Ela o deixou com Cipião quando voltou para seu povo, mas levou a ideia e os guerreiros de sua tribo foram armados com chicotes com ponta de aço. Ela nunca se casou, mas dizem que seu filho teve como pai um príncipe gaulês que também esteve com Cipião em Cartago, e que tornou-se o primeiro grande rei guerreiro do povo que logo se chamaria de os hunos, os ancestrais de Mundiuk e Átila.

Os cadetes olharam o chicote em silêncio, esquecendo-se de suas provocações.

— Então, isto será usado contra nós em batalha? — disse Quinto, estendendo a mão e tocando uma das lâminas de obsidiana, tirando uma gota de sangue.

— Eu mesmo só vi um deles à distância, quando uma unidade huna juntou-se ao flanco da linha ostrogoda perante Aquileia, a primeira ação de meu *numerus* depois que voltamos de Cartago — disse Macróbio, estufando o peito. — Tudo o que conseguimos enxergar foi um brilho prateado acima da cabeça de nossos soldados, o reflexo do sol nas lâminas de aço polidas, mas foi o suficiente para matar de medo alguns *foederati* em nossa linha, que viram os hunos destruírem sua terra natal. Aqueles mais próximos da ação disseram que, enquanto a fileira da frente dos hunos enfrentava nossos soldados com espadas, a seguinte usava os chicotes para puxar nossos homens na segunda fila, laçando seu pescoço e arrastando-os para a disputa, desequilibrando nossa linha de frente. Os hunos depois saltavam e lhes davam cabo com a espada, exceto por aqueles que já tiveram a garganta cortada ou foram decapitados pelas lâminas dos chicotes.

— O golpe dos chicotes pode ser aparado? — perguntou Marco Catão, com voz oscilante.

Macróbio bufou.

— Ele chega rápido como a cauda de um escorpião, rápido demais para ser visto. A única coisa que você pode fazer é rezar para o deus que lhe agrada para que não seja o escolhido e tentar avançar para dentro do alcance de arremesso. Mas eles são habilidosos no uso dos chicotes também a curta distância, estalando-os no ar para que as pontas se enrosquem cruelmente no nível do pescoço, cortando nossos soldados mesmo quando estão sobre eles.

Ele pegou a segunda a arma na mesa, um arco, e a mostrou a todos.

— Alguns de vocês podem lastimar o dia em que virem um destes pela primeira vez. Este é um arco huno, retirado de um godo pelos homens de meu *numerus* numa escaramuça nas florestas do norte da Gália, oito anos atrás. É composto, feito de três elementos diferentes, laminados. A superfície interna é de uma madeira que dizem vir de uma árvore atrofiada das estepes e a superfície externa, de uma madeira que os bárbaros chamam de *iwa* ou *yew* e nós chamamos *baccata*, uma árvore perene forte e inflexível. Entre as duas há uma extensão contínua de marfim que, segundo contam, é retirado das presas de elefantes mortos há muito tempo, de proporções gigantescas, encontrados pelos hunos à margem do Lago Congelado ao norte. Como só os hunos conhecem a origem das presas, é impossível para nossos *fabri* reproduzir o laminado. Esses três elementos conferem ao arco uma força inacreditável.

Para reforçar seu argumento, ele colocou o arco entre o chão e a beira da mesa e saltou nele, um ato que teria quebrado um arco romano normal, mas que ali apenas fez Macróbio pular e deixou o arco intacto. Marco Catão aproximou-se e o pegou, devolvendo.

— Por que o formato estranho? — perguntou, apontando a assimetria do arco, o limbo superior maior do que o inferior e a empunhadura colocada abaixo do meio, em ângulo.

Macróbio endireitou o corpo e pegou o arco.

— Isso permite que você atire uma flecha em uma velocidade inicial maior do que com nossos arcos, se tiver força para segurar a empunhadura neste ângulo e suportar a tensão que impõe no pulso e no braço. Nossos arqueiros acham quase impossível usar o arco sem meses de prática. Nossos arcos têm a vantagem sobre os arcos hunos em seu alcance máximo, sendo mais adequados para lançar flechas para o alto e fazê-las cair em uma formação inimiga, mas a flecha huna, com sua ponta de ferro pesada, voa mais veloz e numa trajetória reta por uma distância maior, perfeitamente adequada para os arqueiros montados da tribo, que cavalgam a cinquenta passos antes de atirar no inimigo.

Ele pegou outro arco, de formato mais ortodoxo, trazendo a marca numérica de uma das unidades *sagitarii* estacionadas na cidade, preparou uma flecha e apontou para um poste que os escravos colocaram no meio da *palestra*, com uma grossa placa de madeira presa na altura da cabeça, à guisa de alvo. Puxou para trás o máximo que pôde e soltou, a flecha voando e se cravando até o fim da ponta na tábua. Ele o baixou, pegou o arco huno e outra flecha mais curta, preparou-a e cerrou os dentes enquanto puxava para trás, os músculos e as veias dos braços rijos pelo esforço. Com um grunhido, soltou a flecha, que disparou, batendo no canto do alvo, mas o atravessando até as penas, a madeira lascada e a flecha tremendo do outro lado.

Macróbio baixou o arco, esfregou o bíceps direito e se virou para eles, com o semblante duro feito pedra.

— Contarei a vocês o que mais Amiano Marcelino tem a dizer sobre os hunos. Ele atesta que atacam numa velocidade imensa a cavalo ou a pé, berrando, ululando e soltando um canto gutural para aterrorizar o inimigo, que recua, desorganizado. Os adversários são divididos em grupos menores pela cavalaria huna, que cerca cada grupo por vez, dando cabo deles com suas flechas. Mesmo contra uma linha ininterrupta, seus arqueiros e a infantaria a pé infligem baixas terríveis com flechas de ponta de osso e ferro e com laços Em combate próximo, lutam sobre o lombo dos cavalos e até com a espada, sem se acanhar de usar as mãos e até mesmo os dentes para dar cabo daqueles que sobreviveram ao assalto. Amiano, um veterano da guerra contra os gauleses, godos e persas, disse que, dos bárbaros que encontrou, os hunos são os guerreiros mais terríveis.

Ele parou, olhando o grupo.

— Sabem por que eu sei de cor o relato de Amiano?

Quinto levantou a mão.

— Porque ele era um soldado — respondeu o rapaz. — Porque sabia do que estava falando.

Macróbio lhes lançou um olhar austero.

— Isto é parte da resposta. Mas há algo mais. Eu mesmo vi os hunos em batalha, mas apenas de longe. Conheço Amiano de cor porque não temos nenhum outro relato de testemunha ocular, porque nenhum romano vivo se postou diante de um ataque huno e sobreviveu. Pensem nisto.

Todos ficaram sombrios, então Quinto apontou a última arma na mesa.

— Esta é uma espada huna, centurião? Podemos ver?

Macróbio pegou a espada, segurando-a pela guarda e a face da lâmina.

— Esta é nossa última arma do dia e igualmente temível nas mãos certas — explicou ele. — Verão que pertence à mesma tradição de nossas espadas, uma lâmina longa e reta de estilo cavalaria, do tipo que o exército romano escolheu como padrão em detrimento do gládio, por ser uma lâmina mais adequada para a ação montada. Abaixo da guarda losangular, vocês podem ver que as bordas da lâmina entram em paralelo, mas depois convergem lentamente até a ponta, tornando a lâmina mais pesada perto da guarda e estranhamente equilibrada, mais adequada para o arremesso bem como para retalhar. Dizem que o aço da lâmina é temperado de tal maneira que o torna mais forte do que o nosso, graças ao uso de uma técnica secreta trazida do Oriente que nossos ferreiros não conseguem reproduzir. Dessa forma, ela traz um gume maior do que o nosso e pode ser afiada à espessura daquelas lascas de obsidiana incrustadas nos chicotes. Cortará inteiramente o couro e atravessará a carne com mais facilidade do que a nossa, porém é uma espada mais difícil de dominar, com o equilíbrio mais perto da guarda e, portanto, exigindo mais destreza e força para desferir um golpe potente.

Ele entregou a espada a Quinto, que sentiu seu peso e olhou a lâmina, os outros se reunindo ao redor para ver. Macróbio sacou a espada que portava, uma lâmina romana padrão cerca de meio pé mais curta do que a espada huna, e a entregou a Marco Catão.

— Vocês dois farão uma demonstração. É sua recompensa por fazer o dever de casa. Lembrem-se, usem a face da lâmina.

Quinto sorriu para o amigo e os dois foram para o meio da *palaestra*, na frente do poste com o alvo, e colocaram-se em posição. Começaram a bater gentilmente as lâminas e aparar golpes, cercando-se lentamente.

— Vamos lá! — gritou o rapaz que estivera provocando Marco Catão. — Coloquem alguma ação nisto.

Marco Catão o olhou com irritação, rodou sob a lâmina huna e bateu em Quinto com força no traseiro, fazendo-o cambalear de lado sob o peso da espada.

— Grandes coisas, as armas hunas. — O rapaz riu. — Se o peso é todo errado, que sentido tem um aço mais pesado e lâminas mais afiadas?

Quinto se recompôs, fez uma careta exagerada e sorriu, depois eles se colocaram em posição de novo, rondando lentamente um ao outro. De repente ele arremeteu com a espada na cintura de Marco Catão, recolhendo-a no último instante, enquanto o amigo erguia a sua lâmina para aparar o golpe.

Vendo o ataque de Quinto falhar, Marco Catão ergueu a espada no alto para desferir seu próprio golpe, mas, em vez de se recuperar, Quinto deixou que o ímpeto da investida o fizesse girar novamente, traçando um círculo quase completo sem sair do lugar. Tarde demais, Marco Catão percebeu que o giro inicial de Quinto tinha sido uma finta, utilizada para fazê-lo erguer a guarda e expor a cintura, e, tarde demais, Quinto notou que sua espada tinha se endireitado e agora girava de gume para Marco Catão. Na fração de segundo de sua percepção, tentou recuar a lâmina novamente, mas o ímpeto desta vez era grande demais. A lâmina cortou a túnica de Marco Catão e atingiu metade de seu tronco, sulcando com tal rapidez que no primeiro segundo mal saiu uma gota de sangue do ferimento.

Houve um ofegar dos outros e se seguiu um silêncio apavorado enquanto Quinto recolhia a lâmina. Marco Catão cambaleou para trás, debatendo os braços, deixando a espada cair.

Ele olhou para Quinto sem compreender e tombou de lado como uma estátua em queda, sua cabeça batendo no chão com um baque, vidrado, babando. Com um ruído de aspiração, as entranhas caíram do ferimento aberto ao lado, uma massa escorregadia de cores lúgubres, expondo a espinha cortada. Teve uma convulsão violenta, os braços se debateram e a boca espumou. Um suspiro terrível saiu dele enquanto o sangue esguichava na areia, e ele ficou imóvel.

Quinto deixou cair a espada e cobriu o rosto com as mãos, tremendo e gemendo baixinho. Macróbio de imediato foi a ele, pegou a espada, limpou o sangue na túnica de Quinto, baixou uma de suas mãos e colocou nela a guarda da espada. O rapaz ainda chorava, com o corpo quase dobrado ao meio, e Macróbio lhe deu um forte tapa na cara, fazendo-o recuar, arrastando a espada a suas costas. Macróbio o puxou pela gola e apontou o corpo.

— Estão vendo isto? — rosnou ele, olhando em volta. — Estou falando com todos vocês. Isto se chama *morte*. Se vão usar uma espada, é melhor se acostumarem com ela. Agora, faremos nossas saudações. Marco Catão Cláudio, você ajudou a fazer de Quinto Aécio Gaudêncio Segundo um soldado melhor, que agora sempre o terá consigo quando entrar em batalha, com a honra de sustentar seu nome. Marco Catão Cláudio, *salve atque vale*. Agora, todos vocês, apresentem-se no Campo de Marte este fim de tarde. Comecem com uma má impressão chegando de olhos lacrimosos e nos próximos três meses desejarão estar onde Marco Catão está agora. Quero vê-los com todo seu equipamento disposto, em ordem de marcha completa, na entrada da *schola* em meia hora. E isto serve para você também, Quinto Aécio. Agora, vão.

Dois dos alunos, cadetes veteranos, pegaram Quinto de cada lado e foram com ele para fora de vista, abaixo da sacada, seguidos pelos demais. Macróbio pegou a própria espada, reuniu as armas no rolo de couro e foi para o arsenal do outro lado da *palaestra*. Os escravos que haviam trazido a mesa reapareceram com um carrinho com um saco de areia, empurrando-o para o corpo. Esvaziaram a areia em uma pilha, colocaram o corpo no carrinho e usaram uma pá para recolher as entranhas, despejando-as no saco e jogando por cima do corpo. Espalharam areia por ali, deixando-a por um minuto para sorver o sangue e a jogaram com a pá por cima do corpo, terminando por espargir uma nova camada de areia no chão e alisar com outra ferramenta. Dois deles saíram com o carrinho enquanto outros dois carregavam a mesa. Um instante depois, um deles correu de volta e retirou o poste com o alvo que tinha a madeira lascada e as flechas, correndo para fora de vista. A cena ficou como estivera antes da chegada de Macróbio, como se ajudantes de palco tivessem retirado o cenário de um teatro depois de uma peça, a estátua de Trajano ainda presidindo de sua coluna e a única prova do que acontecera era a sugestão de uma mancha na areia.

Flávio observara o ocorrido sem qualquer entusiasmo. Sua mente vagara para Una depois do início da luta de espadas e ele levou alguns instantes para registrar o acidente. Lembrou-se de seus primeiros choques quando jovem, observando homens de seu *numerus* dilacerados pelos cães diante de Cartago, sentindo-se aturdido com seu primeiro assassinato. Quinto tinha sofrido o mais cruel dos golpes, matando o melhor amigo na prática de combate, mas Macróbio agira corretamente e Flávio não procuraria o primo. Ou Quinto se despedaçaria, outro renegado da *schola*, ou a experiência o tornaria um homem, o endureceria, sua capacidade de superação fortalecida pelo impulso de manter a honra de sua família, do próprio Flávio, que Quinto sabia que estava olhando, de seu tio Aécio, da imagem de uma Roma imbuída de glória, honra e virtude militar que todos eles esperavam desesperadamente reconstruir. Ele olhou novamente a estátua de Trajano e se virou para a porta. Era hora de partir.

# 8

Naquela noite, Flávio deitou-se com Una nas areias ao lado da foz do rio Tibre, olhando o luar dançar na superfície ondulada do mar Tirreno. Tinham chegado de Roma naquela tarde no cavalo de Flávio, pela cidade dilapidada de Óstia, passando pelo canal que levava ao porto octogonal de Portus, e foram até a grande extensão de areia perto de Âncio, que se alongava ao sul até onde a vista alcançava. Agora apareciam menos embarcações no Tibre do que nos tempos da juventude de Flávio, a queda de Cartago tendo interrompido o comércio de cereais e óleo africanos. A última nave do dia partira horas antes, a solidão dos dois desde então rompida apenas por alguns pescadores que foram lançar suas redes no início da noite, mas partiram ao cair a escuridão.

Flávio se apoiou em um cotovelo, pegando algumas uvas da comida que levaram, bebeu de um jarro de vinho e observou Una, deitada de olhos fechados e estendida na manta a seu lado. Ela tinha pernas longas e era mais alta do que ele, de maçãs do rosto pronunciadas e cabelo preto bem encaracolado mesmo entre o povo de Roma acostumado a escravos e soldados de toda parte do mundo, ela erguia sobrancelhas ao passar pelas ruas e mercados, mais bela aos olhos de Flávio do que qualquer das mulheres pálidas de famílias nobres que desfilavam interminavelmente diante dele como candidatas adequadas ao casamento.

Una não era parecida com as escravas de pele negra que ele vira vendidas como exotismo nos mercados de Roma, escravas que diziam ter vindo de terras muito distantes ao sul do grande deserto africano; tampouco se parecia com as núbias e berberes que se aglomeraram em Cartago em seus últimos dias. Ela era de uma terra africana a leste, onde o rio Nilo se eleva nos planaltos que davam para o mar da Eritreia, um lugar que ela chamava de Etiópia. Ela lhe contou que nos planaltos de sua terra natal, as mulheres corriam entre as aldeias levando mensagens e notícias, cobrindo sem qualquer esforço 48 quilômetros ou mais em um dia, mais até do que uma marcha de um dia para um soldado. Quando desciam do ar rarefeito do planalto às planícies e ao deserto, podiam correr ainda mais e com maior velocidade. Ele vira isso com os próprios olhos nas muitas ocasiões em que a trouxera de Roma para o lugar onde estavam, e ela repetira o feito este fim de tarde, Flávio a meio galope ao lado dela enquanto Una cobria quilômetros e mais quilômetros, sua respiração mal se acelerando e as pernas parecendo flutuar acima da areia.

Depois disso, fizeram amor e nadaram no mar, e a pele de Una ainda brilhava da água que deixou o gosto de sal nos lábios de Flávio, um gosto purificador que por algumas preciosas horas tornou as maquinações de Roma e a venalidade do imperador e sua corte uma irrelevância distante.

Ela abriu os olhos e se sentou ereta, puxando o manto contra o primeiro frio da noite e olhou o mar, sem nada dizer. Flávio se aproximou a seu lado, arrastando a jarra e tomando outro gole, sentindo no ventre o calor do vinho.

— No que está pensando? — perguntou ele, limpando os lábios e passando a jarra a Una.

Ela a pegou, levou aos lábios e a baixou.

— Pensava em Quodvultdeus, o bispo de Cartago.

— Por que pensar naquele monstro, neste lugar? Ele quase a matou de pancadas no barco em Cartago. Se Macróbio não tivesse me contido, eu o teria matado com minhas próprias mãos.

Ela ficou em silêncio por um momento e depois falou em voz baixa:

— Você deve se lembrar do que eu passei. Depois que os mercadores de escravos me raptaram de minha aldeia na Etiópia, passei dois anos trabalhando para um proxeneta núbio, enjaulada com outras mulheres em carroças que viajavam de um oásis a outro, esperando para servir aos homens das caravanas de camelos quando apareciam. Eu já sabia do cristianismo pelos seguidores do monge Frumêncio, que levou a nova religião da Alexandria a meu povo, e ele se tornou minha salvação; saber do sofrimento de Jesus e dos dois ladrões nas cruzes me deu forças para continuar. Quando o bispo Quodvultdeus apareceu um dia, apontando para mim e outras duas mulheres, oferecendo uma bolsa de ouro ao proxeneta, pensei que o próprio Cristo respondera a minhas preces e caí de joelhos, em adoração. Mais tarde, quando nos liderava em oração, fascinando a nós todas com seus olhos messiânicos e voz grave, ele costumava dizer que éramos as inocentes sagradas, que aqueles que nos maltrataram e descarregavam sua fúria sobre nós na realidade nos homenageavam, como Herodes fez quando derramou sua fúria sobre o menino Cristo. Foi só muito mais tarde, depois de estar muito tempo sob seu feitiço, que percebi que ele não era mensageiro de Cristo, mas um homem venal e cruel que queria satisfazer os próprios desejos, quando não estava ocupado perseguindo meninos pelos claustros em Cartago.

— Quodvultdeus, "O Que Deus Deseja" — murmurou Flávio, jogando uma pedra nas ondas. — Se um homem assim pensa ser o que Deus quer, então é melhor ficarmos sem uma Igreja.

— Jamais perdi minha fé — continuou Una —, porque o cristianismo ensinado em minha terra não é o cristianismo de Roma. Nunca vi Quodvultdeus como um intermediário de Deus, apenas como alguém que em minha imaginação febril parecia ter sido enviado por Deus para trazer libertação. Depois que vi quem ele realmente era, enxerguei a verdade da Igreja que ele representava, um vaso oco criado pelos homens para satisfazer as próprias ambições e anseios, tão distante de Deus como ele é das cortes dos imperadores.

Flávio franziu os lábios, olhando o mar.

— Da última vez que eu tive notícias, Quodvultdeus se fez nomear inquisidor especial do bispo de Roma em Nápoles, liderando um esquadrão de brutamontes de casa em casa para arrancar os chamados hereges que não acreditavam que o bispo pode julgar junto do próprio Cristo.

Una estremeceu, fechando mais o manto junto ao corpo.

— Isso fica apenas a dois dias de cavalgada daqui. Quanto mais perto ele chega, mais quero partir. Já sou visível o bastante em Roma, mas os métodos que ele usa para arrancar confissões levarão alguém a apontar o dedo para mim, em algum momento.

Flávio a olhou de lado.

— Você costuma sair em silêncio à noite e só volta ao amanhecer. Nunca lhe fiz perguntas, mas fico conjecturando.

Una pôs a mão no braço dele, apertando, depois a colocou por baixo do manto.

— Agora você pode muito bem saber. Nós nos reunimos nas catacumbas, abaixo de Roma e da Via Ápia. São lugares secretos, conhecidos por poucos.

Flávio a olhou atentamente.

— Conheceu Pelágio?

— Nunca sabemos os nomes daqueles que nos lideram em oração, nem vemos seus rostos. É perigoso demais para eles. Tem sido assim por quase quatrocentos anos, desde logo após a crucificação, quando os apóstolos chegaram a Nápoles e Pompeia, adorando em segredo em meio aos fossos de enxofre dos Campos Flégreos, antes de se dispersarem para Roma, quando as primeiras catacumbas foram cavadas. Somos um cristianismo subterrâneo, sempre escondido, agora perseguido pela Igreja de Roma como éramos nos tempos pagãos.

— O que você fará?

Ela colocou a mão entre as dobras do manto e pegou uma cruz dourada em um colar que tinha retirado quando foi correr, uma treliça complexa de figuras geométricas com um quadrado na base que ela lhe disse representar a Arca da Aliança. Una a ergueu, o luar brilhando através da treliça, e se virou para ele.

— O que você sabe sobre o reino de Aksum?

Flávio fez uma pausa antes de responder:

— É o lugar que Arturo disse que seus dois escravos núbios procurariam quando os enviou para longe, antes da queda de Cartago. Disse que lhes proporcionaria um porto seguro e liberdade da escravidão.

Ela baixou a cruz e olhou o horizonte.

— Aksum faz fronteira com minha terra ao norte, ocupando os vales e colinas que descem ao mar da Eritreia. É a primeira nação a que você chega quando viaja ao sul, partindo do Egito. Sua capital tem grandes colunas de granito, mais altas até do que a Coluna de Trajano, e tumbas e casas escavadas na pedra viva, construídas por uma antiga civilização que alguns acreditam ter sido uma das últimas tribos de Israel, aquelas que trouxeram a Arca da Aliança. Desde os tempos de Constantino, o Grande, quando o monge Gregório converteu ao cristianismo o rei aksumita Ezana, o reino ficou ainda mais forte, espalhando sua influência ao norte para o Egito, ao sul, para o Chifre da África e a leste, pelos estreitos para a Arábia, a terra dos sabeus. Controla o comércio no mar da Eritreia da Índia ao Egito, mas sua verdadeira força está no cristianismo. É a palavra ensinada por Jesus, espalhada de uma pessoa a outra, de uma aldeia a outra. Não há padres em Aksum, nem bispos. Todos são bem-vindos, qualquer que seja sua fé, judeus, pagãos, os árabes com sua religião do deserto, desde que sigam o caminho da paz.

— Deseja voltar, Una?

Ela segurou a cruz com uma das mãos e pegou a dele com a outra.

— Você sabe que não posso lhe dar filhos. O proxeneta e sua esposa cuidaram disso. E agora, diante de nós, só pode haver longas ausências, campanhas e batalhas, e então, um dia, você não voltará. Todos em Roma sabem o que o futuro nos reserva. As mães estão mimando seus filhos, pois têm consciência de que logo serão levados para a guerra. À noite, as arquibancadas do Circo Máximo ao lado de nossos aposentos ficam cheias de amantes que não estão dispostos a esperar um minuto a mais pelo casamento. Pais em idade militar, que temem a convocação, levam os filhos pelos monumentos de Roma, ensinando-lhes tudo que sabem enquanto ainda têm tempo. E não apenas os homens correm risco de ter suas vidas encurtadas. Se as trevas caírem sobre a própria cidade de Roma, se Átila chegar, se os vândalos invadirem por mar, a vida de todos nós corre perigo. Há cada vez mais rumores do Apocalipse bíblico, de um iminente dia do Juízo Final, boatos espalhados pelos monges de Arles e agora entretidos por outros que desceram à cidade aos magotes, monges verdadeiros e charlatães, convencendo as pessoas a abrir mão de todo seu ouro e prata em troca de uma oração especial ao Senhor.

— O exército vencerá — disse Flávio, com emoção na voz. — *Derrotaremos* Átila.

Una balançou a cabeça e o olhou, segurando com força sua mão.

— Isso não faz diferença para nós. Já me decidi. — Ela chorava, mas havia um fervor em seus olhos que ele nunca vira. Ela os enxugou e continuou. — Ouço quando vocês conversam: você, Arturo e os outros oficiais que partilham suas visões, seguidores de seu tio Aécio. Assim como você deseja escapar do imperador e tomar para si a guerra contra os bárbaros nas fronteiras, nós desejamos arrancar o cristianismo das garras da Igreja e levá-lo a lugares para além do Império, para além do alcance dos padres e bispos. Alguns irão para o norte, Pelágio inclusive, para tentar estabelecer uma nova cabeça-de-ponte cristã na Bretanha. Mas outros entre nós pretendem ir para o sul, a Aksum. Agora mesmo, monges do leste, que se afastaram da Igreja em Constantinopla, vão para lá e logo serão seguidos por outros do oeste. Alguns acreditam que Aksum é a terra prometida, que pode se tornar o reino dos Céus na terra.

— Sente que Deus a está chamando? — indagou Flávio, sua voz vacilando.

— Só o que eu sei é que pude levar a palavra de Jesus às outras mulheres escravizadas comigo no deserto e isso lhes deu esperança. Se puder fazer o mesmo ao povo distante nas montanhas de minha própria terra, terei encontrado propósito na vida. E quero voltar a correr, não por estas areias que levam somente ao sul, a Nápoles e à perseguição, ou ao norte, à guerra, mas entre as aldeias de minha terra, nos planaltos da Etiópia, levando apenas mensagens de paz. Já estou farta de Roma e suas guerras.

Ela se virou e tirou mais alguma coisa das dobras do manto, entregando a Flávio. Era uma pedra pequena, preta e lisa, suspensa de um fino cordão de couro que fora passado por um orifício no meio.

— Encontrei este pedaço de azeviche nos arredores de minha aldeia quando eu era criança. Ele ficou gasto e liso de tanto que o toquei. Fique com ele e se lembre de mim.

Atrás deles, o cavalo de Flávio relinchou e pisoteou, descendo do outeiro relvado nas dunas, onde estivera pastando enquanto os dois nadavam. Flávio pegou a cevadeira que tinha preparado e se levantou para alimentá-lo, acariciando o focinho e sussurrando em seu ouvido, depois deu um tapa em seu flanco enquanto ele ia a meio galope até o rio para beber. De repente sentiu-se sozinho, de pé atrás de Una, que olhava o horizonte, observando seu cavalo baixar a cabeça para a água, onde o Tibre corria para o mar. Esperava ser ele a dar a Una a notícia de sua partida iminente, mas, em vez disso, ela virara a mesa. Flávio sentia-se desconcertado com isso, confuso, incapaz de responder. Entretanto, de pé ali, postado entre ela e o cavalo impaciente, Flávio sabia onde estaria seu futuro. O livre-arbítrio pregado por Pelágio e seus seguidores era ótimo, mas, em um mundo à beira de implodir, a vida dos homens era tão limitada como aquela dos gladiadores da Antiguidade no Coliseu. Ele estava tão preso à guerra como Una a sua visão da paz.

Ele ouviu um barulho distante, uma batida de tambor, e olhou o mar. À luz da lua, uma galé entrava no campo de visão, uma liburna de um convés, uma das patrulhas que eles viram partir na foz do Tibre logo depois de terem chegado. Mesmo ali, na praia, sob as trevas, a sensação de paz era uma ilusão. Por meses, a marinha vândala de Genserico de Cartago esteve atacando e saqueando pela costa, usando as embarcações romanas que ele vira abandonadas no porto de Cartago antes de sua queda. Arturo tinha razão em sua previsão naquele dia: os guerreiros da floresta tornaram-se guerreiros do deserto e agora do mar. Genserico não se contentaria em descansar sobre os louros em Cartago, mas levaria seus homens pela única rota de campanha aberta a partir dali, saindo para o Mediterrâneo. Todos os estrategistas de Roma sabiam que era só uma questão de tempo para que o ataque e os saques se transformassem em um assalto por mar. A marinha romana era fraca demais para enfrentar Genserico em uma batalha naval de larga escala e, assim, a única esperança era uma vitória para o exército, não contra os vândalos, mas contra os hunos, uma vitória que permitiria aos soldados se reposicionarem por esta costa para contra-atacar uma invasão.

Entretanto, mesmo esta estratégia era despedaçada de incertezas: qualquer vitória contra Átila provavelmente seria de atrito, deixando o exército romano fraco demais para se reposicionar com eficácia. Tudo era periclitante. A única coisa que parecia certa era que um dia, em breve, estas praias, como aquela diante de Troia, ficariam vermelhas de sangue, que aqueles que restaram para defender Roma fariam os invasores pagarem um alto preço entre as dunas e vales do litoral.

O cavalo voltou e chutou a areia. Una se levantou e Flávio rapidamente enrolou a manta, deixando as uvas e a jarra vazia no chão. Pulou no cavalo, controlando a rédea enquanto ele dava um pinote, relinchando e pisoteando mais uma vez, depois estendeu a mão, puxando Una para cima, atrás dele. Ela o abraçou com força, seus seios quentes nas costas de Flávio, e eles cavalgaram com vigor para Roma.

# 9

No início da manhã seguinte, Flávio tirou Arturo da *schola*, levou-o pelo pátio de exercícios à rua na frente da grande coluna do imperador Trajano, seus cilindros de mármore branco subindo 30 metros no ar entre as bibliotecas grega e latina. Quando menino, entre as aulas com seu mestre Dionísio, passava horas olhando a coluna dos andares superiores das bibliotecas, examinando cada cena no friso em espiral até que se gravassem na memória: cenas de guerra e conquista, de armas, fortificações e travessias de rios, de bárbaros derrotados e romanos vitoriosos, do próprio imperador comandando seus homens do front e os liderando a avançar. Ele viu a inscrição na base da coluna, o local onde as cinzas do imperador jaziam em uma urna de ouro dácio, e leu a primeira linha — SENATVS POPVLVSQVE ROMANVS —, lembrando-se do resto de cor: *O Senado e o povo de Roma doam esta ao imperador César, filho do divino Nerva, Nerva Trajano Augusto Germânico Dácico,* Pontifex maximus, *no décimo sétimo ano no posto de tribuno, tendo sido aclamado seis vezes imperador, seis vezes cônsul,* pater patriae.

Ele ergueu os olhos, viu uma cena com o derrotado rei Decébalo e outra dos hunos atravessando o rio Danúbio, a imagem que mais ardera em sua imaginação quando menino, e se sentiu dominar pela empolgação. Nem acreditava que logo estaria no mesmo lugar, que ele, Macróbio e Arturo atravessariam o rio aonde os legionários tinham ido 350 anos antes, pisariam onde o reverenciado herói Trajano levara o exército a uma guerra de conquista que alcançaria os limites de Pártia e veria o Império Romano se expandir a sua máxima extensão.

Eles deixaram a coluna para trás e subiram a rua sinuosa no lado norte do Fórum de Trajano ao complexo adjacente de mercados, uma enorme estrutura de alvenaria convertida, por ordem de Aécio, na sede de Roma dos *fabri*, o corpo de engenheiros militares. Passaram por várias escravas robustas que carregavam cestos atrás de um clérigo de peso avantajado e lhes abriram sorrisos, e ele pensou em Una, perguntando-se quando a veria novamente. Pouco antes de sair da *schola*, havia chamado Macróbio de volta e lhe pedira para dizer a Una que partisse, levasse seus pertences à casa de sua irmã em Cosa, no litoral, e esperasse pela volta dele. Era uma besteira, mas ele teve uma sensação súbita de que não valia a pena correr riscos, que se Heráclio tinha informações sobre Arturo, poderia também ter agentes que houvessem visto os dois juntos e agora talvez os seguissem. Flávio tinha pouco a perder neste mundo, mas, se algo acontecesse a Una, sabia que teria de se vingar daqueles que perpetrassem o ato, algo que podia desencadear um terrível banho de sangue que derrubaria todos a sua volta e destruiria os planos de Aécio. Não saber quando poderia revê-la era uma bagatela que ele pagaria para evitar o pior, embora fosse um preço que sabia que teria dificuldade de suportar nos dias e semanas à frente.

Depois de passar pela inspeção dos guardas, tomaram um corredor e atravessaram uma porta, adentrando em um salão quase tão grande quanto um tribunal de justiça, as janelas largas deixando entrar o sol que iluminava uma fila de mesas no meio. Pelas paredes, abaixo das janelas, estavam presos cartas esquemáticas e mapas, um deles um pergaminho contínuo estendido por duas paredes; às mesas, várias dezenas de homens copiavam mapas e anotavam ilustrações em grandes folhas de velo e papiro.

Um dos homens os viu, acenou e rapidamente se aproximou. Era um sujeito de barba branca no final da meia-idade, usando a insígnia de um tribuno *fabri* sênior. Deu um tapa no ombro de Flávio e imediatamente se recurvou de dor, com a mão nas costas.

— Isto não melhora com a idade — exclamou ele, deixando os dois homens à vontade para se sentar. — Tempo demais recurvado sobre mapas, sem ar fresco suficiente. Já faz muito tempo que não vejo o serviço ativo.

— Quando foi isso? — perguntou Arturo.

— Flávio pode lhe contar. Sem condecorações, sem glória. Mas ensinou-me uma ou duas coisas sobre o serviço militar, algo que tentei transmitir em meus anos de ensino aos rapazes na *schola*.

— Prossiga, Uago — disse Flávio. — Arturo recebeu a comissão como *foederati* em campo, assim nunca teve o benefício da *schola* e de sua experiência.

Uago olhou à meia distância, de testa franzida.

— Foi durante a rebelião berbere no décimo quinto ano do reinado de Honório, quase quarenta anos atrás. Eu estava no primeiro grupo de tribunos a se formar na *schola*, criado apenas no ano anterior, na esteira do saque de Roma por Alarico. Meu primeiro trabalho com os *fabri* foi ajudar a retirar o entulho criado pelos godos no Monte Capitolino, quando tentaram derrubar as ruínas do antigo templo. Depois disso, apresentei-me como voluntário ao serviço na fronteira e fui nomeado segundo em comando de um *fabri numerus* na margem do deserto, em Mauritânia Tingitana. A guarnição *limitanei* foi depauperada para compor o efetivo na *comitatenses* da África e, quando a rebelião começou, fomos reagrupados como *milites* de infantaria. Foi uma campanha difícil, com muitos homens desabando para a doença e a exaustão, e não houve batalhas, apenas breves escaramuças violentas e expedições inúteis. Mais para o fim, voltamos a nosso papel de *fabri* e fomos usados para fazer estradas, melhorar fortificações e cavar poços, muito mais de meu gosto do que perseguir rebeldes e incendiar aldeias. Descobri um fascínio pelo levantamento de dados e a cartografia, e esta tem sido minha vocação desde então.

— Quarenta anos é longo tempo no exército — disse Arturo.

— Aécio arrastou-me da aposentadoria quando quis um novo mapa detalhado que mostrasse as conquistas de Átila. Deu-me carta branca para apelar aos melhores cartógrafos da Alexandria e da Babilônia, e coloquei os copistas de meu *scriptoria* trabalhando noite e dia na preparação de um mapa e seu despacho aos comandantes *comitatenses* e *limitanei*.

— É isso que desejamos ver — falou Arturo. — Especificamente, a Ilíria e o rio Danúbio, e as terras a leste que levam ao lago Maeotis.

Uago se levantou, pegou a bengala que um dos *fabri* lhe entregara discretamente e olhou com atenção para Arturo.

— Um destino incomum para um comandante *foederati* bretão — disse ele. — Estou certo sobre sua origem, não? Em meu tempo de folga, faço um estudo especial de lexicografia e etimologia, em particular de nomes próprios bárbaros.

— Sou da tribo dos brigantes, da linhagem de Boudica, embora minha avó materna fosse descendente romana de um legionário — explicou Arturo. — Meu nome é um antigo patronímico bretão que significa rei-urso, da época em que os ursos vagavam pelas florestas de minha terra.

— Foi o que pensei — respondeu Uago, demonstrando satisfação. — Gostaria de aproveitar seu conhecimento dos nomes bretões. Com o passar dos anos, fiz o mesmo com soldados que aqui vieram consultar meus mapas de todos os cantos do império. Enquanto isso, vamos a sua solicitação. — Ele apontou a bengala para o pergaminho na parede. — Esta é a *Tabula Cursorum*, uma representação ilustrada do *cursus publicus*, a rede de estradas oficiais do império. Foi feita pelos monges de Arles no regime de Honório. Na realidade não é um mapa, mas uma representação visual de uma série de itinerários e, como imagem, é repleta de distorções, adornos sem sentido e anacronismos, o tipo de coisa que os monges adoram, mas muito irritantes para um cartógrafo, como eu. Aqui, de baixo para cima, podem ver o sul da Itália, o mar Adriático e a costa dálmata, com as montanhas cercando o rio Danúbio representadas esquematicamente mais para o interior. Porém, creio que isto só atende parcialmente a seus propósitos. Darei a vocês as distâncias e as escalas para a primeira parte de uma jornada, partindo de Ravena ou Roma, seguindo as estradas e atravessando o mar a um porto como Espoleto, mas não há nada retratado além das estradas oficiais. A *tabula* é projetada para a viagem oficial e o serviço postal, não para aqueles que pretendem realizar missões secretas para além das fronteiras.

— Você presume demais sobre nossos propósitos — disse Arturo.

Uago olhou em volta, certificando-se de que não podiam ser ouvidos pelos outros.

— Sei o que significa quando um dos tribunos especiais de Aécio, geralmente um homem com uma comissão nos *foederati*, vem procurar mapas de regiões para além das fronteiras — afirmou ele em voz baixa. —

Mas providenciarei tudo que precisarem sem fazer perguntas. Posso estar enfurnado nesta sala enquanto vocês e outros estão em campo, mas meus mapas fornecem o eixo de informações do império e minha lealdade a Aécio é inabalável. Ele já foi meu aluno estelar na *schola*, e agora eu sou seu criado.

— Mostre-nos o mapa novo — pediu Flávio.

Uago afastou-se da parede e apontou uma folha de velo mosqueada acima da *tabula*, com um mapa retratado ali.

— Com esta você estará familiarizado, Flávio. Trata-se da representação do mundo conhecido com base na *Geographia* de Ptolomeu que eu sempre tinha em minha sala de aula na *schola*. Arturo, você naturalmente identificará sua terra natal da Bretanha à esquerda, com uma representação de Gales e da península ocidental contendo as terras do estanho, o lugar onde Aécio me diz que ocorre a maior parte dos conflitos entre bretões e saxões. Como representação visual do mundo, é muito mais satisfatória do que a *tabula*, mas faltam-lhe as medidas precisas entre os pontos conhecidos, com suas orientações, que permitiriam seu uso como instrumento preciso para navegadores e viajantes. O que de fato precisamos é uma combinação entre os dois, entre o mapa ptolomaico e o itinerário representado na *tabula*. Era isto que meus *fabri* vinham tentando aperfeiçoar nos últimos meses e creio que agora conseguimos.

Ele os levou as mesas e, pela primeira vez, Flávio viu os mapas que os homens estiveram copiando. No centro havia um grande mapa, semelhante à representação de Ptolomeu, mas coberto por uma teia de formas triangulares; os homens a sua volta faziam cópias reduzidas usando instrumentos de medição e outros reproduziam partes dele em maiores detalhes. Uago andou pela fila e parou ao lado de um dos homens, que baixou o estilete e saiu do caminho.

— Aqui está o que vocês querem — disse ele. — Podem ver o rio Danúbio correndo terra adentro em paralelo com o litoral da Dalmácia, através da garganta conhecida como os Portões de Ferro, depois para o leste, na direção do mar Negro. A montante dos Portões de Ferro, ele corre de sua fonte, passa pelas grandes estepes da Cita, as terras centrais hunas.

— O mundo huno sempre foi de difícil definição e este é um de seus pontos fortes, do ponto de vista estratégico — falou Arturo. — As fronteiras são porosas e indefinidas, na realidade não passam de largas faixas de relva onde poucos vivem, se é que são habitadas, e mesmo o lado oeste do rio Danúbio é tanto um ponto de travessia, como uma fronteira. Não creio que Átila se importe muito com as fronteiras e esta é uma enorme diferença da estratégia romana. Átila tem um conceito de terra natal e possui sua cidadela, mas o império huno fica onde ele decide travar batalhas e, assim, pode mudar de um mês para outro.

Uago assentiu.

— É o pesadelo de um cartógrafo. Gostamos de nossas fronteiras e províncias. Com os hunos, só se pode colocar flechas largas em mapas, cortando todos aqueles pontos fixos e linhas de delimitação que nos são tão caros.

Flávio pôs o dedo no mapa, medindo distâncias.

— De acordo com a escala, a distância dos Portões de Ferro ao início das estepes é de cerca de 3 mil estádios, digamos, uns 210 quilômetros — disse. — Normalmente seria uma marcha de uma semana, mas temos de fazer pelo rio, no Danúbio.

— Contra a correnteza — acrescentou Uago. — Porém, se tiverem sorte, podem pegar um vento sul e velejar contra a corrente, como fazem os barqueiros no Nilo, no Egito.

Arturo olhava fixamente o mapa.

— Pode nos dar uma cópia dele?

— Podem ficar com este. — Ele desprendeu e enrolou o velo, verificando primeiro se a tinta estava seca. — Não mostrem a ninguém e devolvam aqui pessoalmente quando tiverem terminado. Assim que Aécio aprovar, este novo mapa do mundo será de uso comum; até lá, porém, é ouro em pó nas mãos de um estrategista hostil que pode ter os olhos na conquista.

— Entendido — disse Arturo, colocando o mapa dentro de sua túnica. — E agora precisamos ir.

Uago acompanhou os dois à porta, parou e ficou ali por um momento evidentemente sentindo dor, recurvado na bengala.

— Se conseguirem chegar lá — disse ele —, será que não poderiam me trazer um ou dois hunos? Meu próprio dialeto godo por parte de meu pai é próximo do cita, mas está sendo um inferno fazer uma concordância com o vocabulário huno. Ouvi-lo do diabo em pessoa, por assim dizer, seria útil, embora na realidade seja uma língua dificílima, como é sabido. Estive pensando em criar um idioma universal para vencer esses problemas. Se todos falassem a mesma língua, talvez tivéssemos menos guerras. Outro projeto, se Aécio me liberar.

Flávio sorriu e segurou seu ombro.

— Veremos o que podemos fazer.

Arturo apertou a mão de Uago.

— Antes de partirmos, estou curioso — falou. — O que você dizia aos jovens candidatos a tribunos com base em sua experiência de campo?

Uago fez uma pausa antes de responder:

— Posso não ter ido a nenhuma batalha, mas estive presente por tempo suficiente para saber que as glórias da guerra são transitórias. Vi gerações de jovens que ensinei partirem para a guerra: sangue jovem e vivo quando iam, mas quase sempre sombras pálidas quando voltavam, se voltassem. Assim que uma geração passa pelo ossuário da batalha, a seguinte anseia por ir. Eu lhes disse o que aprendi no deserto, que a guerra não fala da glória, mas de trabalho árduo e de perseverança, de cuidar dos camaradas. A lembrança disto é maior para mim do que qualquer pesar que eu possa ter por perder louros e condecorações, glórias meramente transitórias.

Arturo assentiu.

— Sábio conselho, tribuno. *Salve*, até a próxima vez.

Ele e Flávio iam se afastando, mas Uago os reteve.

— Uma última coisa.

Flávio se virou.

— O que é?

— Eu pretendia perguntar. Durante sua excursão a Cartago você por acaso não pegou nenhuma das folhas que os berberes chamam de *catha*, pegou? Adquiri certo gosto por elas quando estive na Mauritânia. Ajuda a aliviar a dor nas costas.

— Meu centurião Macróbio tinha um pouco, mas acabou há muito tempo. Tivemos de partir da África com certa pressa.

— Que pena. Talvez eu mesmo deva ir até lá.

— Antes, você terá de lidar com um detalhezinho conhecido como exército vândalo e um comandante não muito simpático chamado Genserico.

Uago gesticulou para a sala, com um brilho nos olhos.

— Lembra-se do que eu disse sobre meus homens, todos aqueles anos atrás, na Mauritânia? Eles eram primeiro soldados, depois *fabri*. Meus homens aqui são da mesma cepa. Creio que um *numerus* de *fabri* pode lidar com uma pequena perturbação bárbara como Genserico.

Flávio sorriu e acenou.

— *Salve*, tribuno.

Eles saíram do prédio e foram rua abaixo, a coluna de Trajano erguendo-se novamente diante deles.

— Roma precisa de mais soldados como Uago — disse Arturo.

— Os oficiais *fabri* são uma raça rara, segundo meu tio Aécio — respondeu Flávio. — Dedicados ao trabalho, meticulosos, com o olho afiado para os detalhes e lealmente calados sobre os defeitos de seus superiores. Quando ele posiciona um exército *comitatenses*, sempre tem um tribuno *fabri* como oficial sênior no corpo.

— Ele vai precisar recrutar o melhor que puder para a guerra que temos pela frente.

— Aonde vamos agora?

— Prestaremos nossos respeitos a Valentiniano. Depois disso, iremos a um lugar secreto onde você saberá de nossos planos. Amanhã, pelo fim da tarde, se tudo correr bem, você, Macróbio e eu partiremos para o Oriente, prestes a embarcar na mais perigosa missão que qualquer um de nós já realizou.

Flávio olhou à frente, com a mente em disparada, consciente de passar pela velha casa do Senado e começando a subir a escada para o palácio imperial. Já fazia quase oito anos desde que estivera em campanha, anos recompensadores ensinando na *schola*, mas ele estava se coçando para entrar em campo de novo. Começava a pensar em tudo que precisaria fazer antes de partir, as pessoas que teria de visitar e equipamento para organizar, o velho gládio que Arturo lhe dera depois da retirada de Cartago, a lâmina a ser afiada e oleada. Sentiu a respiração se acelerar e o coração martelar.

Mal podia esperar.

# 10

Flávio ficou em posição de sentido, de costas para a parede, em meio à longa fila de outros oficiais, do *magister* do *comitatenses* de Roma à esquerda, perto do trono imperial, aos tribunos menores à direita, homens recém-comissionados da *schola* que ainda não tinham sido atribuídos a uma unidade. A fila era espelhada na parede oposta por oficiais dos *foederati*, entre eles Arturo, discreto junto aos godos, suevos, saxões e outros *foederati* que agora compunham mais da metade do corpo de oficiais romano, sem contar aqueles no exército regular, como o próprio Flávio, que tinham sangue bárbaro nas veias.

Esta era uma imagem da Roma moderna e seu exército que seria inconcebível na época em que foi formada a coluna de Trajano, quando a distinção entre romano e bárbaro fora talhada com muita clareza em rocha; todavia, este também era um exército mais poderoso do que nunca contra outra força bárbara de além-fronteiras, uma ameaça que teria sido muito bem compreendida por Trajano e os outros césares que primeiro levaram Roma às florestas e estepes do Norte.

Soaram duas trombetas, retumbando do salão de entrada, e aqueles na fila que estiveram farfalhando inquietos fizeram silêncio. Todos vestiam suas melhores túnicas, resplandeciam de insígnias de patentes e condecorações por serviço. Por ordem do eunuco Heráclio, contudo, não portavam espadas ou armas; uma precaução sensata contra o assassinato, entretanto algo também deliberadamente humilhante, como se Heráclio projetasse sua própria emasculação nos homens que olhava com quase total desdém. Um grande *velarium* cobria o teto acariciado pela brisa e Flávio viu o toldo se apertar onde os marinheiros que o manejavam puxavam em catracas as cordas de sustentação do lado de fora. Eles estavam dentro do antigo hipódromo particular do palácio imperial no Palatino, um espaço que antigamente era aberto ao céu, mas agora se escondia sob o toldo; na extremidade, o camarote imperial que outrora dava para o Circo Máximo, lugar onde o imperador podia ser visto por quase toda a população de Roma, agora era emparedado, de modo que tinha se tornado outra sala de trono dando para dentro. Tornou-se um espaço onde o imperador podia presidir um mundo quase inteiramente artificial e divorciado do povo que ele deveria governar.

Apesar de seus anos em Ravena e Roma e de sua proximidade de Aécio, o próprio Flávio nunca vira o imperador pessoalmente; era uma percepção que só aumentava o caráter sobrenatural do lugar onde se encontrava, como se todos fizessem parte de um palco armado em que aqueles que estavam para desfilar diante deles fossem meros atores cujos personagens abandonariam assim que saíssem de vista.

Apareceu o primeiro da procissão: o bispo de Roma, homem que recebera recentemente poderes draconianos do imperador Valentiniano, e cujos decretos agora traziam suprema e exclusiva autoridade, como a palavra de Deus. Era um sujeito corpulento, portando o orbe imperial e o bastão episcopal, seus dedos tomados de anéis de ouro e o manto cravejado de joias, erguido do chão por uma dúzia de meninos — a imagem mais distante possível de Jesus de Nazaré que Flávio podia imaginar. Atrás dele veio um grupo de catamitas egípcios de Valentiniano, jovens magros e despidos, vestindo apenas tangas, sua pele escura cintilando de óleo; em seguida, cinquenta membros de sua feroz guarda pessoal sueva formando um quadrado em torno do cortejo imperial. Dentro do quadrado, Flávio viu o imperador em pessoa, reconhecível de imediato pela efígie nas moedas, de mãos dadas e erguidas com duas mulheres de penteados complicados que Flávio imaginava serem sua irmã Honória e a esposa Eudóxia.

Flávio podia não ter visto Valentiniano em pessoa em outra ocasião, mas dez anos depois de olhar sua imagem naquele *solidus* de ouro e jogá-lo no mar de Cartago, sabia que tinha razão em nutrir dúvidas. Superficialmente, Valentiniano cumpria o papel, seu rosto de maxilar quadrado como o dos imperadores-soldados do passado, mas Flávio sabia que não passava de uma fachada, a face de um imperador que nunca liderou seu exército em batalha, nem os passou em revista no campo de exercícios; até a armadura legionária que ele usava era uma réplica, o peitoral feito de tecido dourado estofado e a cota de malha de fios tecidos de seda reluzente. Como o bispo, seus olhos e o rosto das duas mulheres voltavam-se para o alto, sem sequer vislumbrar as filas de oficiais, uma atitude aparentemente devocional que Flávio sabia representar um senso de seu próprio status divino, um imperador e seus sicofantas tão divorciados de Deus quanto eram do próprio povo.

Formando a retaguarda, cercado de meninos que jogavam pétalas de flores, vinha o eunuco Heráclio, excessivamente corpulento, mais alto até que os godos, a gordura em dobras do queixo e da barriga balançando-se com seu avanço. Saltitava e gesticulava como se estivesse se deliciando num jardim, arquejando, batendo palmas e entoando versos em sua voz aguda. Era um espetáculo para além da farsa, repulsivo aos olhos de um soldado, mas não um homem com os olhos distantes como os outros: deslocavam-se constantemente, fixavam-se, absorviam o que viam, apanharam os olhos de Flávio numa fração de segundo que o deixou nervoso, os globos pretos de porco inescrutáveis e assustadores. Naquele momento, ele compreendeu o que assustava até Aécio nos eunucos: a capacidade que sua singularidade lhes dava para agir fora dos parâmetros normais, com motivações que eram desconhecidas e frustrantes para quem tentava minar seu poder.

Flávio pensou em outro monumento antigo que o fascinava quando menino, o arco do imperador Tito no lado sul do Fórum. Ali, os relevos esculpidos mostravam cenas de triunfo, de grandes tesouros erguidos por soldados romanos em procissão, armados e exuberantes, o povo de Roma reunido os aplaudindo, o imperador postando-se alto e visível. Se a procissão de catamitas e eunucos de hoje era o equivalente moderno das procissões triunfais do passado, Roma verdadeiramente dera com os burros n'água e não tardaria para chegar a época em que os bárbaros entre as fileiras de oficiais ascenderiam e acabariam com este espetáculo grotesco.

As trombetas soaram mais uma vez e os guardas suevos começaram a empurrar os oficiais para fora do hipódromo. Encerrara-se o único encontro em suas vidas com o imperador por quem eles lutavam e sangravam. Flávio andou a uma distância discreta atrás de Arturo, observando os outros oficiais saírem do palácio ao quartel e ao Campo de Marte, depois alcançou Arturo na escada que descia ao antigo Fórum. Macróbio esperava embaixo, de manto e carregando duas mochilas do exército. Enquanto Flávio se aproximava, entregou-lhe seu cinto e o gládio.

— Eu mesmo afiei e oleei — disse ele. — Você não teria tempo.

Flávio afivelou o cinto, olhando para Macróbio.

— Eu esperava vê-lo em meus aposentos.

Macróbio o puxou de lado, falando em voz baixa:

— Pedi a Una para me trazer seu equipamento quando ela saísse da cidade. Foi uma providência da fortuna, porque, quando fui a seus aposentos, encontrei-os saqueados.

Flávio o olhou fixamente, perplexo.

— *Saqueados.* Como?

Arturo girou o corpo, verificando se alguém os seguia, puxando para cima o capuz do manto.

— Era só uma questão de tempo até que os agentes de Heráclio caíssem sobre nós — falou. — Precisamos chegar a nosso ponto de encontro, e rápido.

— Há notícias piores — disse Macróbio. — Uago desapareceu. Quatro homens esperavam do lado de fora da sede dos *fabri* esta tarde, atacaram-no e o levaram encapuzado e amordaçado. O capitão da guarda no quartel é um amigo meu e viu tudo, mas não tinha poderes para interferir. Os homens usavam o manto púrpura da guarda pessoal do imperador.

— Isto significa Heráclio — comentou Arturo. — E significa que não voltaremos a ver Uago.

— Mas ele de nada sabe — rebateu Flávio, com um frio na boca do estômago. — Não devia pagar com a vida por nossa visita à sala de mapas.

— Se ele de nada sabe, nada pode falar — disse Arturo com severidade. — Tire-o de sua mente. O melhor que podemos fazer por Uago é prosseguir com nossa missão.

— Precisamos saber qual é.

— Acompanhem-me. Agora está escuro o bastante para não ficarmos visíveis. É hora de recebermos nossas ordens.

Enquanto eles saíam furtivamente na noite, Flávio pensou mais uma vez na procissão que acabara de testemunhar. Sentira-se repelido pelo que tinha visto e estava nauseado por ter de ficar tão perto daquele que provavelmente acabara de ordenar a execução de seu reverenciado mestre e amigo Uago. Contudo, era sobretudo a imagem oca do imperador que o perturbava. Na época dos césares, apesar de toda a corrupção e venalidade, da ignorância de Nero e da insanidade de Calígula, sempre havia homens trajando a púrpura imperial prontos para liderar Roma na guerra e imperadores guerreiros como Trajano, que qualquer um dos oficiais naquela sala hoje teria desejado seguir em batalha. Mas, com Honório e depois Valentiniano, isto parecia ter ficado no passado. Flávio agora compreendia mais do que nunca por que Arturo e tantos outros oficiais tinham seu tio Aécio em tão alta conta, um homem que parecia resistir como Júlio César no final da República, ambos procurando devolver a Roma a honra e a virtude do passado. E, assim como Júlio César quinhentos anos antes, este retorno agora só podia ser a uma república. O experimento imperial tivera seus dias de glória, momentos de supremo triunfo, quando a ideia de um imperador parecia inatacável, mas havia cumprido seu curso e agora afundava inchada em um lodaçal de sua própria criação. Se Flávio retornasse da missão e se Roma não fosse conquistada por um rei bárbaro, pelo próprio Átila, ele não mais voltaria em nome do imperador, mas em nome de Roma como os pais fundadores da República a viam, uma Roma em que um homem como Aécio encontraria sua maior satisfação a serviço do povo e do Estado.

O grupo passou pela Muralha Aureliana e agora marchava rapidamente pelas pedras gastas da Via Ápia, as tumbas das mais importantes *gentes* de Roma assomando à volta. Flávio reconheceu a entrada do túmulo dos Cipiões, um lugar que ele visitava na juventude para prestar seus respeitos a outro de seus heróis, o conquistador de Cartago, Cipião Emiliano Africano. Arturo os tirou da rua para a esquerda, passando rapidamente pelo perímetro do Circo de Maxêncio e em seguida por um complexo de banhos, virando outra esquina, parando para olhar para trás e verificar se eram seguidos. Ele apontou para uma entrada baixa na parede, uma antiga tubulação de esgoto ou canal de aqueduto abandonado, abaixou-se e os levou por ali, parando a cerca de dez passos e acendendo uma vela com uma pederneira e aço.

— Estas são as catacumbas de Zacarias — explicou Arturo. — É uma entrada secreta usada na época em que os cristãos eram perseguidos, mas abandonada depois da conversão do imperador Constantino, quando as catacumbas tornaram-se públicas. A parte acima de nós ficou sem uso por séculos, isolada do resto, e é local de reunião para Aécio e seus agentes. São cerca de 8 quilômetros de passagens, túneis e milhares de cadáveres. Cuidado com a cabeça e sigam-me de perto.

Ele se sentou à beira de um buraco na parede e deslizou para dentro, baixando suavemente no chão. Flávio o seguiu, depois Macróbio, puxando as bolsas consigo. A passagem à frente fora cortada grosseiramente em pedra, deixando espaço suficiente para uma pessoa passar recurvada, quase dobrada, e Flávio ficou agradecido pela vela de Arturo apenas sugerir as dimensões claustrofóbicas do lugar. Esperava o cheiro adocicado e enjoativo de decomposição, o odor a que estava acostumado dos orifícios de drenagem de sarcófagos de pedra, mas ali era apenas embolorado e saturado, o último corpo tendo apodrecido e se decomposto gerações antes. Quase de imediato eles passaram por nichos e alcovas nas paredes, alguns cheios de formas humanas amortalhadas e outros com pilhas de ossos, em que as famílias reutilizaram o mesmo *cubicula* por séculos. Viraram num canto e deram com o primeiro sinal do início do cristianismo, uma alcova coberta de gesso com a pintura PRISCILLA IN PACE acompanhada de um símbolo Chi-Rho, em seguida entraram numa câmara mais larga com um altar e uma pintura rudimentar na parede, retratando Cristo com espinhos e os dois ladrões sendo crucificados no Monte do Calvário. Flávio pensou naqueles que veneraram ali, alguns talvez apóstolos do próprio Jesus, depois lembrou da opulência opressora do bispo que acabara de ver no palácio, a um mundo de distância da simplicidade e austeridade dos primeiros seguidores de Cristo.

Eles viraram outra esquina, passando por um cadáver encolhido e enegrecido cujo braço caíra de seu nicho, e continuaram por uma passagem sinuosa onde outra fonte de luz era visível à frente. Arturo apagou a vela e eles chegaram a uma câmara ampliada e iluminada por lampiões a óleo, diante de um homem de sotaina, sentado em uma cadeira com um livro. Tinha cabelos compridos e barba como Arturo, mas era quase completamente branca e, quando levantou a cabeça e sorriu, Flávio viu que ele também tinha os olhos azuis e as maçãs pronunciadas das feições dos bretões. O homem se levantou desajeitado, sua estrutura alta recurvada sob o teto baixo, e apertou a mão de Arturo, que se virou para Flávio.

— Este é Pelágio, meu superior no serviço de informações. — Ele gesticulou para as sombras ao lado de Pelágio, onde podia ser vista outra figura. — E este homem você conhece.

O segundo homem usava um capuz, mas sobre uma capa militar e não uma sotaina, e ao sair das sombras e jogá-lo para trás, Flávio viu que era seu tio, Flávio Aécio Gaudêncio, *magister militum* do Império do Ocidente, o homem mais poderoso no mundo conhecido além de Átila, o Huno. Ele tentou ficar em posição de sentido, numa saudação ao tio, e virou-se para Pelágio.

— Não sabia que você trabalhava para Aécio.

Pelágio sentou-se novamente e o olhou.

— Você provavelmente vai se lembrar de mim por meus escritos heréticos contra Agostinho e a Igreja de Roma — respondeu. — Ao contrário de Agostinho, creio que somos capazes de tomar decisões de nosso próprio livre-arbítrio. Que as batalhas, por exemplo, não são preordenadas em algum grandioso plano divino, mas dependem, para seu resultado, da livre tomada de decisão dos indivíduos. Meu cristianismo não é belicoso, nos proporciona um credo melhor para o soldado do que a versão de Agostinho, que faz com que o soldado não seja nada além de um agente de um propósito superior.

— Não li seus escritos — disse Flávio. — São proibidos em Roma, por ordem do bispo. Mas ouvi muito a seu respeito através de Arturo.

— Tenho minhas crenças no que você vê aqui, na realidade do início da cristandade, no que atraiu meu povo aos ensinamentos de Jesus quando o cristianismo chegou às praias da Bretanha mais de quatrocentos anos atrás. Sou um monge cristão, mas venho de uma longa linhagem de druidas, os líderes espirituais dos bretões, e tenho outro nome mais antigo ao qual reverterei quando Arturo e eu deixarmos o serviço a Roma para liderar nosso povo contra os saxões. — Ele sorriu para Arturo, estendendo a mão e segurando seu braço, então sua expressão ficou mortalmente séria. — Enquanto isso, há questões mais prementes a resolver. Também tenho trabalhado para Aécio há mais de 15 anos; fui eu quem chamou sua atenção para Arturo. Aécio procurou-me em segredo porque partilhava das minhas crenças e concordei em usar minha rede de contatos entre meus seguidores nos monges e mosteiros da Gália para fornecer-lhe informações. Acreditei em sua causa na época e ainda acredito, mais fortemente do que nunca.

Flávio olhou assombrado para o tio.

— Você é seguidor de Pelágio? Isto significa sentença de morte imediata.

— Você deve ter visto o bispo de Roma hoje — disse Aécio, sua voz calculada e precisa. — Conseguiria seguir tal homem?

Pelágio curvou-se para a frente.

— Quando o imperador cair, a nova Roma não terá bispos, nem padres. O povo será estimulado a procurar Deus sem mediação, sem medo.

— *Quando o imperador cair* — repetiu Flávio, sua voz quase um sussurro. — É disto que se trata tudo isto? Planejam um golpe?

Aécio o olhou com severidade.

— Nada pode acontecer antes de Átila ser destruído — respondeu. — Por ora, toda nossa atenção está concentrada neste objetivo. Por isso você e Macróbio estão aqui. Daqui a menos de uma hora, vocês terão embarcado em uma missão que pode mudar o curso da história.

Flávio se agachou.

— Diga-nos o que precisamos fazer.

Arturo retirou da túnica o mapa que pegara com Uago e entregou a Aécio, que se ajoelhou e o desenrolou no chão.

— Uago lhe contou alguma coisa? — perguntou Aécio.

— Como assim? — indagou Flávio.

— Ele é de nosso círculo. Durante anos, foi meus olhos e ouvidos na cidade de Roma, o principal motivo para permanecer ensinando na *schola* por tanto tempo. Escondi seu papel até mesmo de Arturo, para a proteção do próprio Uago.

Flávio olhou para Arturo.

— Então temos más notícias — falou. — Ele foi levado por quatro guardas imperiais esta tarde.

Aécio olhou fixamente o chão e Flávio viu seus lábios estremecerem, apenas isto.

— Portanto, vocês devem agir rapidamente — disse Aécio. — O propósito de sua jornada é de conhecimento apenas dos presentes neste espaço, mas Uago sabia de seu destino. Ele tentará se matar se julgar que existe o risco de ser obrigado a falar, mas os torturadores de Heráclio são brutais e engenhosos e têm como guia um fascínio de eunuco pela anatomia masculina. Não podemos nos arriscar a ter os agentes de Heráclio já tão prestes a atocaiá-los. — Ele franziu os lábios e apontou o mapa. — Vocês irão disfarçados de monges. Pelágio tem sotainas para vocês aqui. Viajarão subindo o rio Danúbio, dali tomarão o caminho para a capital huna, usando o conhecimento de Arturo e seus contatos para conseguir o que queremos. De posse do objeto, voltarão a Roma e o deixarão neste local, onde será levado e escondido por Pelágio até que seja necessário, até que esteja próxima a batalha há muito esperada.

Flávio curvou-se para a frente.

— E o que é?

Aécio fez uma pausa, olhando atentamente enquanto o respondia:

— Estivemos tentando compor nossas forças contra Átila. Trabalhei no *comitatenses*, aprimorando o recrutamento e o treinamento, trazendo os melhores oficiais e centuriões, como você e Macróbio, para treinar uma nova geração de tribunos, mantendo-o em Roma quando sei que estava se coçando pelo serviço ativo. E tentamos forjar alianças. Pelágio trabalhou entre os monges da Gália para influenciar os visigodos a nosso favor. Arturo acaba de voltar de uma árdua viagem disfarçado à corte sassânida. Mas nada disso nos deu os resultados que queríamos e precisamos de mais, outra forma de combater o poder de Átila.

Ele assentiu para Pelágio, que se curvou adiante e explicou:

— Sempre que nasce um novo príncipe huno, uma grande espada é revelada como que por mágica e usada para cortar as marcas na face de um guerreiro, para saber se ele suporta a dor. Aqueles aprovados no teste tornam-se o próximo rei e a espada passa a ser seu mais poderoso símbolo de status, um ponto de convergência em batalha. Sem ela, o poder do rei é enfraquecido e a batalha pode oscilar em favor do inimigo.

Flávio olhou assombrado para o tio.

— Quer que roubemos a espada de Átila.

Arturo olhou para ele.

— Pode ser feito.

Macróbio, que estivera ouvindo atrás deles, pendurou as duas bolsas novamente no ombro.

— Quando partiremos? — perguntou.

— Vocês partem agora — disse Aécio. — Arturo tem ouro para a jornada e conhece o caminho.

Flávio se ergueu diante do tio.

— Não o decepcionarei — prometeu ele.

Aécio apertou sua mão.

— *Salve atque vale*, Flávio Aécio Gaudêncio.

Pelágio pôs a mão no livro diante de si.

— Deus abençoe a todos vocês.

# Parte 3
*O rio Danúbio, 449 d.C.*

# 11

Dez dias depois, Flávio estava com Arturo e Macróbio em um barco nos trechos intermediários do rio Danúbio, a vela enfunada e os remos que usaram para se afastar da praia agora recolhidos. Foi uma jornada árdua, porém tranquila, saindo de Ravena, primeiro atravessando a planície do rio Pó ao porto de laguna do Vêneto, em seguida por barco pelo Adriático ao local do palácio do imperador Diocleciano em Split Dali, em etapas, ao leste, cruzaram os sopés e montanhas pedregosos da Ilíria, e finalmente a cavalo e depois a pé ao atravessarem os passos do planalto e prosseguirem para o curso do grande rio, alcançando sua margem ocidental e o canto mais distante do território romano no fim de tarde anterior. Como monges viajando a terras bárbaras, não lhes fizeram perguntas sobre o propósito da viagem e as armas escondidas por baixo das sotainas passaram despercebidas pelos companheiros de jornada e proprietários de estalagens onde ficaram hospedados. Outros seguiam ocasionalmente este caminho a partir do Império do Ocidente: alguns seduzidos pelas riquezas a auferir no comércio pelo rio Danúbio; outros procurando fuga e anonimato nas terras da fronteira do império; uns ainda eram monges autênticos querendo converter os pagãos para além das fronteiras, mas só Flávio e seus companheiros fariam a perigosa jornada rio acima e atravessariam as estepes para a corte de Átila, o Huno.

Macróbio estava no leme de popa, o cabelo tonsurado como de um monge e a face bem barbeada, o que não era característico dele, uma cruz de madeira rudimentar pendurada no pescoço por cima da sotaina. Fora criado no litoral ilírio e se encarregou de conduzir o barco, tendo primeiro o examinado com um velho pescador que lhes vendeu a embarcação. O homem fez uma negativa com o dedo quando soube que eles pretendiam seguir corrente acima, meneando a cabeça e enumerando os perigos, mas não fez perguntas depois de Flávio ter mostrado um punhado generoso de *solidi* de ouro. O barco fedia a peixe e os embornais estavam cobertos das escamas distintas do esturjão, do tamanho de uma palma, o principal pescado no rio. Contudo, era uma embarcação de fundo chato conhecida de Macróbio, de carena rasa e muito espaço para os três homens e suas bolsas. Mais importante, tinha um mastro retrátil e uma vela quadrada, com largura suficiente para subirem contra a correnteza, usando o vento sudeste que começara a soprar naquela manhã.

Flávio voltou a olhar a margem do rio. Tinham acabado de passar entre as pilastras de concreto em ruínas de uma grande ponte construída pelos césares para a travessia do Danúbio, a estrada de madeira que outrora fora sustentada por arcos há muito desaparecida e as próprias pilastras surradas e danificadas pelas enchentes do rio. Do outro lado havia um *castrum*; o na outra margem abandonado muito tempo atrás, porém o mais próximo guarnecido de tropas na memória viva, suas paredes construídas em sessões de tijolos alternadas com séries de lajes planas que Arturo disse ter visto nas ruínas romanas na Bretanha. Passaram a noite no forte antes de pegar o barco, uma experiência sinistra entre os detritos de homens que podiam ter sido de sua própria unidade *limitanei*, que receberam a ordem de abandonar o forte no início do reinado de Valentiniano e foram absorvidos no exército móvel *comitatenses*.

No passado, esta havia sido uma fronteira do Império Romano, mas tal conceito mudara radicalmente desde a época em que imperadores como Trajano avançaram contra a resistência bárbara e estabeleceram uma fronteira que precisava ser tripulada e defendida, neste caso pelos limites naturais de um grande rio. Agora, a ameaça bárbara era maior, mas se concentrava mais além, nas florestas e estepes ao norte; lá, grandes exércitos podiam ser organizados para golpear fundo o Império Romano, a leste ou a oeste. Mesmo a fronteira mais fortemente defendida não teria chances contra tal força e fazia mais sentido retirar seus soldados restantes e absorvê-los nos *comitatenses*, exércitos que podiam fazer frente aos bárbaros de igual para igual nos campos de batalha, além de avançar bem pelas fronteiras do império, lugares aos quais os bárbaros seriam atraídos para aumentar sua exaustão e a dificuldade de encontrar alimentos em meio a uma população hostil. A batalha decisiva não se espalharia mais pelas fronteiras; em vez disso, ocorreria centenas de quilômetros dentro do Império, na Gália e na própria Itália. Flávio lembrou-se da política sendo martelada nos candidatos a tribunos na *schola militarum*; ainda assim, ver essas ruínas então o deixou reflexivo. Apesar do sentido estratégico da retirada, os fortes abandonados eram uma triste visão e representavam o defeito inevitável da política: eliminava a exibição de tropas e do poderio romanos aos olhos dos bárbaros, o que significava, para muitos soldados dos dois lados, que sua primeira visão do inimigo, sua primeira chance de avaliá-lo, aparecia nos poucos segundos de antecedência ao ataque, quando os exércitos adversários entravam em batalha.

À frente deles, dos dois lados do terreno rochoso, erguiam-se penhascos irregulares à medida que o rio se estreitava numa garganta, os primórdios de muitos quilômetros de terreno elevado praticamente impenetrável que dividia os últimos postos avançados romanos das estepes além. O vento aumentava com o estreitamento da garganta e Macróbio carregou a vela a meio mastro a fim de reduzir seu ritmo e possibilitar a navegação, contornando qualquer pedra submersa que os pescadores os alertaram que encontrariam na passagem. Arturo apareceu na proa ao lado de Flávio, o capuz cinza ainda cobrindo a cabeça e, juntos, os dois procuraram qualquer sinal de perigo no rio. As águas eram opacas, mas não do tom leitoso do degelo glacial que Flávio vira nos Alpes; aqui, elas eram mais escuras, marrons, uma cor que Arturo disse ter visto nos tributários que alimentavam o Danúbio dos planaltos de turfa ao norte. Era uma visão ameaçadora, que tornava impossível avaliar a profundidade da água ou a presença de qualquer pedra submersa, e, à medida que o vento começava a se afunilar e ecoar nas paredes do penhasco, Flávio teve o pressentimento que levara muitos outros viajantes a dar meia-volta e deixar que a correnteza os devolvesse a terras mais seguras no sul.

Macróbio gesticulou para a face do penhasco a oeste, içou a vela completamente e girou o leme para que seguissem junto dela, mantendo o barco afastado da pedra com um remo. Uma inscrição erodida entrou em seu campo de visão, engastada em uma placa rebaixada que fora entalhada na pedra:

> IMP.CAESAR.DIVI.NERVAE.F
> NERVA.TRAIANVS.AVG.GERM
> PONTIF.MAXIMUS.TRIB.POT.IIII
> PATER.PATRIAE.COS.III
> MONTIBVS.EXCISIS.ANCONIBVS
> SVBLATIS.VIAM.FECIT

Flávio ergueu a mão e Macróbio se aproximou mais, de modo que os caracteres assomavam acima deles.

— É antigo, do tempo dos césares — disse Flávio. — Quando eu era menino em Roma, meu professor Dionísio ensinou-me a ler essas inscrições. — Parou de falar por um momento, passando os olhos pelas linhas. — *O Imperador César, filho do divino Nerva, Nerva Trajano Augusto Germânico,* Pontifex maximus, *tribuno pela quarta vez, pai de Roma, cônsul pela terceira vez, escavando montanhas e usando vigas de madeira, fez esta estrada.* — Ele olhou os arcos arruinados da ponte ainda visíveis a suas costas. — Isto é obra do imperador Trajano, quase 450 anos atrás, durante sua campanha contra os dácios. E também registra a conclusão da estrada militar e deve marcar o ponto mais acima no rio alcançado pelas forças romanas, naquela época ou desde então.

— Veja ali à frente — disse Macróbio, apontando para o alto.

Flávio acompanhou seu olhar e ficou boquiaberto de espanto. Onde a garganta chegava a seu ponto mais estreito, pouco além da inscrição, os penhascos subiam ainda mais do que antes, comprimindo a passagem até que o rio não tinha mais de duzentos passos de largura. Porém, em vez da face de penhasco escarpada que viram antes, a pedra fora cortada em duas enormes figuras humanas, uma de frente para a outra na garganta, com as cabeças quase fora de vista, bem no alto.

De um lado a figura era romana, usando o peitoral das legiões e com o cabelo bem aparado dos césares; e, do outro, um rei bárbaro, de cabelo comprido esvoaçante e barba. Ambos seguravam espadas apontadas para baixo diante de si, o romano com um gládio como o de Flávio e o outro, empunhando uma espada mais longa, parecida com aquela dos godos e hunos. Era como se as duas figuras avançassem uma contra a outra, um imperador romano e um rei bárbaro, mas tivessem sido petrificadas pouco antes de fazer contato, condenadas a permanecer de frente como gigantes ancestrais paralisados pelos deuses no ponto inicial do combate.

— São Trajano e Decébalo, o rei dácio — disse Flávio. — Romano e bárbaro, nenhum deles vitorioso ou vencido.

— Chamam este lugar de Portões de Ferro — revelou Arturo. — Aqui termina o governo de Roma e começa a terra sem lei antes do império de Átila.

— Já esteve aqui, Arturo? — perguntou Macróbio, baixando a vela e afastando o barco novamente. — Você parece falar com conhecimento de causa.

— Só sei deste lugar pelos relatórios de informações. Antes de partirmos de Ravena conversei com todos que já fizeram esta rota que conheço. Quando fui à corte de Átila como mercenário na guarda de Genserico, passei pelas montanhas do Norte, a leste dos Alpes e pelos trechos superiores do Danúbio.

— Qual é nossa próxima parada? — perguntou Macróbio.

Arturo apontou a garganta.

— A ilha de Ada-Kaleh, talvez a um dia inteiro de viagem se este vento continuar forte, para além de um lugar onde o rio volta a se alargar. Ali há um porto livre, um empório a que chegam mercadores de todo o mundo conhecido, habitado por uma raça de mercadores que dizem estar ali há centenas de anos. De Ada-Kaleh, os hunos conseguem a seda de Tina que entrou em voga entre suas mulheres, bem como o peridoto verde do mar Vermelho que preferem em suas joias. Com o ouro dos tributos de Teodósio despejado nos cofres de Átila, os hunos conseguem o que quiserem. Mas trata-se de um lugar que fica fora de qualquer jurisdição, governado apenas pelos próprios mercadores, que empregam mercenários para policiar as regras do comércio justo. Às vezes os mercenários tomam o poder e houve décadas, gerações inteiras, em que foi o lugar mais perigoso da terra, onde se podiam fazer enormes lucros, mas a expectativa de vida para qualquer um com ouro nos bolsos podia ser medida em dias, se não em horas. Os mercadores chegavam, faziam seus negócios e saíam com a maior rapidez possível.

— E nós? — perguntou Macróbio, apoiando-se no leme. — Por que vamos a este buraco?

— Para fazer precisamente isto — respondeu Arturo. — Chegar lá, fazer nossos negócios e partirmos. Porém, nossos negócios são com um homem que se esconde por lá, um sujeito que pode nos revelar o melhor caminho para a capital huna e nos dar as últimas informações sobre Átila.

— Fale-nos dele — pediu Flávio.

— Seu nome é Prisco de Panio. É de Constantinopla e foi emissário a Átila.

— Tomara que não seja outro eunuco — resmungou Macróbio.

Arturo balançou a cabeça.

— Teodósio já cometeu este erro. Mandou eunucos e não teve mais notícias deles. Teodósio e Valentiniano estão ambos tão isolados da realidade que não percebem como as coisas são vistas de fora. Os eunucos podem ser bons na lisonja e na manutenção de livros contábeis, mas não impressionaram o comandante mais poderoso do mundo. Logo depois disso, Átila decidiu atacar Constantinopla.

— Então este Prisco é uma espécie de diplomata? — perguntou Macróbio.

— Ele era — falou Arturo. — Agora está no limbo, escondido neste lugar, ao que tudo indica escrevendo uma história dos hunos.

— Você parece conhecer muita gente no limbo, Arturo — disse Macróbio. — Pelágio escondido nas catacumbas de Roma, Prisco neste lugar desolado...

— Se você tivesse a vida que tenho, um desertor do exército romano na Gália, um mercenário renegado com a cabeça a prêmio para metade dos chefes bárbaros do Norte, aprenderia sobre o mundo oculto à nossa volta, os lugares em que fugitivos e proscritos podem viver sem que sejam notados e molestados.

— Se a sua cabeça está a prêmio, que sentido tem para você ir à corte de Átila?

Arturo fez uma pausa antes de responder:

— Porque este é mais um daqueles lugares ocultos. Se você é um eunuco, pode esquecer. Mas se é um erudito como Prisco, com conhecimento que interessa a Átila, ou se é um soldado que pode demonstrar seu talento em combate, poucas perguntas são feitas. Átila sabe que ninguém procura sua corte sem assumir riscos, que aqueles que não são emissários ou mercadores provavelmente são renegados e fugitivos, escapando de problemas em outras partes, em vez de virem como espiões ou assassinos. E é um lugar sedutor, um reino oculto que parece fora da órbita da existência normal, perigoso, porém atraente. Vá até lá, caia sob o feitiço de Átila e suas filhas, e jamais desejará partir.

Macróbio o olhava fixamente.

— *E suas filhas?* O que quer dizer com isto?

— Erecan, Eslas e Erdaca. Átila tem filhos homens, mas foram as mulheres que herdaram a força marcial transmitida do pai de Átila, Mundiuk. Eslas e Erdaca casaram-se com príncipes ostrogodos, mas Erecan permanece na corte. Foi com ela que travei um combate desarmado quando fui à corte de Átila doze anos atrás, quando ela era uma adolescente e eu chegara a serviço de Genserico.

Macróbio estreitou os olhos para Arturo.

— Há alguma coisa que não esteja nos contando?

— O que quer dizer?

— Você não está aqui apenas para visitar sua antiga namorada, está? É disso de que se trata?

Arturo se virou e olhou com severidade para Macróbio.

— Erecan é uma razão para eu ter me voluntariado para esta viagem, mas não pelos motivos que você tem em mente. Ela tem orgulho de sua herança huna, mas não há amor entre ela e o pai. A mãe de Erecan era uma escrava cita, criada da principal esposa de Átila, mas o bebê foi levado para a casa e criado como uma filha legítima dele e de sua rainha. Erecan sabia a verdade desde muito nova, pois tinha lhe sido contada em segredo pela verdadeira mãe, além de ser fato inquestionável: elas têm os mesmos olhos e o mesmo rosto, e Erecan não é nada parecida com a rainha huna de Átila. Quando ela procurou o pai e lhe contou que sabia, ele ficou enfurecido e ordenou a execução de sua mãe. Desde então Erecan tem ódio por ele e vem alimentando o desejo de vingança, mais forte entre os hunos do que em qualquer outra raça de bárbaros que eu tenha conhecido. Contei a história a Aécio e ele pensou que podia convencê-la a ajudar em nossa causa.

Macróbio tossiu e falou:

— O que pode significar que logo os dois estarão envolvidos num combate desarmado de novo?

Arturo lhe abriu um sorriso fraco.

— Tem a imaginação de um soldado, Macróbio. Mas há outro motivo pessoal para mim. Se não for controlado, Átila rolará pelo Império do Ocidente e alcançará a costa norte da Gália. Talvez ele não tenha a capacidade de atravessar o mar, mas logo ficará absorto pela aliança e ameaça de saxões, anglos e jutos que invadiram a Bretanha, e usará sua perícia marítima e suas habilidades para levar seu exército à costa de meu país. Para muitos em Roma e Ravena, minha terra é um lugar de frio, umidade e nostalgia, mas todos os hunos a conhecem pelo estanho, cobre, ferro e ouro, um lugar onde seus ferreiros podem forjar mil espadas de Átila. Fazendo o que posso agora para sabotar a base de poder do rei Huno, luto pelo futuro de meu povo.

— Fale-nos mais de Prisco — disse Flávio.

Arturo fez outra pausa antes de prosseguir:

— Dois anos atrás, depois que Teodósio enviou os eunucos para negociar e eles foram assassinados, Átila lançou seu ataque sobre Constantinopla, o ataque que provocou o temor de Deus em Valentiniano em Ravena e fez Aécio perceber a ameaça que os hunos representavam para o Império do Ocidente. No último minuto, Átila ordenou a retirada de seu exército, fugiu pelas muralhas de Constantinopla e do fato de que seu homens não tinham capacidade para uma guerra de sítio ou abastecimento de longo prazo, retornando a seu covil nas estepes. Mas Teodósio, em Constantinopla, ficou abalado com a velocidade e a ferocidade do assalto huno, que varreu todas as forças romanas colocadas contra eles, e decidiu enviar outra embaixada com ofertas renovadas de negociação e concessões.

— Quer dizer suborno em ouro — disse Flávio.

Arturo confirmou.

— Os imperadores do Oriente desceram por essa ladeira escorregadia há muito tempo, mesmo na época de Mundiuk, e agora os pagamentos são questão de rotina para os hunos. A guerra com Átila sangra os cofres de Constantinopla mais rápido do que o esgotamento de seu efetivo e, se Valentiniano não tiver cuidado, o mesmo acontecerá no Ocidente. É o principal motivo para Aécio querer que debilitemos o poder de Átila assim que for possível, antes que Valentiniano decida enviar carroças cheias de ouro de Ravena.

— Aécio pode prever muito bem o custo da conciliação — afirmou Flávio. — Podemos entregar terras na Gália e na Espanha como concessões aos visigodos e alanos, e isto funcionaria a nosso favor, pacificando e civilizando os dois povos, tornando aliados os nossos inimigos. Mas entregar ouro é outra questão. Faça isso e você não terá como pagar ao exército. O problema do pagamento acumulado do exército já está ruim nas atuais circunstâncias.

— Que pagamento? — resmungou Macróbio. — Não vejo um *solidus* de pagamento oficial do exército há mais de dez anos.

Arturo lhe lançou outro olhar severo.

— Bem, se entrarmos na sala-forte de Átila, poderá banquetear seus olhos com mais ouro do que já sonhou na vida, todo o ouro que deveria ter estado nos pacotes de pagamento de seus camaradas no exército romano do Oriente.

— Vai contar sobre nosso propósito a Prisco? — perguntou Flávio.

Arturo olhava fixamente o rio.

— Teodósio confiou a embaixada a Maximino, um tribuno da cavalaria no *comitatenses* do Oriente que conheci depois que o capturamos, quando eu estava a serviço de Genserico e o ajudei secretamente a escapar. Prisco era seu amigo de infância e foi com a embaixada como consultor e erudito, alguém como Maximino, que Átila podia respeitar. Tiveram permissão de entrar na corte huna, mas chegou ao conhecimento de Maximino o subterfúgio entre os eunucos em Constantinopla, um plano para retratar a missão deles como de espionagem, e não diplomacia, e ele decidiu interromper a missão antes que Átila soubesse da trama. Maximino retornou a Constantinopla decidido a desentocar e levar à presença de Teodósio aqueles responsáveis por trabalhar contra ele, mas Prisco temia por sua vida e decidiu ficar na ilha de Ada-Kaleh até que cuidassem dos conspiradores.

— Maximino obteve sucesso? — perguntou Flávio.

Arturo franziu os lábios.

— Como Aécio, ele descobriu a influência dos eunucos sobre os imperadores. A trama foi um jogo de poder entre dois eunucos que lutavam pela posição de controlador da casa imperial, um deles inventando a história de espionagem e culpando o outro a fim de colocar Teodósio contra ele. A trama deu certo e Teodósio ordenou a execução do eunuco inocente, mas quando tentou expor o verdadeiro perpetrador, Maximino foi isolado, ganhando a inimizade do imperador. Com isso, ele só tornou sua situação e a de Prisco ainda mais instável. Hoje, Maximino já sobreviveu a inúmeras tentativas de assassinato e Prisco foi deixado desprotegido contra qualquer enviado do eunuco que possa descobrir seu paradeiro na ilha. As maquinações dos eunucos em Constantinopla fazem Heráclio parecer um amador, embora ele e seus camaradas em Ravena sem dúvida estejam observando e aprendendo.

— E você, ainda assim, sabe a localização de Prisco.

— Quando Aécio falou-me de seu plano para irmos à corte de Átila, enviei um recado a Maximino, que informou onde eu poderia encontrar Prisco, e também o alertou com antecedência de nossa chegada. Jamais o encontrei pessoalmente. Precisaremos improvisar. Mas a missão dele na corte dos hunos foi apenas alguns meses atrás e Prisco conhece o estado de espírito de Átila. Ele pode ser a nossa melhor fonte de informações.

Flávio olhou para trás. A vela enfunara novamente e impelia o barco na correnteza, sua esteira dando a ilusão de velocidade. Ao avançarem, sentiu mais do que nunca que sua busca era uma batalha contra tudo e todos, uma aventura sedutora que se tornara um desafio hercúleo em um mundo muito distante de sua própria experiência, um mundo em que a lei e a moralidade, até a regra de Deus, não passavam de conceitos a ser descartados por capricho. Ele ainda via os Portões de Ferro, as duas estátuas colossais confrontando-se pelo vazio estreito. Houve uma época em que todos os encontros entre romanos e bárbaros pareciam destinados a terminar assim, em um impasse permanente, quando Roma empurrava ao máximo suas fronteiras e Trajano e Adriano construíam-nas em pedra. Mas isso já fazia muito tempo e as fronteiras eram novamente fluidas. Os bárbaros já não eram mais uma ameaça a ser excluída, faziam parte da própria Roma, uma simbiose que Flávio sabia estar no coração de seu próprio ser. Entretanto, para cada tribo absorvida, para cada povo apaziguado e assentado, parecia haver uma ameaça mais além à espreita, uma ameaça que agora reunia forças em algum lugar à frente deles, na terra dos hunos.

Ele semicerrou os olhos para as estátuas, suas formas agora quase perdidas no nevoeiro. Talvez os césares tivessem razão e a única estratégia viável fosse avançar e criar uma fronteira permanente. Mas talvez os melhores deles, imperadores como Trajano, também soubessem que a estratégia tinha um ponto fraco inerente, que não proporcionaria defesa contra uma força que um dia talvez se aglutinasse com um poder maior do que Roma podia opor e se lançassem às fronteiras, esmagando tudo em seu caminho, como se muralhas e fortes fossem feitos de palitos de madeira.

Flávio observou os Portões de Ferro recuando e desaparecendo, depois voltou à proa.

Não havia como mudar o passado, ou voltar por este rio. Ele agora precisava se concentrar nos desafios que tinha. O fim da tarde e a noite no rio ainda estavam diante deles, horas em que enfrentariam os perigos garantidos pelo velho pescador, os redemoinhos, cataratas e gargantas, antes de chegarem ao lago e à ilha de Ada-Kaleh.

Ele acenou para Macróbio no leme, pegou um remo nos embornais e foi para um lado do banco central, Arturo fazendo o mesmo do outro lado. Sem dizer nada, começaram a remar firme.

## 12

No dia seguinte, logo depois do amanhecer, eles deslizaram por entre as últimas pedras no final da garganta, usando um refluxo da água pela face do penhasco para evitar a correnteza no meio do canal que tornara seu progresso tão árduo durante a noite. Tiraram algumas horas de sono na madrugada, após atracarem numa baía e amarrarem a embarcação numa rocha, mas, fora estes intervalos, a jornada tinha sido incansável, cada um se revezando no leme para descansar um pouco enquanto os outros dois batalhavam contra a correnteza, sempre procurando por pedras traiçoeiras e submersas que aparecessem brancas e cabais à luz da lua. O vento esmorecera firmemente durante a noite, aumentando sua labuta, e pela última hora antes do amanhecer só os remos os impeliam para a frente, centímetro por centímetro de agonia até que enfim saíram do estreito e adentraram num canal mais largo, de corrente mais fraca. Acompanhando a margem do grande lago que agora estendia-se à frente, eles conseguiram evitar inteiramente a correnteza e, com o sol no alto e a primeira brisa no ar, a vela começou a bater e enfunar, permitindo que se deitassem para descansar pela primeira vez em horas.

Macróbio tomou um grande gole do odre que encheram em uma fonte onde atracaram na baía e rasgou um pedaço de pão e queijo do suprimento de comida em sua bolsa.

— Creio que posso ver o formato da ilha à frente, ao norte, a cerca de 1 quilômetro e meio do outro lado do lago — disse, mastigando ruidosamente. — Para chegar lá, teremos de atravessar a correnteza de novo, mas com esta brisa atrás de nós podemos fazer isso em uma hora.

Flávio e Arturo estavam despidos até a cintura nos bancos ao lado dos remos, seus corpos cobertos das cicatrizes de batalha do passado distante. Arturo se levantou, tomou um gole de água do odre que lhe ofereciam e protegeu os olhos, fitando o norte.

— Um de meus informantes disse-me que a ilha sempre fica coberta numa espécie de neblina, que a isola completamente do mundo. Creio que tem razão, Macróbio. Posso vê-la também. — Ele cutucou Flávio, semiadormecido nos bancos. — Hora de vestir nossas sotainas de novo. Nem mesmo monges de uma ordem de autoflagelados exibiriam a coleção de cicatrizes que temos e aparecer assim seria entregar nossa identidade. Precisamos sofrer o calor e manter o disfarce até entrarmos em contato com o primeiro posto avançado huno, quando faremos o máximo para nos despir de qualquer coisa cristã e revelar quem realmente somos.

Flávio vestiu com relutância a pesada sotaina e deu a volta nos bancos, pegando o odre com Arturo e bebendo fartamente. Macróbio afastou-se da margem na direção do banco de neblina, auxiliado pelos remos de Flávio e Arturo, onde a pressão da correnteza era mais discernível, deixando depois que a vela os levasse à parte norte do lago. À medida que se aproximavam, viam a curiosa atividade do vento, que mantinha a ilha coberta de névoa, uma consequência de sua localização, aninhada contra os penhascos e a garganta contínua do rio para além dali; o terreno elevado fazia o vento sul rodopiar sobre si mesmo e empurrar a brisa para o alto, levando por sua vez a água na frente da ilha a parecer imóvel e a névoa da manhã a permanecer sobre ela, pendendo abaixo do vento como um miasma, mesmo bem depois de o resto do lago ter clareado.

A vela bateu quando a brisa se elevou acima deles e Macróbio a içou, jogando a verga perpendicular ao barco e abrindo e fixando o mastro. Assumiu novamente o leme e Flávio e Arturo remaram lentamente para a névoa, a neblina rodopiando a volta deles até que só conseguiam enxergar alguns passos à frente. Começaram ao ouvir ruídos, um bater e um martelar distantes, vozes humanas se elevando e sumindo. Apareceu na meia luz uma fila de postes de madeira a espaços regulares, indicando que o lago começava a ficar mais raso e também um mecanismo para sinalizar e auxiliar no caminho que os barcos deviam seguir. O fedor de peixe podre e estrume humano se elevava da água, sinais certos de habitação próxima. Em seguida, outros odores os assaltaram, um cheiro doce e enjoativo que eles conheciam muito bem das consequências de uma batalha. Foi

Macróbio quem primeiro localizou a origem, apontando os postes que entravam em visão da névoa à frente.

— Temos companhia — disse ele.

Flávio olhou e conseguiu enxergar com clareza, um poste com uma viga cruzada e a forma escurecida de um cadáver humano suspenso ali, a caixa torácica exposta, buracos no abdome onde as aves estiveram bicando. Mais além havia outro, depois outro, dezenas deles em variadas fases de decomposição, alguns não passando de troncos com cabeças em que faltavam pedaços das pernas. Flávio quase vomitou ao deslizarem por ali, tentando respirar o mínimo possível. Macróbio apontou o último da fila.

— Parece que nosso disfarce não nos garantirá segurança aqui tampouco. — O cadáver vestia os restos esfarrapados, mas inconfundíveis, da sotaina de um monge, tendo enrolada na mão esquelética a faixa de couro de uma cruz de madeira.

Arturo afastou a manga que estivera mantendo contra a boca e torceu o nariz, enojado.

— Como monges, não teríamos ninguém nos incomodando por nossas mercadorias, nem supondo que carregamos ouro escondido — falou. — Mas ninguém está seguro aqui. Cada momento em que permanecermos nesta ilha, estaremos a um passo de uma faca nas costas; pise em falso e você estará aqui, nesta área de execução. Precisaremos ter cuidado.

À direita, apareceram as estacas de um cais de madeira, em seguida a névoa se abriu, revelando um porto cheio de pequenas embarcações como a deles e homens levando mercadorias escada acima e jogando-as do barco para a margem. Eles se desviaram da área de execução, deixando o cheiro terrível para trás, e lentamente passaram por entre os barcos até encontrarem espaço para ancorar, Flávio e Arturo erguendo os remos enquanto Macróbio virava o leme e deixava a embarcação deslizar. Um rapaz em farrapos apareceu do nada, pulou a bordo, tirou o proiz enrolado na proa e amarrou a um poste no cais, mantendo o barco firme enquanto Arturo e Flávio saltavam em terra. Macróbio pegou uma das bolsas para levar, mas Arturo o deteve.

— É melhor pagar ao menino para cuidar delas — disse ele em voz baixa. — Qualquer coisa levada em terra será considerada bem comercializável e será revistado e tributado. Se fizerem isso, provavelmente também nos revistarão e, se encontrarem nossas armas, estaremos acabados. Se nos perguntarem, há um pequeno mosteiro na extremidade da ilha e lá passaremos em nossa viagem ao norte para prestar nossos respeitos, em seguida tomaremos nosso caminho.

Macróbio resmungou, abriu um manto sobre as bolsas e pulou em terra, por pouco não batendo a ponta da bainha sob a sotaina no poste. Arturo pegou uma moeda de ouro e mostrou ao menino, que balançou a cabeça; Arturo acrescentou outra, despertando a mesma reação até a quinta moeda, quando o menino as apanhou e correu cais acima a um imenso mercenário godo que estava de braços cruzados observando a chegada do grupo. O homem examinou as moedas, mordeu uma delas para testar a pureza, tomou todas e deu ao menino apenas uma. Quando Arturo viu que seu pagamento foi aceito, rapidamente levou os outros dois pelo cais a um muro de arrimo de pedra, onde as mercadorias eram descarregadas e o comércio acontecia no local.

Havia mercenários godos em toda parte, policiando cada transação, cada um acompanhado por um menino que recolhia dinheiro e corria entre fardos, ânforas e barris que preenchiam cada espaço disponível, mercadores de todas as nacionalidades pesando produtos em balanças e usando medidores de volume que haviam sido entalhados em mesas de mármore pelo cais.

Tudo parecia correr em ordem, mas não havia a azáfama de um mercado comum: para Flávio, a ausência de gritos e gestos teatrais era enervante, como se o lugar fosse governado pela ameaça e pelo medo e não pelas regras normais do comércio. Como que para realçar a tensão, ouviu-se um berro súbito de uma das mesas e o godo que policiava a transação enganchou o braço no pescoço de um mercador e o puxou para cima pela garganta, arrastando-o aos gritos e gesticulando para uma jaula de metal na ponta do cais, de frente para a área de execução. O menino que estivera atrás do godo pegou as moedas de ouro que caíram das mãos do mercador e as entregou ao chefe quando ele voltou, os dois reassumindo suas posições na frente da mesa e os mercadores em outros lugares continuando como se nada tivesse acontecido.

Arturo puxou mais o capuz sobre a cabeça e os levou para a massa de construções espremidas que cobria a ilha depois da área de comércio, a maioria construída de madeira de talhe rudimentar com lodo do rio usado para unir as paredes no nível da rua, mantendo à distância o esgoto que corria em sulcos pelas vielas entre os prédios. Arturo ergueu a mão para detê-los quando passou uma carroça, com uma pilha de ânforas de vinho amortecidas com palha e fardos de outros produtos. Flávio espiou por baixo do capuz e rapidamente baixou a cabeça e manteve os olhos desviados, com um tremor no coração. Na frente dos meninos que puxavam a carroça havia dois homens corpulentos de manto preto e armadura segmentada, as testas oblíquas e os cabelos bem amarrados atrás das cabeças, com três cicatrizes em paralelo correndo por cada bochecha. Flávio sabia que acabara de ver seus primeiros guerreiros hunos, próximos o bastante para matar ou ser morto. Mais do que nunca, deixou clara a realidade da missão e, ao avançar, sentiu a respiração ficar mais curta e um gosto metálico na boca: o sinal de apreensão e empolgação que só tinha nos preparativos para a batalha.

Na beira da praça, uma meretriz olhou de esguelha de uma janela no alto, a primeira mulher que ele via na ilha, expondo os seios antes de ser puxada para dentro por um dos godos que estavam com ela. Os dois se enfiaram em uma viela atrás de Arturo, deixando para trás o cais e seguindo seu curso sinuoso por uma série de plataformas e aterros, os andares superiores e frágeis dos prédios amontoando-se em volta. Macróbio reprimiu uma imprecação quando por pouco não foi ensopado por um balde cheio de detritos jogado de uma sacada, seu conteúdo fedorento unindo-se à sujeira que jazia em poças e canais do chão da viela. Arturo parou em um cruzamento, depois deu uma guinada para a esquerda e logo à direita, levando-os por uma seção coberta como um túnel, em seguida por uma sucessão de pátios pequenos. Olhos os observavam do escuro, olhos sob capuzes nos recessos das soleiras, e Flávio se sentiu inquieto e vulnerável, sua mão na guarda da espada por baixo da sotaina. Ali eles podiam ser assassinados e roubados e ninguém jamais saberia o que lhes acontecera, seus corpos retirados de uma viela escura e jogados no rio.

Arturo parou por um momento, tombou a cabeça de lado como se escutasse, depois continuou.

— Alguém nos segue — disse em voz baixa. — Continuem andando como se nada estivesse acontecendo. Quando eu me esconder, façam o mesmo atrás de mim.

Eles passaram por um templo dilapidado à Sagrada Mãe, pararam e se persignaram com a devida demonstração de devoção diante do templo antes de prosseguirem. A viela à frente era bloqueada por um grupo de pessoas em volta de um vendedor de peixe, dando lances por um grande esturjão colocado nas pedras do calçamento, de forma que Arturo os levou por uma rua até outro cais junto do rio, parcialmente coberto pela neblina. Virou à direita, passou por trás de uma pilastra e se espremeu contra uma parede, gesticulando para que os outros o imitassem. Tudo o que Flávio conseguia ouvir era o gotejar de condensação das cumeeiras de telhado na rua e o bater da correnteza contra as pedras do cais. De súbito, Arturo disparou e puxou uma figura contra a parede, prendendo seu pescoço com um braço e cobrindo-lhe a boca com a outra mão. Era um homem pequeno e comum, moreno e barbudo, como muitos dos barqueiros que Flávio vira no porto, possivelmente um trácio do Danúbio inferior. Arturo virou a cabeça do homem para cima e falou bem perto de sua orelha, em grego.

— Para quem você trabalha?

O homem tentou dizer algo, mas Arturo ainda cobria sua boca com a mão. Ele torceu a cabeça mais incisivamente e o homem soltou um ruído estrangulado, arregalando de medo os olhos, o nariz pingando sangue.

— Eu perguntei *para quem você trabalha*. — Ele tirou a mão da boca do sujeito, que ofegou e cuspiu, tossindo com ânsias de vômito. Arturo cerrou a mão novamente e o homem soltou um guincho de porco, espirrando o sangue do nariz na parede ao tentar respirar. Arturo diminuiu novamente a pressão que fazia com a mão e o segurou mais alto, seu braço ainda como um torno no pescoço do homem. — Não vou perguntar novamente — rosnou.

— Um ilírio chamado Segesto — revelou o homem entre dentes, seu grego com forte sotaque, a voz rouca e comprimida. — Ele me pagou para vigiar os três ocidentais vestidos de monges que chegaram à ilha. Eu devia segui-los e descobrir quem vocês encontrariam, depois revelar sua localização a outra pessoa.

Arturo torceu com força e o homem ofegou de dor.

— A quem? — exigiu saber.

— Não sei seu nome — respondeu o homem, cuspindo sangue. — Um dos godos que controla este lugar. Solte-me e será a última vez que me verá.

Arturo pôs novamente a mão na boca do sujeito, torceu com força e o manteve suspenso pouco acima do chão. Flávio ouviu o estalo do pescoço se quebrando, depois o viu ficar flácido. Arturo carregou o corpo para a beira da água, deslizou-o para dentro dela e empurrou para a correnteza, vendo-o desaparecer na névoa enquanto lavava as mãos. Sacudiu-as, levantou-se e voltou aos outros dois.

— Segesto é um dos agentes de Heráclio — explicou, enxugando a mão na sotaina. — O homem que eles procuram é Prisco de Panio. Desde a tentativa falha de diplomacia com Átila, os eunucos da corte de Teodósio o querem morto. Embora tenha sido seu imperador Teodósio quem o enviou aos hunos, não agrada aos eunucos o fato de Prisco ter conquistado a confiança de Átila e eles detestam especialmente que ele esteja escrevendo uma história dos hunos, algo que pode retratar suas maquinações numa luz abominável.

— Mas Heráclio é eunuco de Valentiniano — disse Flávio.

— Sabemos há muito tempo que Heráclio é pago pelos eunucos do Oriente. Ele é seus olhos e ouvidos na corte ocidental e é capaz de influenciar Valentiniano a atender a seus desejos. Aécio tentou alertar o imperador, mas foi em vão. Tudo o que podemos fazer é limitar os danos, mantendo o imperador ignorante de grande parte do que acontece, reduzindo assim a possibilidade de Heráclio entreouvir algo de importância estratégica. Valentiniano tem as virtudes de um imperador capaz, mas, como Heráclio está ali, é adequado para nós que passe a vida desligado do mundo real, no palácio em Ravena, onde sua relação com essa criatura abominável cause danos mínimos.

— Entretanto, de algum modo ele descobriu que pretendemos encontrar Prisco.

— Ele tem espiões em toda parte, provavelmente até entre assessores de confiança de Aécio — disse Arturo severamente. — Heráclio sabe que temos conhecimento dele e que tentamos limitar seu acesso a informações importantes; assim, redobrou os esforços em seu próprio círculo de espiões. É uma batalha constante, um jogo de gato e rato.

— Acredita que ele sabe de nosso verdadeiro propósito?

— Ele tem conhecimento de que viemos a este lugar para encontrar Prisco e deve ter imaginado que pretendemos seguir à corte de Átila. Se ele sabe da espada, é apenas uma conjectura. Precisamos manter a guarda alta.

Eles passaram sob outro arco, em seguida entraram num pátio do qual não havia saída, apenas uma série de soleiras baixas nos prédios. Não havia ninguém à vista, somente dois gatos magricelas brigando por um esqueleto de peixe e ratos correndo pelas laterais das paredes.

Arturo olhou o caminho de onde vieram, procurando mais alguém que talvez os estivesse seguindo.

— Esperem embaixo do arco. Disseram-me para ir ao pátio mais ao norte e entrar na segunda porta à esquerda. Eu os chamarei quando o encontrar.

Começava a chuviscar e Flávio olhou o céu cinzento que parecia ter assentado na neblina, piscando para livrar os olhos da água.

— Torçamos para que ele esteja lá. Se não estiver, não esperaremos. Precisamos partir ao pôr do sol.

Vinte minutos depois, Arturo reapareceu na porta, de capuz puxado e a face nas sombras, e acenou para eles se aproximarem. Flávio e Macróbio o seguiram sob uma soleira baixa, descendo um estreito lance de escada e seguindo uma passagem por onde mal conseguiram se espremer. No final, uma rampa levava à beira da água, o cheiro fétido erguendo-se de uma massa lodosa no fundo. Arturo abriu uma porta de madeira rangente à esquerda, levando-os por uma passagem escura, e outra porta foi aberta por ele em uma câmara mal iluminada. Do outro lado, uma lâmpada a óleo crepitando revelou um homem recurvado sobre uma massa de papéis em uma mesa. Ele ergueu a cabeça, tirou os óculos de cristal polido e observou Flávio e Macróbio, seus olhos lacrimosos, porém afiados.

— E então? — perguntou ele em grego, olhando para Arturo. — Devo falar em latim ou grego?

Flávio pôs a mão no ombro de Macróbio.

— Latim, por meu amigo ilírio aqui, mascarado de monge.

— Estou vendo — disse o homem, trocando de língua e olhando-os de cima a baixo. — Se Arturo serve de parâmetro, os dois também são monges guerreiros?

— Chamo-me Flávio Aécio Gaudêncio, tribuno especial a serviço de meu tio, o *magister militum* Flávio Aécio. E este é o centurião de meu antigo *limitanei numerus*, Macróbio.

— Ah, os *limitanei* — falou o homem. — Estão desaparecidos por essas plagas. A meu ver, soldados melhores do que os *comitatenses*, que nunca ficam no mesmo lugar por mais de dez minutos e jamais conhecem o povo local e seus costumes e, de qualquer forma, estão baseados muito além das fronteiras.

Macróbio grunhiu.

— Nisto, estou com você.

— Você deve ser Prisco de Panio — disse Flávio. — Eu o saúdo por empreender sua embaixada a Átila.

— Temo não ser esta a opinião geral em Constantinopla — respondeu Prisco, levantando-se. — Por motivos que estão além da apreensão de um mero erudito, parece que estou na lista negra da maioria dos eunucos de Teodósio, visto meu aprisionamento por vontade própria neste buraco. — Ele era muito alto e de aparência doentia, e Flávio o viu vacilar enquanto farejava o ar. — Peço desculpas pelo cheiro. Todo o esgoto desta carcaça podre de cidade vai diretamente para o rio, naturalmente, e é levado pela corrente, mas eles se esquecem de que há água represada e córregos perto do cais onde ele se acumula, em especial a variedade sólida. Mas não posso apelar aos *urinatores* da cidade para que limpem, posso? Nem tentar fazer eu mesmo e me arriscar a ter pulando sobre mim um dos brutamontes que infestam esta ilha.

— Arturo deu cabo de um deles — disse Flávio.

— Assim ele me conta e por isto sou grato, mas eles são como ratos. Livre-se de um e dez tomarão seu lugar. — Prisco tossiu violentamente, todo seu corpo abalado em convulsões, depois se sentou, ofegante e tentando se recuperar. Flávio via que o sujeito tinha pouco mais idade do que ele próprio, mas suas bochechas estavam encovadas e o cabelo era ralo como o de um homem muito mais velho. — Eu lhes ofereceria água, mas preciso retirá-la do rio por minha janela dos fundos, a alguns passos dessa sujeira no fundo da rampa. O que posso dar a vocês, porém — disse ele, abrindo um vaso pequeno e servindo vinho em três copas ao lado de seu banco —, é um vinho judeu de boa safra. Meu escravo doméstico de Panio é um dácio que tem conseguido se passar por mercador e usado meu suprimento de ouro cada vez menor para chegar à comida e ao vinho trazidos para cá, negociados das partes civilizadas do mundo. É só o que me mantém vivo. — Eles aceitaram o vinho e beberam, recolocando as copas e se sentando em bancos de madeira na frente da mesa.

— Não temos muito tempo — disse Flávio. — Queremos partir antes do poente.

— Muito sensato — respondeu Prisco. — Caso contrário, seu barco desaparecerá misteriosamente na noite, assim como provavelmente vocês também.

Flávio apontou as folhas de papel na mesa.

— Esta é sua história dos hunos? — indagou. — Arturo falou nisso.

— Eu a estou escrevendo como um códice. Não consigo mais um pergaminho decente, seja de papiro ou velo. Trata-se da história dos hunos, dos primeiros tempos aos dias atuais, incluindo o relato de minha visita a Átila. Se por meus esforços não angario nada além de ameaças de morte de quem deveria estar do meu lado, então pensei que pelo menos podia escrever um relato para a posteridade.

— É a parte dos dias atuais que nos preocupa, não a posteridade — disse Flávio, curvando-se para a frente com a mão no joelho. — O que sabe das intenções de Átila?

Prisco pegou o estilete de metal na mesa e colocou em um pote de tinta aberto. Olhou o que estivera escrevendo, depois fitou intensamente Flávio.

— Posso lhe dizer o seguinte: Átila pretende marchar para o leste na Pártia, contornando o norte do mar Negro, descendo as montanhas do Cáucaso e passando pelas planícies da Anatólia até a cabeceira do Eufrates. Mas isto na realidade é secundário, para manter seus guerreiros exercitados. Seus olhos estão em Roma.

— Em Roma? — perguntou Flávio. — Não em Constantinopla?

Prisco meneou a cabeça.

— Ele sabe que pode derrotar o exército de Teodósio em campo, mas não tem a capacidade de manter um sítio ou lançar um assalto por mar, necessário para tomar a cidade. As muralhas terrestres de Constantinopla podem ser defendidas pela guarnição da cidade, em particular se o exército de campo for retirado para reforçá-la, e desde que as vias marítimas pelo Bósforo e pelo Dardanelos continuem abertas, Constantinopla pode sobreviver quase indefinidamente, mesmo que o resto do Império do Oriente se desintegre. Mas a cidade de Roma é outra história. Átila sabe o que os godos conseguiram quarenta anos atrás, quando Alarico irrompeu e plantou seu estandarte no antigo templo Capitolino, acima do Fórum romano. A cidade pode ter sido substituída por Ravena como capital imperial no Ocidente, mas o saque de Roma ainda foi um golpe imenso para o prestígio romano e deixou cheios de ambição outros chefes bárbaros pelas fronteiras. O pai de Átila, Mundiuk, foi um deles e transmitiu isto ao filho.

— O saque serviu de alerta a Roma — disse Flávio. — Depois que os godos se entediaram e partiram, as muralhas de Roma foram reforçadas, a guarnição foi reorganizada e criaram a *schola militarum* para o treinamento de oficiais, com base nas lições aprendidas.

— Não sou estrategista militar, mas se a *schola* em Roma é parecida com aquela de Constantinopla, você terá aprendido quantos homens são necessários para defender a muralha de uma cidade, não? Meu amigo Maximino tentou explicar-me isto certa vez, quando andávamos pelas muralhas de Constantinopla. As muralhas construídas pelo imperador

Aureliano em volta de Roma são bem impressionantes, mas, com quase 20 quilômetros de extensão, é impossível defendê-las adequadamente sem uma guarnição muito maior do que Roma pode sustentar. Átila tem conhecimento disto e sabe que pode tomar a cidade, se marchar seu exército sobre Roma. Ele tem os olhos sobretudo no palácio abandonado do Palatino. A cidade de Roma hoje pode ser periférica, mas, com Átila, ela se tornaria a capital de um novo império romano, um império governado por uma dinastia huna.

— Sabe o tamanho de seu exército? Existe alguma aliança?

Prisco franziu os lábios.

— Quando Maximino e eu fizemos nossas despedidas apressadas, chegaram outros dois emissários, um do rei ostrogodo Valamito e outro dos gépidas, governados por Ardarico. Havia outros indícios de alianças sendo forjadas, inclusive o casamento de duas filhas de Átila com príncipes godos. Maximino calculou que, em aliança com Ardarico e Valamiro, Átila pode montar um exército de 50 mil homens.

— *Cinquenta mil homens* — repetiu Flávio, meneando a cabeça e virando-se para Arturo. — O único jeito de Aécio fazer frente a este número seria em aliança com os visigodos.

— Quer dizer, com Teodorico? — perguntou Prisco. — Com seu inimigo jurado?

Flávio refletiu.

— Os godos do Oriente e do Ocidente separaram-se em determinado momento, com os ostrogodos desdenhando dos visigodos por se acomodarem na Gália e na Espanha, e se romanizarem; e os visigodos, por sua vez, desprezando os ostrogodos como bárbaros. As rixas de sangue entre os dois podem ser usadas por Aécio para conseguir a adesão dos visigodos, embora ele talvez prefira colocá-los de lado se os visigodos se aliarem ao *comitatenses*. Rixas não fazem nenhum bem à disciplina em batalha; desviam os homens a missões próprias para encontrar um rival odiado.

— Aécio precisaria convencer Teodorico de que ele não teria futuro unindo-se a Átila — interveio Arturo. — Se esta aliança fosse forjada, os visigodos logo seriam agrupados pelos ostrogodos e Valamiro se tornaria o chefe godo dominante. Mas, por outro lado, se Teodorico fosse convencido a se unir a Aécio, precisaria ser persuadido de que uma aliança romana com suas forças produziria um exército igual ao de Átila, de 50 mil homens ou mais, o bastante para lhes dar a possibilidade de vitória.

— Seria pedir demais — disse Flávio em voz baixa. — Mas há mercenários e renegados suficientes com treinamento militar vagando pelas províncias ocidentais para Aécio conseguir montar unidades de *foederati* que reforcem os *comitatenses*, aumentando a força que ele pode mostrar a Teodorico. Se alguém pode fazer isto, é Aécio.

— Desde que ele veja o sentido de uma aliança com Teodorico — falou Prisco.

— O futuro do Império do Ocidente está em jogo — considerou Flávio. — Eles podem ser inimigos jurados, mas ambos falam a mesma língua. Há o benefício da ancestralidade goda de meu tio.

— Eles não terão alternativa — disse Prisco. — Uma das filhas de Átila, Erecan, aquela que permanece em sua corte, veio em segredo a nosso acampamento em nossa última noite e contou os planos de seu pai a Maximino. Disse que Átila pretendia destruir Milão e Ravena e marchar para Roma, mas antes disso encontraria Aécio em um último confronto apocalíptico, na maior e mais sangrenta batalha já travada. Erecan disse que ele a chamou de "a mãe de todas as batalhas".

— *A mãe de todas as batalhas* — repetiu Flávio, tentando absorver a enormidade da informação e virando-se para Arturo. — Precisamos levar a notícia a Aécio o mais breve possível, assim que chegarmos à corte de Átila. Ele deve começar a reunir suas tropas agora.

Prisco se curvou para a frente, sua pele branca e diáfana à luz do lampião.

— Independentemente do que esperam realizar lá, devem saber que o que está à frente, o que há para além desta ilha, não é para os de coração fraco — disse ele, a voz sussurrada e trêmula. — Tudo que soubemos da época de Trajano e das guerras dácias é verdade: histórias sobre outro mundo lá fora, de bruxaria, xamãs e sacrifícios humanos, de águias que gritam e lobos que uivam na noite. Vocês verão coisas que os chocarão, mas devem manter a coragem. Aqueles que alcançam as fronteiras do reino huno passaram em seu primeiro teste e são admitidos na corte do grande rei.

Arturo olhava fixamente, atento.

— Estamos preparados, Prisco — falou. — E agora temos um último pedido.

— E qual seria?

— Conte-nos o que sabe sobre a espada de Átila.

# 13

Flávio estava sentado na proa do barco, olhando a neblina à frente, a sotaina agora usada como leito e a insígnia de tribuno nos ombros reluzindo na luz fraca. Fora uma viagem árdua de três dias desde a ilha, um lugar que todos ficaram muito felizes em deixar, através de gargantas, corredeiras e redemoinhos, sempre contra a corrente do grande rio. No último dia, porém, a margem rochosa caíra constantemente até não ser mais alta do que o mastro do barco e eles começaram a sentir que tinham passado pelo pior da viagem. Tiveram sorte com o vento, sempre forte para encher a vela e empurrá-los em ritmo lento contra a correnteza, mas naquela manhã, com frequência, houve uma lufada fria do nordeste, com uma sugestão dos ventos severos que eles sabiam varrer as estepes de seu destino. Prisco lhes contara que o sentiriam quando se aproximassem da pedra que marcava o ponto de virada no rio, a entrada a um tributário que os levaria a um embarcadouro, onde sua jornada pelo rio terminaria e teria início a última parte da viagem pela planície aberta.

Flávio pensou no que Prisco dissera a eles sobre a espada de Átila. Ela tinha sido forjada há muito tempo, nos dias dos ancestrais de Mundiuk, antes da época de Trajano, Decébalo e das guerras dácias, antes que os romanos sequer tivessem tentado penetrar as terras bárbaras do Norte. Diziam que os ferreiros vieram pela rota da seda de uma misteriosa ilha no mar para além de Tina, um lugar onde as espadas que faziam eram tão afiadas que tocar a lâmina era perder um dedo. Os homens de olhos estreitos montaram sua forja num vale escuro nas estepes, em um dos lugares no fundo de um leito de regato erodido, onde os hunos viviam protegidos dos ventos que varriam acima, saindo de lá apenas para caçar, comercializar e ir para a guerra. Ali, durante meses seguidos, temperaram e enrijeceram o aço, fazendo uma lâmina imensamente forte, no entanto flexível, acrescentando ao ferro uma rara liga de metal que fazia a lâmina brilhar com um lustro radiante mesmo na fraca luz do Norte. O chefe tribal que ordenara a produção da espada, um ancestral distante de Mundiuk, tinha dado aos ferreiros uma pedra que seus próprios ancestrais viram cair do céu no manto de gelo de sua área de caça, ao norte, uma pedra que atraía ferro. Com ela, fizeram o pomo da espada. Os ferreiros ainda estavam lá, queimados e enterrados no vale com sua forja, mortos pelo chefe tribal com a mesma espada que lhe fabricaram, a fim de evitar que vendessem suas habilidades a outros que se colocassem contra o poder que agora brilhava de suas mãos.

Erecan, filha de Átila, havia dito a Prisco que, no nascimento do futuro rei, seu pai Mundiuk colocara a espada em uma fogueira e que, quando a usou para cortar as marcas no rosto do bebê e ele não chorou, Mundiuk percebeu que estava contemplando o futuro rei, aquele a quem deu o nome antigo da própria espada. E, por tradição, o xamã que lera os presságios pegou a espada e a enterrou em um lugar secreto, fazendo arranjos para que o menino a encontrasse quando tivesse a idade de um guerreiro. Desde então, Átila tem usado a espada nas cerimônias de nascimento dos próprios filhos, da própria Erecan, e a ergue em batalha, em todas as outras ocasiões guardando-a em uma sala-forte em sua cidadela, junto com o ouro e o butim de guerras travadas no leste e oeste à medida que ficava mais forte e sua ambição para a conquista se ampliava.

Entretanto, Erecan também havia contado que o próprio Átila não era influenciado pelos xamãs, que não acreditava que a espada em si tivesse propriedades mágicas; como Aécio, que zombava dos monges por seu desejo de trazer as forças de Roma sob o sinal de Cristo, Átila era um general bom demais para permitir que o misticismo e a religião influenciassem sua capacidade crítica, a não ser onde via seu efeito no moral dos homens. Átila sabia que o poder da espada vinha não dos deuses, mas da genialidade dos ferreiros, homens capazes de criar uma arma que brilha no campo de batalha. Sabia que a habilidade deles era não apenas um dom divino, mas o resultado de gerações preparando armas para guerreiros por toda a extensão do mundo conhecido que podiam apelar à sua perícia.

Repentinamente, uma rocha assomou à frente, uma sentinela branca na margem do rio e, na frente dela, Flávio viu a neblina girar sobre a entrada para um tributário que se juntava do leste ao rio. Ele ergueu a mão e Macróbio virou o leme, depois dobrou rapidamente a vela e baixou o mastro para a última parte da jornada. A densa floresta de coníferas da garganta se fora e só o que podiam enxergar agora era relva espessa e algumas árvores baixas. O tributário se estreitava a pouco mais do que um regato e, quando o remo de Flávio bateu no fundo, ele entendeu que seu destino não poderia estar muito distante. Minutos depois, viu uma praia pedregosa com dois barcos atracados e Macróbio virou o leme até que a proa encalhou no cascalho. Flávio saltou do barco, seguido por Arturo e Macróbio, que tirou as bolsas de dentro antes de puxar o barco o máximo que pôde e amarrar o proiz em uma estrutura de madeira na frente das outras duas embarcações. Ele tirou a sotaina, meteu em sua bolsa, pendurou-a nas costas e olhou o regato, com as mãos nos quadris.

— Bem, e agora? — perguntou.

— Por ali — instruiu Arturo, assentindo para o aclive. Os outros dois seguiram seu olhar, avançaram e pararam abruptamente no mesmo instante.

Uma fila de cavaleiros hunos estava acima da margem, de elmo, com seus mantos jogados para trás, mas as armas ainda embainhadas. Usavam armadura e vestimentas que Flávio reconheceu como tipicamente hunas: camisa de lã azul e calça marrom leve, botas de couro e um gorro de couro com abas, um elmo cônico e a armadura corporal característica dos hunos, um colete de segmentos de ferro bem entrelaçados numa armadura justa e flexível que cobria o tronco e os ombros. Dois homens carregavam arcos hunos, compostos e recurvos, feitos de chifre e madeira laminados; dois deles tinham machados de guerra e todos portavam espadas longas em bainhas afiveladas na cintura. Ao contrário dos godos ou dos alanos, eram homens relativamente baixos, atarracados e musculosos, típicos em sua aparência facial de homem das estepes ventosas e das planícies de tundra que se estendiam do coração das terras hunas na vertente do Danúbio ao Extremo Oriente, como fizeram os homens do Ocidente, a Tina e além.

Um dos cavaleiros desceu o cascalho a meio galope, parando a cerca de dez passos, o cavalo pisoteando e bufando. O cavaleiro se curvou para acalmá-lo e Flávio viu que tratava-se de uma mulher, vestindo a mesma armadura dos demais, mas com a cabeça exposta e o cabelo comprido bem amarrado, as cicatrizes de nascimento de uma guerreira nas bochechas. Ela os olhava com arrogância, em especial para Arturo, cujo rosto ainda se ocultava sob o capuz, depois voltou aos homens, falando com eles na língua gutural dos hunos.

— Esta é Erecan — disse Arturo em voz baixa, ainda cabisbaixo. — Como Átila, fala fluentemente o latim, tendo sido instruída por eruditos trazidos de Constantinopla para este fim. Foi a única dentre os filhos de Átila a ser aprovada na cerimônia de nascimento, assim foi criada como uma princesa guerreira.

Ela voltou a olhá-los e Flávio avançou um passo, baixando ligeiramente a cabeça.

— Eu sou Flávio Aécio Gaudêncio, tribuno, sobrinho do *magister militum* Aécio e enviado especial do imperador Valentiniano à corte de Átila, e este é meu centurião Macróbio.

— Você serve a Valentiniano ou a Aécio? — perguntou ela, girando com o cavalo, sua voz sonora e ressonante. — Soube que Valentiniano é servido apenas por eunucos.

— Valentiniano é meu imperador e Aécio, meu general.

O cavalo bufou e ela puxou seu pescoço, encarando Arturo.

— E quem é este?

Arturo puxou o capuz para trás e tirou a sotaina, revelando seu cabelo longo e a barba, a túnica e o cinto da espada de um comandante *foederati*.

— Sou Arturo, dos bretões, antigo tribuno do *foederati Britannorum* do *comitatenses* do Norte.

Ela o olhou fixamente, depois se curvou e cuspiu.

— Não conheço este homem. — Erecan conduziu o cavalo com firmeza para a direita e cavalgou até os outros. Arturo continuou imóvel.

— Mantenham-se onde estão — disse ele em voz baixa. — Isto não passa de teatro.

— Apenas teatro? — exclamou Macróbio. — Até que ponto você conhece esta mulher?

— Eu fui seu consorte.

— E o que isso significa?

— Ela foi minha esposa. Por assim dizer.

— *Sua esposa*. Quer dizer então que foi mesmo um pouco mais do que um combate desarmado.

— Um pouco mais, sim.

Macróbio virou-se e olhou para ele.

— Quando você saiu deste lugar 12 anos atrás, despediu-se corretamente dela?

— Não houve tempo. Agora, silêncio. Ela está voltando.

Erecan parou o cavalo novamente na frente dos três homens, mas desta vez saltou dele e andou até Arturo. Postou-se a sua frente e o olhou nos olhos, as cicatrizes de nascimento em seu rosto bastante nítidas, sacou uma faca e a segurou embaixo do queixo de Arturo.

— Explique-se — exigiu. — Não é ato de um futuro rei fugir com o rabo entre as pernas.

— Futuro rei? — exclamou Macróbio, olhando Arturo novamente.

— Ele costumava me contar seus sonhos — disse Erecan, com a faca ainda em seu pescoço. — De que um dia voltaria a sua Bretanha natal, reuniria o povo contra os saxões e criaria um reino que seria um sucessor digno do governo romano. Depois que me deixou sem dizer uma palavra, concluí que tudo não passava de fanfarronice, que ele era apenas outro dos renegados que aparecem nestas plagas com ilusões de grandeza. A maioria deles, nós matamos, e me perguntava se devia ter feito o mesmo com Arturo. Agora pode ser minha chance.

— Vim à corte de seu pai 12 anos atrás como capitão da guarda de Genserico — falou Arturo. — Meu primo na guarda havia sido assassinado e me decidi pela vingança. No dia que parti, um dos guardas, um saxão sem afeto por um bretão como eu, disse a Genserico que eu sabia que ele havia sido o responsável e pretendia me vingar. Quando eu soube disto, entendi que precisava partir imediatamente, ou me arriscaria a ser esfaqueado enquanto dormia. Você estava caçando nas estepes e eu não podia esperar.

Ela roçou a faca pela barba de Arturo.

— E então? Conseguiu sua vingança?

Arturo gesticulou para Flávio.

— Graças a meus amigos aqui, dois anos depois de deixá-la, pude resistir diante das muralhas de Cartago e enfrentar o exército de Genserico, empunhando a espada. Antes que o dia terminasse, eu dei conta de dois de seus guardas pessoais alanos e seis guerreiros vândalos, assim como um cão de guerra Alaunt. O preço de *wergild* por meu primo foi pago com facilidade e a vingança foi satisfeita.

— E depois disso?

— Minha comissão no *foederati* foi restaurada e estive combatendo por Roma desde então.

— Combatendo ou espionando?

Arturo baixou a voz:

— Erecan, precisamos conversar. Longe de outros ouvidos.

Ela embainhou a lâmina e os levou alguns passos até o barco.

— Nenhum de meus hunos sabe latim — falou. — A lealdade deles é para comigo e não com meu pai. Pode falar abertamente.

— Não foi coincidência que você tenha vindo nos receber, não?

— Você tem sorte por eu ter voltado da caçada e não ter sido o irmão mais velho de meu pai, Bleda. Ele teve o reinado rejeitado na cerimônia de seu nascimento, mas compensou isso sendo o mais selvagem dos escudeiros de meu pai. Foi ele quem deu cabo dos eunucos que vieram de Constantinopla e os abateu como os porcos engordados que são, com as próprias mãos. Se Prisco e Maximino não tivessem ido embora, teriam sofrido o mesmo destino.

— Então você sabia que nós viríamos.

— Por acaso, os hunos que chegaram da ilha antes de vocês estavam a meu serviço, providenciando vinho e comida para meu séquito. Um deles passou por vocês na cidade e o reconheceu de 12 anos atrás, apesar da barba e da sotaina.

— Logo, você sabe que nos encontramos com Prisco de Panio.

— Não é segredo que ele se esconde em algum lugar na ilha. Meu pai gostava dele, admirava sua erudição, e os dois passaram horas discutindo a geografia dos limites do mundo, meu pai contando-lhe muita informação nova sobre a calota de gelo do Norte, onde os hunos têm enviado expedições para caçar baleias e as grandes focas com presas. Mas meu pai tem um temperamento inconstante e teria ordenado a execução de Prisco se soubesse das maquinações em Constantinopla. Ele detesta intrigas e classifica os homens apenas como eruditos ou guerreiros. Prisco está sitiado de ambos os lados e há pouco que eu possa fazer a favor dele.

— Ele nos contou tudo, Erecan. Falou-nos de sua visita noturna e o que você disse a ele e Maximino sobre os planos de Átila. Você se recorda de que eu lhe falei de meus sonhos para a Bretanha, mas eu me lembro de você me contando do ódio por seu pai depois que ele assassinou sua mãe, e do seu desejo de vingança.

— Não se turvou. Vive comigo dia e noite. Eu o conseguirei neste mundo ou no próximo.

— Então há algo que devo lhe dizer. Algo que Flávio e Macróbio sabem apenas em parte, embora possam ter adivinhado a verdade. Quinze anos atrás, quando desertei de meu *foederati numerus*, não foi apenas por meu desprazer com o que nos ordenavam fazer, exterminar e cobrar represálias depois de uma revolta camponesa no norte da Gália. Quando verbalizei minha insatisfação, fui levado perante Aécio, que soube de minha história e me recrutou para seu serviço de informações recém-criado. Tudo que fiz desde então, unindo-me à guarda pessoal de Genserico e vindo à corte dos hunos, conquistando a confiança de Agostinho e tornando-me seu secretário, nossa missão aqui hoje, tudo tem sido a serviço de Aécio. E não há nada que Aécio deseje mais do que a destruição de Átila.

— Se é assim, você é mais uma vez meu consorte, Arturo. Desta vez, porém, não haverá mais partidas inesperadas. Quando houver necessidade de ir, iremos juntos.

— De acordo.

— Temos cavalos para vocês. Enquanto cavalgarmos, poderá me contar exatamente o que trama.

Nas horas que se seguiram, eles entraram ainda mais nas estepes, passando pelos dois hunos e mercadores que encontraram na ilha, vendo que amarraram suas ânforas nas laterais de burros e colocaram barris e fardos em uma carroça puxada lentamente por dois bois. Erecan parou, quebrou o alto de uma ânfora e encheu um odre para seus homens, colocando o restante em outro odre e entregando a Macróbio. Ele bebeu sua parte e o passou a Arturo e Flávio, que fizeram o mesmo. Era um vinho gaulês de boa safra e Flávio o reconheceu pelo selo na ânfora como Lugdenese, feito perto da propriedade de caça que fora dada a seu avô Gaudêncio quando os romanos decidiram assentar os visigodos na antiga província da Gália.

O vinho era feito ali desde tempos remotos e tinha sido bebido pelos chefes gauleses antes que guerreiros germânicos adquirissem o gosto por ele. Agora, parecia adequado que fosse ingerido pela onda seguinte daqueles para além das fronteiras que achavam inebriante parte do que Roma tinha a oferecer.

Flávio jogou o odre de volta à carroça e voltou a andar ao lado de Macróbio, trotando para a frente, desfrutando do calor no ventre, mas arrependendo-se momentaneamente de não usar sua sotaina porque uma rajada áspera de vento os atingia das estepes. O caminho descia do vento para um canal, e Arturo também ficou para trás, os três cavalgando lado a lado atrás dos hunos. Macróbio virou-se para ele.

— A propósito, Arturo, saiu-se bem com a história do *wergild*. Isso provavelmente salvou nossa pele.

Arturo lhe lançou um olhar pesaroso.

— Se quiser se livrar de um embaraço com um huno, diga-lhe que procura vingança. Isto os acerta direto na alma e eles o perdoarão por quase qualquer coisa.

— Então... — disse Flávio. — Arturo, futuro rei dos bretões?

— A palavra rei foi de Erecan, não minha — respondeu Arturo. — Por ora, não passo de um agente especial do *magister militum*, um homem que existe nas sombras da história e pode muito bem partir sem deixar vestígios de sua passagem.

— Pode bem ser o contrário.

Arturo puxou as rédeas do cavalo enquanto eles esperavam para atravessar uma ponte de madeira.

— Se tivermos sucesso em nossa missão aqui, você e Macróbio poderão voltar à vida militar, como homens que Aécio pode valorizar muito pelo conhecimento em primeira mão que terão de Átila e dos hunos. Mas, para mim, é diferente. Heráclio já sabe a meu respeito e muito em breve descobrirá a extensão de minhas atividades como informante de Aécio. Ele pode tentar me cortejar para seu grupo, mas eu jamais serviria a um eunuco. Esta será minha última missão para Aécio. Pretendo voltar ao oeste a partir daqui, a meu próprio povo, e usar as habilidades que aprendi a serviço de Roma para liderar a resistência contra os saxões.

— Isso se algum de nós sobreviver ao que nos aguarda neste lugar — disse Macróbio.

O último dos cavalos dos hunos atravessou a ponte e eles avançaram. À frente, havia um corte que se aprofundava nos sulcos da estepe, um antigo canal de rio que fora erodido a uma ravina. Uma águia voava bem acima deles, escura e ameaçadora, batendo as asas contra um vento que eles mal podiam sentir no nível da planície. Um caminho de terra bem batida ao lado do regato no meio os levou por uma rota sinuosa, à esquerda, depois à direita. Flávio via que a ravina podia ser facilmente defendida por arqueiros e homens em catapultas distribuídos pelo terreno elevado, as guinadas da ravina fragmentando um exército atacante em seções de algumas centenas de homens de infantaria ou cavalaria que podiam ser combatidos antes que a seção seguinte tentasse forçar passagem.

Depois de cerca de 1 quilômetro e meio, a ravina se alargava, áreas grandes de terra bem irrigada, agora limítrofes ao regato dos dois lados, parte delas cultivada em lavouras verdejantes com pessoas visivelmente capinando e coletando. Eles viraram num canto, continuaram por outros 400 metros e chegaram a um enorme valo de barro que se estendia por toda a ravina de um lado a outro, uma paliçada de madeira com ameias e torres baixas correndo pelo topo. O portão diante deles se abriu e Erecan os conduziu para dentro, os cavaleiros hunos agora cercando os três homens em uma formação mais estreita à medida que avançavam.

Ao olhar para cima, uma visão impressionante recebeu os olhos de Flávio. À frente, havia uma vasta cidadela de madeira, quase da altura dos penhascos circundantes, porém distante o suficiente para ficar fora do alcance de uma flecha ou balista. Em primeiro plano, havia numerosos alvos para a prática do arco e flecha e, à direita, uma trilha do tamanho do hipódromo em Roma, onde grupos de cavaleiros a galope erguiam grandes nuvens de poeira. Havia tendas armadas por todo lado, cabanas redondas de pele com filetes de fumaça saindo de buracos no meio do teto, cavalos amarrados por perto e o cheiro de carne cozida vagando para a estrada. Flávio via que Prisco tinha razão: este era o acampamento de um exército que chegava a dezenas de milhares, com muitos outros homens presumivelmente em acampamentos remotos e nas estepes, prontos para atender ao chamado das armas, quando fosse a hora.

Foi a cidadela em si o que mais fascinou Flávio. Uma paliçada a cercava, encerrando uma área com pelo menos o tamanho do Monte Palatino e do antigo Fórum de Roma. No centro, havia uma estrutura semelhante a uma fortaleza elevando-se na planície, cercada por camadas de construções em uma massa compacta que descia ao vale; na aparência geral, era como se uma das cabanas circulares dos acampamentos fosse recriada em escala maior. A paliçada era construída com enormes troncos de cedro, de proporções que Flávio só vira nas florestas que cercavam a garganta do Danúbio, perto dos Portões de Ferro; cortar e transportar esta madeira teria sido um feito prodigioso, presumivelmente realizado pelos carpinteiros do Danúbio a serviço dos hunos. Numa terra em que a madeira era rara e as árvores eram atrofiadas, a tradição na carpintaria dos hunos era vista nas paredes das construções interiores, todas de tábuas curtas de larguras variáveis, encaixadas sem deixar espaço, dando a aparência reta de cascos de navio que Flávio, quando menino, vira serem construídos a partir dos arcabouços nos pátios de Portus, perto de Roma. O ponto fraco da cidadela era sua vulnerabilidade ao fogo, mas a probabilidade de um assaltante se aproximar com a artilharia certa parecia bem remota; a estratégia huna era de ataque, travar guerras a centenas de quilômetros de sua terra natal, atacando a partir de uma base com pouco a oferecer em recursos ou localização, deixando de atrair um agressor que pretenda saquear ou conquistar.

Erecan saltou do cavalo no portão da paliçada, dispensou seus guerreiros e os observou galopar ao acampamento próximo. Antes, ela e Arturo tinham ficado para trás, conversando intensamente, e Flávio sabia que ela havia sido informada do plano de encontrar e roubar a espada. Eles desceram dos cavalos, entregando as rédeas a meninos que aguardavam e a seguiram para dentro, passando pela guarda do portão e subindo uma escada estreita que levava à parte central da cidadela. Quando estavam fora do alcance dos guardas e chegaram à outra entrada, ela parou e se virou para Flávio.

— Arturo é seu criado, seu armeiro — disse. — Ele irá por esta passagem e esperará por minha volta. Em seguida, ele e eu iremos à sala-forte. Primeiro eu o levarei à câmara de audiência. Meu pai só terá um curto tempo para você, porque pretende cavalgar esta noite a Pártia. Mas ele respeita Aécio como general e ouvirá o que você tem a falar.

— Decidirei o que lhe dizer quando o encontrar — respondeu Flávio.

— Não lhe ofereça concessões de terra, como Roma fez aos visigodos e alanos. Átila considerará isto um sinal de fraqueza. Quanto às ofertas de ouro, ele está acostumado com elas, graças aos eunucos de Constantinopla. Você não vai querer lembrá-lo dos eunucos. Ele os despreza e desprezará você.

— Nada de eunucos — disse bruscamente Macróbio, com a mão na guarda da espada. — Pelo menos este pensamento eu tenho em comum com Átila.

— E tire a mão da espada. Terá permissão de levar suas armas à câmara de audiência, pois qualquer homem que permita de boa vontade que outros tomem sua arma é considerado fraco. Mas tocar nelas será um convite à morte imediata.

— Parece que essa audiência será muito divertida — resmungou Macróbio.

Flávio o olhou de soslaio.

— Será uma história para contar a seus netos.

— Filhos já seria um bom começo. Vir aqui não aumenta exatamente minhas chances disso. A maioria dos soldados de minha idade é de veteranos com um bom lote de terra e uma mulher, com os filhos já no exército.

— Espere até ver o ouro — disse Erecan. — Então ficará agradecido por ter vindo.

— Enfim, uma boa ideia.

— Depois de sua audiência, levarei vocês à sala-forte. Chegando lá, precisaremos pensar em nossa melhor rota de fuga.

— Soa como um plano.

— E uma última coisa: cuidado com Bleda. Ele é leal ao irmão, mas amargurado depois de anos de ressentimento por não ter sido escolhido para o reinado. Ele me odeia porque tomou minha mãe escrava para si depois que nasci e me culpa por Átila ter decidido matá-la. Ele encontraria com muita satisfação uma desculpa para me destruir.

— Tem alguém em quem você possa confiar?

— Meus dois guardas mais próximos, Optila e Trastila. São meus guardas desde meu nascimento. Eles virão conosco.

— Muito bem. Vamos agir — disse Flávio.

Arturo e Macróbio desapareceram na passagem à esquerda e Erecan levou Flávio escada acima a uma câmara larga com colunatas de madeira pelas paredes, o piso e os espaços na parede entre as colunas cobertos de tapetes sobrepostos, de cores vivas e trama estreita. Lembrou Flávio do interior das tendas berberes que ele tinha visto na África antes da queda de Cartago, as habitações de outro povo mais à vontade com um estilo de vida nômade do que o sedentarismo. Para os hunos, nem uma cidadela tão impressionante como esta teria a permanência ou o significado de Roma ou Constantinopla e só seria vista como capital temporária enquanto seu rei preparava as forças para a última investida apocalíptica contra o Ocidente.

Erecan passou por outras duas portas e empurrou uma última para dentro, dando um passo de lado enquanto Flávio avançava. Ele estava no interior de outra câmara com colunas, mas em vez de ser fechada, esta era aberta para o clima, uma grande cavidade circular no teto atraindo a fumaça de um fogo que ardia em uma lareira de pedra abaixo. De cada lado da entrada se postavam dois imensos mercenários godos, ambos portando machados, e para além da lareira Flávio via um guerreiro huno, presumivelmente Bleda, o cabelo raiado de cinza e de braços cruzados, olhando severamente para eles, as cicatrizes de nascimento nas bochechas nítidas à luz do fogo.

As portas foram batidas atrás dele e Flávio avançou outro passo. Ao lado do guerreiro huno, via outra figura, sentada em um trono de madeira, arriado de um lado com seu bigode e testa oblíqua claramente visíveis.

Também trazia as cicatrizes de nascimento nas faces, bebia de uma caneca de ouro e arrancava a dentadas a carne de um osso, olhando para ele, do outro lado do fogo.

Flávio chegara a seu destino.

*Era Átila.*

# 14

Flávio parou em frente ao fogo na câmara de audiência, tentando manter a postura relaxada enquanto Átila e o irmão o encaravam fixamente.

— Meu nome é Flávio Aécio Gaudêncio, tribuno do exército romano, sobrinho de Aécio de mesmo nome, *magister militum* dos exércitos do Ocidente. Vim perante o senhor em nome dele.

Bleda curvou-se e falou junto ao ouvido de Átila na língua gutural dos hunos, seu corpo tenso e os punhos cerrados. Átila respondeu e o irmão se afastou, com o rosto contorcido de fúria, andando atrás do trono.

— Meu irmão deseja matá-lo aqui mesmo — disse Átila, a voz grave e sonora. — Ele crê que um enviado que não representa um imperador não é enviado nenhum e é um insulto à corte dos hunos.

Flávio já decidira como jogar com Átila. Não haveria conversa de concessões, nem oferta de ouro. Eles falariam como homens e como soldados, não como negociantes.

— Vim representando Aécio porque é o único general na terra que é um oponente digno para Átila. Valentiniano é um fraco, servido por eunucos. Eu desonraria a mim mesmo se concordasse em representar tal homem. Pode dizer isto a seu irmão Bleda, de um guerreiro para outro.

— Meu irmão entende cada palavra que você diz. Fomos bem instruídos em latim e grego por eruditos trazidos por meu pai, como qualquer príncipe godo enviado a Roma. — Ele pegou uma porção de carne, mastigou e engoliu, jogou o osso no fogo e contemplou Flávio, limpando as mãos na túnica. — Também não gostamos de eunucos. Bleda, em especial, os detesta. Ele usa os que encontra para praticar a caça de porcos no campo. — Ele olhou para o irmão, que resmungou, com a expressão um pouco menos feroz. Átila voltou-se de novo para Flávio. — E então, o que quer?

— Trouxe-lhe um presente. — Flávio ia abrir uma sacola pendurada de lado, que até então estivera dentro de sua mochila, mas foi imediatamente interpelado por um dos guardas godos, que torceu seu braço dolorosamente nas costas e pôs uma faca em seu pescoço.

Átila o observou com ironia, fez um gesto e o godo o soltou.

— Meus guardas são sensíveis com armas — disse Átila. — Os últimos três reis hunos foram assassinados nesta mesma câmara, inclusive meu pai Mundiuk.

— Não é uma arma — retrucou Flávio, esfregando o braço. — É um livro.

Átila grunhiu, seu interesse agora despertado, e fez um gesto com o braço novamente. O godo se afastou e Flávio desembrulhou o pacote na bolsa. Era um pequeno códice de capa de couro e páginas de velo, um presente de Uago em sua formatura na *schola* 12 anos antes.

Junto com o gládio, esta era sua posse mais valiosa dentre os pertences que Una havia retirado de seus aposentos e deixado com Macróbio, e, sem ter onde guardar, ele se decidira por trazê-lo para fazer anotações durante sua viagem. A conversa com Prisco na ilha sobre o interesse de Átila em geografia lhe dera a ideia de que seria um presente adequado, uma forma de manter Átila ocupado enquanto os outros tentavam entrar na sala-forte. Ele avançou um passo, fez uma leve mesura e o entregou.

— É uma compilação de mapas do mundo conhecido em formato de livro de bolso, com base em Ptolomeu, mas incorporando acréscimos mais recentes, inclusive uma imagem mais detalhada da Bretanha, por exemplo. Pensei que o senhor poderia usar para traçar suas conquistas.

Átila pegou o volume, abrindo-o com cuidado e virando as páginas.

— Mas, pelo que vejo, não incorpora o mais recente trabalho realizado pelo departamento de cartografia dos *fabri* em Roma — disse.

— O senhor sabe que não seria possível lhe trazer isto. Mas este foi baseado nas mais recentes informações, quando foi criado pelo mesmo departamento na época em que eu era um candidato na *schola*, 12 anos atrás.

Átila abriu uma página e a olhou atentamente, passando o dedo pelo mapa e meneando a cabeça.

— Ptolomeu traçou as terras a nordeste do Danúbio de modo inteiramente errado e os erros foram repetidos nos mapas desde então. O lago Maeotis fica mais a leste e o grande manto de gelo muito mais ao norte. Eu mesmo não os vi, mas Bleda e meu pai, quando jovens, foram à borda do gelo e encontraram uma raça de caçadores que vivem em cabanas de neve e trouxeram marfim de morsa. Um dia irei também ao norte.

— Há muito do mundo ainda a conquistar.

— A conquistar ou a explorar. Nós, hunos, não somos um povo que reclama a propriedade da terra. Elas pertencem à águia e ao lobo; o manto de gelo do Norte pertence ao grande urso branco.

— É o que torna o senhor tão perigoso — respondeu Flávio, calculando a resposta. — Os romanos conquistam para ocupar território, construir fronteiras e fortalezas, consumindo mão de obra e recursos. Para os hunos, conquistar significa entrar em batalha. Todos os seus homens e recursos são colocados em um único embate cataclísmico contra um inimigo. Por isso Átila tornou-se o nome mais temido do mundo.

Átila o olhou com astúcia, de pernas separadas e uma das mãos no joelho.

— E então, Flávio Aécio Gaudêncio, sobrinho do *magister militum* Aécio. Por que realmente veio aqui?

Flávio o fitou nos olhos.

— Vim em nome de Aécio para desafiá-lo à batalha.

— Para me desafiar à batalha. — Átila limpou o nariz e olhou para Bleda. — Isto é novidade. Não me lembro de nenhum eunuco oferecendo-me esta concessão, nem daquele erudito desengonçado do Prisco e seu amigo tribuno de Constantinopla.

— Isto porque eles representavam um imperador, e não um general. Vim ao senhor não com ofertas de concessões, mas com uma oferta de guerra. Pode não ser este ano, nem no próximo, mas será em breve, em um local de sua preferência. A mãe de todas as batalhas.

— A mãe de todas as batalhas — repetiu Átila lentamente, olhando para Flávio. — Eu mesmo não poderia ter dito melhor. — Flávio lembrou-se tarde demais de que tinha ouvido a expressão de Prisco, que a citara do próprio Átila. Repentinamente sentiu-se no fio da navalha, sem se atrever a olhar para Bleda. Prisco e Maximino partiram sob suspeita e se Átila adivinhasse que ele estivera em contato com os dois, as coisas podiam desandar com extrema rapidez. Ele procurou não aparentar tensão, mas seu coração martelava e ele sentia o suor escorrendo pelas costas.

Átila estreitou os olhos.

— Há outros dois homens com você. Quem são?

— Meu centurião, Macróbio, e meu criado e armeiro, um gálio da Armórica. Sua filha os levou para encontrar um rebolo em seu arsenal. Nossas espadas precisam ser afiadas.

Átila pensou por um momento, grunhiu e se levantou, colocando o livro cuidadosamente de lado e andando a uma janela fechada em uma parede lateral da sala.

— Disseram-me que em Roma e em Constantinopla as *scholae militara* incluem dioramas de falsas batalhas — disse ele. — Bem, este é meu campo de exercícios. — Ele abriu os postigos de madeira e levou Flávio a uma sacada, na luz ardente do sol. Flávio protegeu os olhos, piscando com a claridade, e começou a distinguir traços que eles viram pelo caminho, os penhascos circundantes com a estepe acima e a estrada que levava à paliçada e à ravina da entrada.

Ali, do alto da cidadela, ele podia apreciar a imensidão do anfiteatro, com pelo menos 1 quilômetro e meio de extensão, sua posição dominando a vista em todo lado. Átila abriu expansivamente os braços.

— Quando exercito meus guerreiros, fazemos jogos de guerra genuínos. De minha mais recente excursão contra o império persa, temos mil pártios capturados, infantaria e cavalaria, totalmente equipados e armados. Se sobreviverem até o pôr do sol, ganharão a liberdade. Se meus guerreiros caírem para as armas deles, este será seu quinhão. Posso pedir a meus homens para recriar qualquer batalha que eu decidir, usando a planície a leste ou as terras ondulantes que observo daqui, sozinho, em algumas ocasiões com minha filha, e em outras com meus comandantes. Hoje, descerei e me unirei a eles.

Átila se virou e cravou os olhos em Flávio.

— Vejamos do que é feito um sobrinho de Flávio Aécio Gaudêncio. Cavalgue comigo.

As quatro horas seguintes foram as mais revigorantes que Flávio já experimentou fora de uma batalha real e também as mais sangrentas desde aquela manhã, dez anos antes, diante das muralhas de Cartago.

Átila determinou dois cenários para reproduzir embates bem-sucedidos com os pártios durante sua temporada de campanha no inverno anterior como forma de introduzir seus jovens guerreiros em táticas de batalha huna e lhes dar um gosto da morte. O primeiro, ele e Átila observaram a cavalo do lado oeste da cidadela, vendo uma força pártia tomar às cegas uma elevação, sem enxergar antecipadamente as posições hunas; foram alvejados por uma linha fixa de arqueiros hunos abaixo de seu lado da elevação enquanto se agrupavam no alto, incapazes de bater em retirada porque os guerreiros que pressionavam por trás não sabiam de sua situação infeliz. Os poucos sobreviventes foram impiedosamente retalhados pela infantaria huna, que avançara rapidamente de trás dos arqueiros para acabar com eles. Os vitoriosos, então, correram e galoparam para a revista de Átila e Flávio, ululando e batendo as armas enquanto aceleravam para o leste, a área seguinte de morte.

O segundo cenário tinha uma escala maior, envolvendo pelo menos mil arqueiros, lanceiros e espadachins montados, e os quinhentos pártios restantes. Ordenaram aos prisioneiros que defendessem um círculo de carroças pequeno demais para conter um número adequado de defensores ou dar proteção para os soldados pártios no campo, permitindo que fossem separados e cercados por colunas da cavalaria huna que os derrubaram e caíram sobre eles com a espada, dando cabo de cada grupo de homens, um por um.

Desta vez, para assombro e deleite de Flávio, dois homens, por instrução de Átila, aproximaram-se a cavalo e vestiram a couraça de armadura segmentada e uma cota de malha sobre a túnica de Flávio, colocando nele luvas, elmo e perneiras, e passando uma longa espada da cavalaria huna pelos flancos de seu cavalo. Quando terminaram e Flávio se flexionou e sacou a espada, Átila bateu no lombo de sua montaria e ele empinou, galopando em alta velocidade para a refrega. Átila o alcançou e cavalgou a seu lado, mantendo-se perto enquanto se uniam à grande rotação da cavalaria, buscando as presas entre os pártios que agora entravam em pânico e corriam desvairados para escapar dos cavalos.

Flávio cavalgou ao grupo que mantinha posição e abateu dois homens com arcos que apontavam para ele, os golpes cortantes de sua espada decapitando um soldado e praticamente dividindo o outro ao meio na altura do peito. Átila olhou com aprovação e saltou da montaria, pegou nas mãos o sangue do ferimento do segundo homem e espalhou no cavalo e no corpo de Flávio, puxando-o para baixo e sujando seu rosto. Ele o colocou ereto novamente, com o rosto vincado de prazer, depois se retesou e rugiu, um forte berro que foi adotado e repetido pelos cavaleiros hunos à volta até que todos pareciam uma horda de touros furiosos. Átila recuou, ofegante e suarento, o sangue pingando de seu rosto.

— Aposto que seu tio Aécio não pode fazer isto — berrou ele, rugindo de novo.

O cavalo de Flávio empinou e ele o colocou sob controle, a adrenalina tomando seu corpo. Pegou uma lança abaixo e cavalgou a outro pártio, perfurando-o onde estava, depois a largou e se afastou com um grupo de arqueiros que galopou a seu redor, envolvendo-o e motivando-o. Um deles lhe atirou um arco com três flechas e ele soltou as rédeas, cavalgando somente com os joelhos. Puxou uma flecha e soltou-a em outro grupo de pártios, atingindo um deles na perna, porém quase caiu do cavalo com o gesto, as pernas bem apertadas ao animal enquanto se endireitava.

Os hunos à volta gritaram sua aprovação e ululavam, um estranho uivo acima do campo de batalha; depois, afastaram-se de novo, atendendo ao chamado de um comandante por um movimento de rotação em massa para descarregar o maior número de arcos que fosse possível em um grupo de pártios protegidos pelo círculo de carroças. Flávio soltou as duas flechas restantes, sem saber se encontraram o alvo, pendurou o arco e sacou mais uma vez a grande espada, cavalgando em uma roda contínua e larga pelo círculo de carroças com os arqueiros, vendo-os soltar uma flecha depois de outra até que não restasse nenhum prisioneiro de pé. Ele respirava o cheiro da batalha, de cavalos e poeira, seu próprio suor e a adrenalina, o sangue e o medo dos pártios. Percebeu que gritava a plenos pulmões, berrando, o som completamente submerso no barulho a sua volta, mas não se importou. Divertia-se e aprendia o que significava ser um guerreiro huno. Aprendia o que motivava Átila.

À medida que a poeira assentava e o campo clareava, com o chão denso de cadáveres de pártios, Flávio partiu na direção da cidadela, colocando a espada na bainha e procurando por Átila.

Bleda veio cavalgando em sua direção, parou e o contornou, com um esgar de desdém na face.

— Átila tem outros assuntos a tratar. Disse-me para levá-lo a seus amigos e acompanhá-los na saída — anunciou ele. — E não espere nenhum favor de mim, romano. Eu o teria matado prontamente na sala do trono, quaisquer que fossem suas mentiras e lisonjas.

Flávio tirou a armadura, largando-a no chão junto com a espada, e seguiu Bleda, que acelerava. Começou a esfriar depois da empolgação, tomando um longo gole de água do odre pendurado no pescoço do cavalo e jogando um pouco no rosto, vendo escorrer o sangue dos pártios que tinha matado quando limpou o queixo com a mão. Agora já fazia mais de cinco horas desde que deixara seus companheiros, muito mais tempo do que imaginaram ser possível prender a atenção de Átila, e ele só podia torcer para que tivessem conseguido entrar na sala-forte. Mas o envolvimento de Bleda era uma adição indesejada, um homem desconfiado e volátil por natureza que, a qualquer sugestão do que eles estavam fazendo, podia encerrar a missão com uma velocidade apavorante.

Eles chegaram à entrada da cidadela, amarraram os cavalos e tomaram o mesmo caminho feito por Erecan. No ponto em que Flávio seguira sozinho para a câmara de audiência, eles viraram à esquerda, descendo uma passagem com piso de pedra que parecia penetrar nos recessos mais fundos da cidadela. Depois de cerca de cem passos, viraram à direita e Flávio ficou petrificado. À frente, no chão, estavam os cadáveres de dois guerreiros hunos, claramente os guardas do arsenal que agora era visível adiante. Na fração de segundo que Flávio precisou para registrar os dois, Macróbio lançou-se das sombras em Bleda, obrigando-o a recuar contra a parede. Os dois homens caíram embolados no chão, Bleda rosnando como um cão e Macróbio tentando desesperadamente prendê-lo em uma chave de braço. Flávio sacou a espada e tentou encontrar uma oportunidade de usá-la, mas os dois homens rolavam pelo chão como se fossem um só. De repente Macróbio estava de joelhos, segurando a cabeça de Bleda e levando-a contra o chão com um estalo, recuando enquanto o huno cambaleava. Depois ele se sacudiu e investiu novamente, atacando como um touro. Macróbio puxou a própria espada bem a tempo e a desceu com toda força no bíceps direito de Bleda, cortando o músculo grosso e o osso e decepando seu braço pouco acima do cotovelo. O huno berrou de dor, o braço jorrando sangue, e procurou a espada às apalpadelas antes de escorregar no próprio sangue e cair pesadamente em um anteparo de madeira elevado junto da lateral da passagem, quebrando a base das costas com um esmagar nauseante de osso.

Erecan apareceu na passagem, de arco em punho, seguida por Arturo, e Bleda tentou se mexer, virando-se loucamente para eles com a mão esquerda, o rosto contorcido de fúria e dor. Erecan baixou o arco e Bleda deixou cair a espada, segurando o coto do braço direito, as pernas paralisadas. Olhava para ela, respirando com dificuldade, o lábio torcido de desprezo.

— Vamos, filha de uma meretriz. Mate-me.

— Prefiro não desperdiçar a flecha.

— Sua mãe não foi tão inepta quando a matei. Esperneou e gritou como uma verdadeira huna.

— Então foi *você* — sibilou Erecan.

— Seu pai não queria macular as mãos com o sangue de uma mulher. Para mim, não era problema fazer este trabalho sujo.

— Pensei que você tivesse se enfurecido comigo porque contei a Átila que sabia que ela era minha mãe e porque ele ordenou a morte dela, a morte da sua amante.

— Bah. — Bleda cuspiu. — Existem meretrizes aos punhados pelo mundo. Eu estava enfurecido porque tinha a sede de sangue huna, o que significa que quando você mata uma mulher, quer matar também toda sua prole.

Erecan ficou imóvel por um momento, depois arreganhou os dentes como um animal e disse algo feroz a Bleda na língua dos hunos, um rosnado, um ruído gutural que fez Bleda pegar a espada com o braço restante e tentar se erguer. Em um movimento rápido, Erecan retirou o arco das costas, preparou uma flecha e atirou. A flecha atravessou sua cabeça e se fincou do outro lado da passagem com um pedaço do crânio — o buraco na testa de Bleda ainda bombeando sangue. Ela olhou fixamente para o tio, observando seus olhos ficarem vidrados e a boca se abrir, a poça de sangue rapidamente se espalhando pelo chão.

— Agora eu *realmente* não posso ficar — disse ela.

— A mim, está bem assim — falou Arturo. — Posso usar uma arqueira huna em meu exército.

— Vai de fato voltar à Bretanha? — perguntou Macróbio, apoiando-se na espada e respirando com dificuldade.

Arturo assentiu.

— Fiz tudo que pude por Roma.

Flávio olhou os três.

— E então?

— Então o quê? — indagou Erecan.

— Mostraremos a ele? — Arturo sorriu.

— Por que não?

Ela os levou rapidamente pela passagem, passando pelos guardas mortos até o arsenal, uma vasta câmara cheia de armas e armaduras de cada gênero, prateleiras de espadas e arcos hunos, e passaram por outros dois corpos esparramados a uma grade de metal aberta numa extremidade. Ela gesticulou com uma pesada chave de ferro.

— Só a filha de Átila sabe onde ele a esconde, em uma câmara secreta abaixo do grande tímpano, que fica no alto da cidadela e é usado para dar o alarme — disse ela.

— Parece que vocês encontraram alguma resistência — comentou Flávio, passando pelos dois cadáveres ensopados de sangue, abaixando-se e alcançando a entrada da sala-forte.

— Há outros três mortos do outro lado da sala.

Flávio se espremeu para dentro e arquejou de espanto. Era como um covil de dragão repleto de ouro: uma vasta quantidade de moedas, algumas se derramando no chão, bem como saques em metal precioso de toda parte aonde Átila levara o exército, de placas de ouro pártio a pesados pratos de prata da Gália decorados com cenas clássicas e motivos cristãos. Mas foi o objeto que Erecan retirou de uma plataforma no meio que lhe tirou o fôlego, que fez tudo o mais assumir um tom cinzento. Era uma grande espada, do tamanho das usadas na cavalaria, como aquela que ele acabara de brandir contra os pártios, mas com um punho decorado com um pomo preto e reluzente e uma lâmina brilhando com um lustre cristalino extraordinário.

— A espada de Átila — disse Erecan, entregando-lhe. — Cuide bem dela.

Flávio sentiu o peso da lâmina, seu equilíbrio perfeito, e a sacudiu, sentindo-a ceder um pouco. Quem quer que a tivesse feito, os ferreiros da ilha muito a leste de que Prisco falara, eram mestres artesãos, capazes de forjar uma lâmina de beleza inigualável, mas também uma arma de guerra de afiação perfeita. Ele olhou, sem acreditar no que segurava, e se lembrou de onde estavam e do pouco tempo que tinham antes que soassem o alarme. Pegou a bainha de couro que Erecan lhe estendia, colocou nela a espada e se virou para a entrada.

— Precisamos sair daqui.

Macróbio o seguira para dentro e olhou melancólico para o ouro derramado no chão. Falou:

— Um pagamento simbólico por uma pequena fazenda nas colinas da Etrúria, é só o que peço.

Flávio lhe deu um tapa no ombro.

— Muito bem, centurião. Pegue o que conseguir pelos próximos dois minutos, desde que divida igualmente entre os homens do *numerus*. Mas não tanto a ponto de que fiquem moles e desistam da luta. E isso vale para você também.

Macróbio o olhou sem compreender.

— Desde quando lutamos pelo ouro? Não me lembro da última vez em que fui pago.

— Entendo sua situação. Acabe logo com isto.

Macróbio ajoelhou-se e colocou punhados de moeda na bolsa, pendurando-a nas costas e seguindo Erecan e Flávio. Eles se juntaram a Arturo, rapidamente reuniram as armas e bolsas e seguiram atrás de Erecan por outra passagem à muralha externa da cidadela, a uma pequena entrada para a planície. Nas sombras do lado de fora, dois guerreiros hunos aguardavam com meia dúzia de cavalos. Macróbio pôs a mão na espada, mas Erecan o deteve.

— São Optila e Trastila, minha guarda pessoal — disse ela. — Ordenei que acompanhassem vocês a Roma. Assim que meu pai descobrir a minha fuga e o desaparecimento de Bleda, enviará cavaleiros por todas as principais rotas, mas teremos uma dianteira partindo agora e viajando no escuro. Se ele o alcançar depois disso, sua recepção não será tão amistosa. A maioria dos ladrões é esfolada viva, mas roubar esta espada exigiria uma punição singular.

— Entendido — respondeu Macróbio, pendurando as bolsas dele e de Flávio nos dois cavalos e amarrando-as. Flávio enrolou a espada na sotaina de sua bolsa e a prendeu às costas, subindo em um dos cavalos. Os outros o acompanharam e, juntos, partiram para o oeste, ao sol poente, deixando a cidadela e seu rei para trás na névoa. Pouco depois, ouviram o clamor e o bater do grande tambor enquanto o alarme era soado.

Eles partiram em cavalgada pelas próprias vidas.

# Parte 4

*Os Campos Cataláunicos, Gália, 451 d.C*

# 15

Flávio e Macróbio pararam com os cavalos no pátio do mosteiro em Châlons, no passado uma casa de campo de um rico nobre gaulês de gosto romano, mas, depois da conversão de Constantino, entregue à Igreja como casa de Deus. Os monges a ofereceram como quartel a Aécio na expectativa de que o liderassem em oração antes da batalha, mas ele os rejeitara bruscamente, esvaziara os cômodos principais como acomodações para seu corpo de assistentes e montara a sala de operações no salão de convocação, antes o átrio da casa. Eles ainda estavam de mudança, carroças de boi trazendo todo o equipamento de escritório do pessoal de logística e secretariado de Aécio, e Flávio sabia que teriam de ser pacientes para a oportunidade de ver o general em pessoa.

Ele pensou nos acontecimentos que os levaram até ali, agora em campanha por quase três meses. Fazia quase dois anos desde que ele e Macróbio chegaram exaustos em Roma depois de sua fuga de Átila, tendo tomado rumos separados de Arturo e Erecan no sul dos Alpes e os visto cavalgar para o Oeste, na direção da costa atlântica e da Bretanha.

Os guardas hunos Optila e Trastila de Erecan os acompanharam ao sul e ingressaram no serviço a Aécio como sua guarda pessoal quando ele estava em Ravena, uma nomeação engendrada pelo general para que fossem seus olhos e ouvidos na corte. O que ele descobriu ali o desanimou, mas não foi nenhuma surpresa. O eunuco Heráclio havia estimulado Honória, irmã cada vez mais demente de Valentiniano, a consumar uma obsessão por Átila com uma proposta de casamento, um constrangimento para Aécio que se agravou quando o próprio Valentiniano se envolveu, enviando seu próprio emissário para refutar o casamento e protestar contra o dote que Honória oferecera, de metade do Império do Ocidente.

Em vez de ficar seguramente engaiolados em Ravena, os loucos fugiram do ninho, uma manobra de Heráclio para minar os planos de Aécio.

A farsa do único contato do imperador romano do Ocidente com Átila durante uma época de crise e escalação para a guerra ter sido sobre sua irmã patentemente louca convencera o huno da existência de uma fraqueza fundamental do império, algo que o fez antecipar seus planos para a conquista. Durante os meses seguintes, tudo foi pesado na balança, Aécio cada vez mais desesperado na tentativa de obter reforços e forjar alianças, o espectro da recusa dos visigodos pairando sobre tudo. Por fim o trabalho de Pelágio de convencer o clérigo da Gália a pressionar por uma aliança compensou e Teodorico aderiu em cima da hora.

Flávio lembrou-se da luva que ele lançara a Átila, o convite à batalha. Na época, havia sido uma forma de ocupar o tempo, uma provocação mais divertida para Átila do que as trivialidades e tentativas de conciliação que estava acostumado a receber de outros emissários, mas agora tinha um ar profético, com todos os acontecimentos dos últimos dois anos levando inexoravelmente a um confronto. O planejamento, a expectativa e o medo tornaram-se uma realidade três meses antes, quando Átila saiu intempestivamente de sua terra natal, chegando à Gália e tomando Aurelianum antes de seguir para o norte, aos campos ondulantes das Planícies Cataláunicas.

Alguns pensaram que a chegada de Aécio e do *comitatenses* havia estimulado Átila a sair da cidade em uma fuga desordenada para o norte da Gália e, para Aécio, era bom que pensassem assim. Mas Flávio sabia da verdade. Lembrou-se do que tinha oferecido a Átila, em sua leve vaidade: *um campo de batalha de sua preferência*. Ele não tinha fugido, mas os arrastava, levava-os a algum lugar onde os dois exércitos podiam se encontrar no embate dos sonhos do huno: a mãe de todas as batalhas.

Flávio vira Pelágio pela última vez em segredo num mosteiro de Arles quatro meses antes, quando o outro lhe entregara a espada, então passada a ele para que ficasse a salvo depois da fuga da corte de Átila, e agora carregada dia e noite embrulhada na mesma velha sotaina que ele tinha usado na aventura pelo Danúbio. Pelágio também estava a caminho da Bretanha, concluído seu trabalho para Aécio. Flávio se lembrou das palavras de despedida de Arturo sob os Alpes, um convite para se juntar a ele na Bretanha, se Roma ficasse perigosa demais e o serviço militar para o império se tornasse uma tarefa demasiado ingrata; era algo que estivera na mente de Flávio nos últimos dias enquanto refletia sobre o que o futuro reservava no serviço romano para Macróbio e os sobreviventes de seu *numerus*, todos ali hoje preparados para a batalha iminente que, para qualquer um deles, poderia ser a última.

Ele torceu o colar fino de couro que usava sempre desde que Una o presenteara com ele na praia dois anos antes, sentindo o volume da pedra negra polida pendurada ali. Era como se tocá-lo o impedisse de se preocupar com ela, fizesse com que simplesmente se recordasse do calor de sua presença, desviasse a mente da viagem que ela empreendera e os perigos e incertezas que devia ter enfrentado no caminho.

Macróbio, o solteirão grisalho, sempre lhe dizia que ser um soldado era estar condenado a jamais obter sucesso em relações de longo prazo; ainda assim, isso não facilitava a separação nem os momentos em que ele ficava deitado, acordado à noite, perguntando-se se deveria ter feito as coisas de forma diferente.

Flávio soltou a pedra e semicerrou os olhos para o céu. Ser um militar pelo menos tinha o benefício de manter a mente em questões práticas do momento e agora ele precisava estar preparado para dar a Aécio o melhor conselho possível sobre o provável plano tático de Átila. Podia ser a última tarefa de importância que realizaria a serviço de Roma, mas era uma responsabilidade assombrosa e algo que estava decidido a fazer no máximo de sua capacidade.

Ainda assim, ele se indagava sobre Átila. Como teria reagido quando percebeu que sua espada sagrada estava desaparecida? Era impossível saber; não havia serviço de informações confiável da corte huna desde a partida deles. A morte de Bleda teria sido um golpe, um homem volátil e inconstante de gênio selvagem, mas um conselheiro experiente na guerra e irmão do próprio Átila; entretanto, assassinatos eram comuns na corte dos hunos e outros estariam ali para substituí-lo. Flávio sentira um arrepio de dúvida quando soube do exército huno marchando para o oeste três meses atrás, algo que certamente não teria acontecido se Átila perdesse a confiança em si e a de seu povo. Flávio se obrigou a não pensar nisso antes da hora certa. A espada era uma arma de guerra, um símbolo que podia pender a batalha e, se tinha o poder que alegavam, era na batalha que estaria o teste definitivo, a prova de que sua missão valera o custo das vidas de Uago e de outros que tombaram pelo caminho.

Um soldado usando a insígnia de um tribuno saiu da entrada para encontrá-los, tendo Flávio anunciado sua chegada a um dos *milites* que guardavam o pátio, que foi então informar Aécio. O tribuno o saudou e gesticulou, e Flávio respondeu com um gesto de cabeça.

Ele deixou que seu cavalo terminasse de beber do balde que segurava adiante e passou as rédeas a Macróbio. Fora uma jornada longa e quente e dar de beber aos animais e aos homens seria prioritário no dia seguinte. Tirou o cinto da espada e também entregou a Macróbio, deixando-o para procurar comida e bebida, e seguiu entre as pilhas de esterco de cavalo no pátio, acompanhando o tribuno para dentro.

Aécio estava de pé à cabeceira da sala, contemplando uma cruz de madeira calcinada que os monges acreditavam ser uma das verdadeiras cruzes da crucificação armadas no Monte do Calvário no dia do julgamento de Cristo. Outros cinco homens estavam em volta da mesa diante dele: Torismudo e mais dois godos de um lado e, do outro, os dois *magistri* romanos dos exércitos *comitatenses* que estavam presentes no campo, Flávio Aspar e Caio Petrônio Anagasto. Aécio viu seu sobrinho entrar e desceu do altar à cabeceira da mesa.

— Este conselho de guerra está convocado. Os dois comandantes *comitatenses*, todos vocês conhecem. Flávio Aécio, meu sobrinho, é um tribuno que cavalgou com Átila. Teodorico não pôde estar presente.

Torismudo virou-se para os comandantes romanos e falou:

— Meu pai e meu irmão caminham entre nossos homens. É a tradição dos reis na véspera da batalha, seguida por um banquete no salão para o rei e seus capitães, e em torno das fogueiras para os soldados. Boi para os homens, e javali e cervo para o rei foram trazidos para abate e assados em preparação. Estou aqui neste conselho representando meu pai, junto com meus primos Radagaiso e Tiudimer.

Aécio desenrolou uma macia folha de velo que estendeu pela mesa e os dois generais prenderam as pontas com copas. Era um mapa, o curso dos rios claramente marcado em preto, a disposição dos exércitos como blocos de outras cores. A convenção foi imediatamente familiar a Flávio graças às aulas de cartografia na *schola militarum* em Roma, quase 15 anos antes; trouxe à mente a última vez em que estivera com Torismudo, examinando um mapa semelhante, estudando a Batalha de Adrianópolis e as táticas dos godos na derrota dos romanos naquele dia fatídico quase setenta anos antes. Aécio apontava os traços no mapa enquanto falava:

— Isto foi preparado nas últimas horas por meus *fabri* e se baseia em seu próprio levantamento, bem como nos relatórios dos batedores do *numerus* de reconhecimento. Podem ver o rio Aube, dirigindo-se para o norte e definindo o lado oeste do campo de batalha e, ao sul, o ponto em que ele se une com o rio Sena. O triângulo de terra criado por esta interseção é um possível terreno de abate, se um exército ficar preso ali por outro que desça do nordeste. Caso contrário, a topografia compreende planícies baixas e ondulantes, com uma elevação no meio dividindo o campo de batalha e, a leste, os campos abertos.

Aspar bateu o dedo no mapa.

— Nosso exército está a oeste dessa elevação com o rio a nossas costas. O exército huno está a leste, com o campo aberto além dali. Fora o único lugar onde o rio Aube pode ser atravessado, não temos rota de fuga.

Aécio o olhou severamente.

— Então lutaremos até a morte — disse.

— Ave, *magister militus*.

— E quanto ao terreno? — perguntou Flávio. — Onde meu centurião Macróbio e eu cavalgamos, o solo era muito duro, quase rochoso.

— Não chove há semanas — respondeu Aécio. — Não haverá lama, embora o terreno duro traga outros problemas. Ficará escorregadio onde houver poças de sangue.

— É aí que meus homens e eu lutaremos — disse o godo Radagaiso, a voz gutural e o latim com forte sotaque. — Num lugar escorregadio de sangue huno.

Aécio continuou:

— As únicas árvores aparecem pela linha do rio. Os campos são plantados com trigo, mas não têm altura suficiente para dar cobertura. Há um regato correndo pelo meio do campo de batalha, abaixo de nosso lado da elevação, alimentado por uma fonte, mas a vala é estreita e pode ser saltada por um homem. Não há vantagens particulares dos dois lados desta paisagem do ponto de vista tático, a não ser por esta cumeeira, que se eleva de 15 a 21 metros acima da planície aluvial. Não é muito, mas quem a sustentar conseguirá dominar o campo de batalha.

— E a disposição das tropas? — perguntou Flávio.

— Meus batedores dizem-me que os hunos estão concentrados com suas carroças imediatamente depois dessa cumeeira, com Valamiro e seus ostrogodos ao norte, e Ardarico e os gépidas ao sul. De nosso lado, os *comitatenses* distribuem-se ao norte e os visigodos ao sul, com o centro da linha oposta aos hunos dividido igualmente entre romanos e visigodos.

— Esta divisão não era necessária — resmungou Aspar. — Basta meu *comitatenses* para controlar a linha contra os hunos.

Aécio o olhou com severidade.

— Sua fé em seus homens é louvável, *magister*, mas vocês nunca cerraram fileiras contra um exército huno como este. Os *milites* romanos são mais habilidosos como arqueiros do que os visigodos, porém os visigodos são melhores no combate homem a homem. Não podemos permitir que um huno rompa pelo centro da linha e devemos fortalecê-la para nossa máxima vantagem, independentemente das suscetibilidades dos comandantes. E se isto significa que o *comitatenses* precisará dividir a tarefa com os visigodos, assim será.

— Nós também assumimos um compromisso — disse Torismudo, encarando os dois comandantes romanos. — Desejávamos que o flanco principal de nosso exército visigodo enfrentasse os ostrogodos ao norte, mas meu pai Teodorico concordou que, em vez disso, enfrentaremos os gépidas ao sul e deixaremos os ostrogodos para os *comitatenses*.

— No passado, seu pai pode ter sido meu inimigo mortal, mas é um general sensato e experiente — falou Aécio. — As rixas de sangue que vocês sem dúvida têm com seus primos ostrogodos podem endurecer sua determinação contra eles, mas não há lugar para rixas numa guerra. Um chefe tribal pode distrair seus homens a fim de encontrar um primo particularmente detestado, enquanto outro pode evitar um grupo com quem tem laços de parentesco e nenhuma animosidade. Fazer como alguns chefes visigodos desejavam e colocar seu exército em oposição aos ostrogodos pode criar inconsistências na linha, enquanto que contra os gépidas vocês podem lutar como uma só força.

— E Sangibano? — perguntou Flávio.

Aécio franziu os lábios.

— Coloquei Sangibano e seus alanos entre os romanos e os visigodos, mas assim que a batalha começar, nós nos aproximaremos e eles serão obrigados a recuar para formar uma reserva. Eles são nossa única deficiência. Ofereci a Sangibano um suborno de mais terras perto de Orléans para seus alanos se acomodarem, bem como um lugar para seus homens em meu exército em troca de sua aliança, depois de ele ter ameaçado entregar Orléans a Átila e reviver a aliança tradicional dos alanos com os hunos.

— Estes não são os alanos que vimos com o exército de Genserico em Cartago — falou Flávio. — Macróbio e eu passamos por Sangibano e seus homens a caminho de Nîmes. Guerreiros que no passado foram uma torre de força agora são gordos e indolentes, amolecidos pela vida acomodada e a autocomplacência.

— Exatamente o que esperávamos quando lhes oferecemos terras anos atrás. Dê a alguns inimigos uma vida fácil e logo eles não serão mais uma ameaça. Mas quando fui obrigado a negociar os termos com Sangibano, ainda não sabia se Teodorico se uniria a nós contra Átila e eu precisava de cada aliado que pudesse obter. Se na época eu soubesse que podia contar com os visigodos, teria tocado feliz Sangibano e seu chiqueiro de volta a Átila.

— Se eles compuserem uma reserva junto do rio, poderemos usá-los para levar água aos soldados — sugeriu Anagasto.

— São ineptos até para isso — disse Aspar. — Nesse calor, provavelmente desmaiariam antes de andar dez passos.

— Estou mais confiante nos bárbaros nos *comitatenses* — comentou Aécio. — Quando formei meu exército a caminho daqui, recrutei francos salianos e ripuarianos, burgúndios, celtas armoricanos, até alguns bretões exilados. Como não temos tempo para treinamento, aceitei apenas veteranos, oferecendo recrutamento nos *comitatenses* e patentes conforme sua experiência, bem como todo o pagamento sumamente importante quando se encerrar a batalha. Valentiniano garantiu-me que haverá ouro disponível, mas esses *milites* veteranos sabem muito bem o quanto podem confiar na palavra de um imperador quando se trata do pagamento. Dei a cada um deles, de meu próprio bolso, cinco *solidi* de ouro pelo recrutamento e provavelmente compensarei o restante eu mesmo quando chegar a hora de os sobreviventes o exigirem.

— Quais são os números gerais? — perguntou Flávio.

— Quase empatados — respondeu Anagasto. — Aproximadamente 30 mil homens dos *comitatenses* e 20 mil visigodos contra 20 mil hunos e 30 mil ostrogodos. Os *comitatenses* têm mais arqueiros de infantaria, os hunos mais arqueiros montados.

Aécio virou-se para Flávio.

— Eu o convidei aqui porque você cavalgou em batalha com Átila, porque conhece o homem. Qual é sua avaliação da tática dele?

Flávio olhou o mapa, lembrando-se dos hunos em sua terra natal e imaginando como seria seu acampamento agora nas Planícies Cataláunicas. Ele pensou bem e olhou para Aécio.

— Átila nunca travou uma batalha campal como esta — falou, enfim. — A maioria de suas batalhas foi de embates de movimento, de um exército constantemente se movendo, dominando e abatendo o inimigo em avanço ou em retirada, encontros rápidos e ferozes com poucos preâmbulos ou prudência prática. Como ele não tem cadeia de suprimento e está acostumado a campanhas nas terras áridas do Oriente, onde há pouca caça, a guerra de improviso é uma questão de necessidade, não de opção. Ao contrário de muitos comandantes godos, homens como nosso próprio Teodorico e Torismudo, ou do general ostrogodo Valamiro, Átila não compareceu à *schola militarum* em Roma nem em Constantinopla, logo não tem treinamento nas táticas de batalha campal. Não precisou delas até então; só necessitava do terror trazido pelo tufão do assalto montado huno e isto o tinha apoiado até aqui. Mas agora é diferente.

— Ele tem bons conselheiros?

— Valamiro é um tático competente. Mas, como a maioria dos oficiais godos que passaram pela *schola* em Constantinopla, é obcecado pela Batalha de Adrianópolis. Afinal, foi uma vitória goda e o local de batalha fica a pouca distância da própria Constantinopla. Mas Adrianópolis foi mais uma batalha vencida por pouco, ao contrário do que muitos foram levados a acreditar e, se Valamiro influenciar Átila, essa obsessão por Adrianópolis pode acabar sendo sua maior fraqueza tática amanhã.

— Você fala do círculo de carroças! — exclamou Torismudo. — A fortaleza sobre rodas.

— Exatamente — disse Flávio. — Se nossos batedores tiverem razão, Átila mostrou suas limitações indo ao extremo oposto da guerra móvel e fluida, onde seus guerreiros reinam supremos e optam pelo complexo fortificado atrás de carroças que permitiram que os godos em Adrianópolis resistissem a repetidos ataques romanos e depois investissem. Mas também aprendemos com Adrianópolis, para ser mais exato, a *não* cometer o mesmo erro: não fazer ataques frontais em um dia quente contra um círculo de carroças, esgotando nossos homens de cansaço e tendo baixas a ponto de serem dominados por uma força que surja do complexo.

— Assim, em vez disso, o que precisamos fazer é cercá-los e matá-los de fome — disse Torismudo.

— Obrigando-os a avançar, a enviar seus arqueiros montados em ataques-relâmpago para manter alto o moral de seus homens e erodir o nosso — interveio Anagasto. — Porém, mantendo nossa linha defensiva forte, resistimos a seus ataques e nossa linha não se interrompe, e as baixas dele serão maiores do que as nossas.

— Nossos *sagitarii* e os *comitatenses* usam arcos de alcance maior do que o arco de cavalaria huno — explicou Aécio. — Fiz um estudo especial deles nos alvos do Campo de Marte em Roma com o imperador Valentiniano, que exercita seu fascínio pelo arco e flecha sempre que se permite sair das garras daquele eunuco Heráclio. Se pudermos chegar a terreno elevado e fazer chover flechas no círculo de carroças, poderemos vencer.

Anagasto recuou, pôs as mãos nos quadris e balançou a cabeça.

— Esta ainda será uma batalha vencida principalmente pelo atrito. Temos falado de um cenário em que Átila já foi obrigado a recuar para seu círculo de carroças e, para que isto aconteça, ainda temos de enfrentar seu exército em batalha aberta e empurrá-lo de volta por esta cumeeira. Ela pode não passar de um calombo no terreno, mas para muitos homens amanhã parecerá uma montanha intransponível.

— Temos uma vantagem fundamental — disse Aécio. — Podemos manter a chegada de suprimentos e ele, não? Se conseguirmos evitar a derrota cabal e sustentarmos um impasse por mais de 24 horas, o exército dele começará a sofrer. Átila depende da busca de comida como seu exército fez no Oriente, enquanto nós ainda podemos apelar às reservas militares nas capitais diocesanas e provinciais. Quando eu era um jovem candidato na escola de oficiais, ensinaram-nos que os três eixos da batalha eram a estratégia, a tática e os suprimentos, e esta pode ser uma daquelas batalhas em que o terceiro eixo é decisivo. Agora devo me reunir com meus intendentes.

— E nós iremos ao banquete — afirmou Torismudo, levantando-se de sua cadeira, os dois godos ao lado fazendo o mesmo. — Em sua ausência, peço que Flávio Aécio tome seu lugar na tenda que armamos como salão.

Aécio acenou para Flávio, que se virou para Torismudo e fez uma mesura.

— Ficarei honrado em visitar o rei Teodorico e banquetear junto de seus filhos e capitães.

Os dois comandantes romanos de *comitatenses* levantaram-se.

— O sol está perto do zênite — falou Anagasto. — Amanhã será um longo dia, o mais longo do ano até agora.

— O mais longo de nossas vidas, para aqueles que o verão chegar ao fim — disse Aécio, pegando o elmo. — *Milites*, tivemos nosso último conselho de guerra. A próxima ordem que lhes darei será no campo de batalha. Estarei cavalgando à testa dos *comitatenses* e o rei Teodorico estará à frente dos visigodos. Saboreiem a visão de dois inimigos amargos unidos para combater o maior inimigo que qualquer um de nós já enfrentou. Minha ordem será atacar o inimigo, lutar até a última gota de sangue para derrotar Átila, o Huno.

Quatro horas depois, Flávio sentava-se no improvisado salão de banquete do rei visigodo, tendo bebido sua quarta taça de vinho diluído em um brinde e comido sua parte de javali e cervo caçado. Sabia que para alguns presentes a bebedeira duraria até o amanhecer, que sua ação na batalha seria em uma névoa de embriaguez, mas estava decidido a se levantar com a cabeça clara e não debilitado pela desidratação que resultava de excesso de vinho. Este raciocínio parecia muito distante da mente dos companheiros de Torismudo, passando de um a outro um antigo chifre de auroque adornado de ouro e cada um deles bebendo seu conteúdo todo, o chifre preenchido até a borda com cerveja de um barril de madeira para cada novo bebedor. À cabeceira da mesa, Teodorico sentava-se ao lado de um tio ancião que ele trouxera como conselheiro, um homem de cabelos prateados com pele feito couro que trazia mais cicatrizes do que todos os demais juntos. Diziam que combatera contra os romanos mais de setenta anos antes na Batalha de Adrianópolis, e estava regalando Teodorico e os mais próximos, que podiam ouvir através do barulho tempestuoso, com histórias de guerras do passado, de batalhas em que mito e realidade pareciam entrelaçados. Flávio agora podia ouvi-lo, sua voz baixa e grave recitando no antigo dialeto godo do Oriente, contando de uma batalha travada em algum lugar num baluarte montanhoso do Norte: *Corpo a corpo lutamos, em batalha feroz, confusos, estupendos, incansáveis, uma luta sem par em relatos de outrora. Proezas do passado! Os heróis que perderam este milagre jamais poderão rever algo assim.*

    Flávio esforçava-se para ouvir, mas surgiu um rugido imenso do outro lado da mesa, quando o último dos capitães bebeu sua cerveja, baixou o chifre no banco e vomitou no chão. Os homens começaram a bater as mãos na mesa, em uníssono, o criado completou o chifre e o entregou ao homem, que bebeu todo seu conteúdo, mas desta vez o reteve, arrotando e se juntando ao tumulto. Flávio viu Torismudo olhando para ele, depois erguendo a mão, pedindo silêncio.

— E então, Flávio Aécio — disse ele em voz alta, levantando a copa e gesticulando para ele, derramando vinho pelo lado. — Seu avô Gaudêncio era um comandante godo, entretanto sua mãe descende de Júlio César. Você é godo ou romano?

A gritaria e as batidas na mesa cessaram e todos os olhos voltaram-se para Flávio. Ele olhou ao redor, vendo os chefes tribais de cara vermelha, barbados e de cabelo comprido, seus elmos na mesa diante deles, enfeitados com os colares e braçadeiras que eram os distintivos de patente e valentia entre seus homens. Eram a própria imagem dos bárbaros do passado, os inimigos dos césares que vira pela primeira vez quando menino nas grandes colunas e arcos esculpidos de Roma. A bebida os deixava ruidosos e rudes, mas também os revelava como de fato eram. Alguns bárbaros tinham se romanizado, homens como o avô de Flávio, mas a corte de Teodorico ainda era de chefes tribais godos e, neste lugar, Flávio estava deslocado. Lembrou-se das últimas palavras de Aécio antes de deixar o conselho de guerra. Até a ascensão de Átila, ele e Teodorico foram inimigos mortais e os homens a esta mesa não teriam desejado nada além da destruição de romanos, tivessem ou não esses romanos avôs godos. Estavam embriagados, e essa era uma razão ainda maior para ter cuidado com o que dissesse.

Ele levantou o braço direito sobre a mesa, consciente dos olhos que o observavam, e enrolou a manga, revelando as quatro cicatrizes paralelas onde o Alaunt o marcara 12 anos antes, perante as muralhas de Cartago.

— Nem uma coisa, nem outra — respondeu ele, olhando para Torismudo. — Sou um guerreiro.

Houve silêncio entre os homens, o único barulho o crepitar do fogo. Depois alguém gritou com aprovação e bateu o punho na mesa e os outros o acompanharam. Torismudo ergueu a mão.

— Você é um guerreiro, mas a quem serve?

A mesa se calou mais uma vez e todos observavam com expectativa. Flávio pegou sua copa e olhou para Teodorico, sentado impassível à cabeceira, desfrutando da brutalidade de seus homens, mas sem se juntar a ela. Flávio ergueu a copa para o rei, bebeu e a bateu na mesa.

— Eu sirvo — disse ele, enxugando os lábios — ao rei que mostra a maior bravura em batalha e àquele que lidera seus homens à vitória ou à morte gloriosa.

Torismudo o olhou fixamente, de olhos indecifráveis, desceu a mão violentamente na mesa, pegou sua copa e a levantou.

— A nosso rei — brindou Torismudo. — A Teodorico, rei dos visigodos. Que o deus da guerra brilhe sobre ele.

Ele bebeu todo o conteúdo e os outros o acompanharam, arrotando e berrando, querendo mais. Flávio permitiu que o escravo completasse seu copo, mas o deixou transbordando, levantou-se, fez uma mesura ao rei e saiu da tenda. Enquanto faziam o banquete o sol tinha se posto e no crepúsculo ele podia ver os fogos dos godos e romanos bruxuleando pelas margens do rio. Ele foi à beira da água. As nuvens baixas se separaram e brilhou por elas a meia-lua, provocando uma miríade de reflexos espectrais nas ondulações do rio, banhando a cena numa luz misteriosa. As árvores pela margem farfalharam e ele sentiu a brisa quente no rosto. Se a batalha verdadeiramente começasse no dia seguinte, seria um combate difícil neste calor, tendo a sede como um inimigo tão grande quanto seu adversário. Precisaria se certificar de que os homens de seu *numerus* estavam bem hidratados e tinham os odres cheios antes da ordem de avançar.

Flávio ouviu movimento às costas, virou-se e viu Teodorico indo para a margem do rio. Trazia suas duas espadas, a *scramasax* mais curta à esquerda e a espada longa dos godos à direita, e suas mãos pousavam nas guardas de ouro cravejadas de pedras preciosas ao se colocar ao lado de Flávio e olhar a água. As nuvens se fecharam novamente e as águas escureceram, ameaçadoras, como uma imagem do rio Estige, dos relatos antigos da viagem ao inferno. Teodorico respirou fundo e soltou o ar lentamente, o cheiro de vinho e a fumaça do salão de banquete emanando dele.

— Amanhã, este rio correrá vermelho — disse ele em voz baixa. — Os homens saciarão sua sede no próprio sangue.

Flávio se lembrou do mantra dos godos à véspera da batalha.

— Amanhã será um bom dia para morrer — respondeu.

Teodorico virou-se e o fitou, colocando a mão em seu ombro.

— Meu tempo chega ao fim — falou ele. — Esta batalha será minha última e logo Torismudo assumirá meu manto. Se você sobreviver, Flávio Aécio, deve se cuidar. Nem a aliança com um imperador romano, nem com o rei godo garantirá sua velhice. Se precisar seguir um deus da guerra, escolha-o com cautela.

Flávio o viu se afastar e desaparecer na tenda, depois olhou para nordeste, a planície ondulante e sem árvores onde sabia que Átila mantinha acampamento. Átila também estaria lá, junto a uma fogueira, seus comandantes de guerra inebriados e contando histórias assim como faziam os godos, seu círculo de carroças proporcionando uma fortaleza de madeira como o palácio distante nas concavidades das estepes que Flávio uma vez visitara. Ele se lembrou de seu tempo ali, das faces marcadas e dos olhos penetrantes de Átila sentado a seu lado, e por um momento fugaz sentiu nostalgia, desejando também estar junto do fogo ao lado do imperador huno, vendo a batalha não em estratégia e tática, mas na adrenalina e no regozijo de um povo que tinha nascido para a guerra.

As nuvens voltaram a se separar, acima das linhas hunas, e por um segundo ele pensou ter visto algo extraordinário, uma esfera branca com uma cauda raiada subindo ao céu noturno. Ela se apagou praticamente com a rapidez com que apareceu e por um momento Flávio se perguntou se seria apenas um estranho efeito da lua refletida nas nuvens. Mas lembrou-se de sua época de menino em Roma — ainda ensinado por Dionísio, o cita — quando estudara o curso dos cometas e ouvira os monges em Châlons preverem que este ano o grande cometa registrado pelos babilônios reapareceria. Até os homens de Deus acreditavam que isto seria o presságio a grandes acontecimentos: o nascimento ou a morte de grandes reis, a derrota ou a vitória em batalha, eventos que dariam forma ao mundo futuro.

Dionísio zombara do presságio e Flávio era esperto demais para acreditar em destino. Observando a planície, porém, ele se perguntou se os xamãs de Átila também não o teriam visto, ou se estavam ocupados demais junto do fogo lendo omoplatas rachadas de bois, preparando seus próprios rituais de adivinhação. Ele voltou a olhar o céu, vendo apenas a escuridão. Se tinha sido um presságio, só podia significar uma coisa, mas Flávio não precisava acreditar em augúrios para saber o que vinha pela frente. Vira os preparativos a sua volta, os dois lados resolutamente acampados, a planície desolada à frente, o perfeito campo de morte.

Era um presságio da guerra.

# 16

O VENTO FARFALHAVA PELO TRIGAL NA PLANÍCIE, COM UM SUSSURRO pungente que parecia deixar os homens tensos, suas cabeças elevando-se acima dos trechos planos pela margem do rio, onde estavam desde o amanhecer, esperando pela ordem de avançar. Por toda aquela manhã o ar estivera parado, o calor aumentando inexoravelmente, até que eles começaram a pingar de suor sob a armadura; pelo menos a brisa lhes trazia algum alívio. Flávio a observava agora, redemoinhando e agitando os caules de trigo na encosta diante dele, e mais uma vez passou os olhos pela cumeeira a leste, procurando algum sinal dos batedores que subiram disfarçadamente ali durante a noite, buscando posições ocultas para examinar o acampamento inimigo do outro lado. A espera a manhã toda por um sinal parecia interminável, mas pelo menos o sol se elevara o suficiente para que não estivesse mais em seus olhos durante o assalto; o inimigo perdera uma vantagem tática evidente, mas provavelmente fazia o mesmo jogo, esperando para ver que lado atraía o outro para a batalha, todos atentos para aquela elevação do terreno onde os comandantes sabiam que estaria a chave para qualquer vitória.

Flávio tateou o gládio e mexeu no cinto do ombro que trazia sua espada adicional às costas, a longa lâmina embainhada e o punho escondido por uma capa de lã. Pegou um odre de água com os alanos que andavam de um lado a outro do rio para manter os homens abastecidos. Sangibano, seu líder, esquivava-se em algum lugar atrás, ofendido por não ter sido convidado a se juntar ao conselho de guerra. Esta era a menor das preocupações de Aécio, no entanto. Os alanos em seu estado atual de preparo físico não representavam ameaça alguma à ordem mundial depois da batalha e serviam hoje ao propósito pragmático de carregar água. Aécio aproximou-se dele, tomou um gole do odre estendido e observou ele mesmo a cumeeira, de olhos semicerrados.

— Caminhe comigo, Flávio. — Os dois saíram do trecho plano que servia como quartel e andaram mais ou menos vinte passos para o trigo na frente das linhas romanas, fora do alcance dos ouvidos de terceiros. Aécio virou-se para ele, falando em voz baixa: — Ainda tem certeza de que Átila avançará? Já se passaram oito horas desde o amanhecer.

Flávio fez que sim.

— Átila é um tático perspicaz, mas não é um homem paciente. Ordenará que seus soldados ataquem antes de você, *magister militum*.

Aécio tomou outro gole, enxugou a boca e devolveu o odre a Flávio.

— Muito bem. Continuaremos a esperar pelo sinal dos batedores. Podemos aguentar mais um dia, se necessário for.

— Átila não esperará tanto tempo. Não tem reservas de alimentos, como nós. Para protelar mais um dia, ele teria de enviar homens a procurar comida, diminuindo sua força e tornando-o mais vulnerável. Ele não tem alternativa senão atacar hoje.

Aécio assentiu e voltou para conferenciar com os dois comandantes *comitatenses*, Aspar e Anagasto. A disposição de suas forças baseava-se nas informações recebidas mais cedo de batedores sobre a dispersão do inimigo abaixo, do outro lado da elevação, e da provável ordem de batalha. Quando chegasse a hora, eles liderariam os dois exércitos subindo pelo flanco norte da encosta para enfrentar os ostrogodos sob comando de Valamiro, bem como os hunos de Átila no centro, enquanto a leste os visigodos combateriam os gépidas comandados por Ardorico. Flávio lembrou-se das negociações de Aécio no dia anterior com Teodorico e Torismudo para garantir que os dois exércitos godos não se encontrassem em batalha. Fora uma atitude sensata que talvez escapasse a um comandante menos capaz do que Aécio, sem seu intelecto político e a capacidade crítica nascida da própria ancestralidade goda: ele sabia o que motivava seu povo. O generalato moderno, percebeu Flávio, era uma questão muito mais complexa do que na época dos césares, quando havia uma rígida cadeia de comando e as legiões raras vezes se aliavam em batalha com uma força de mesmo poder, em particular que uma força tivesse sido uma inimiga jurada apenas algumas semanas antes.

O rei visigodo e seus filhos não estavam com Aécio, mas em seu próprio quartel, separado, com os chefes tribais, 800 metros ao sul. Esta também fora uma estratégia cautelosa por parte de Aécio, sublinhando uma promessa que fizera a Teodorico de que ele seria um aliado igual em campo, não um subordinado. Mantendo os comandantes visigodos longe do *comitatenses*, ele também evitava surtos de raiva que poderiam facilmente surgir entre antigos inimigos e que destruiriam num instante sua possibilidade de sucesso na batalha iminente. Aécio fazia um número de equilíbrio em muitos níveis, entretanto, mesmo neste jogo de espera, podia ser apenas uma questão de tempo para os visigodos questionarem sua estratégia, podendo lançar um ataque independente, enfraquecendo desastrosamente o plano. Flávio podia imaginar o que passava pela mente do tio, e sabia ser esse o motivo pelo qual ele o puxara de lado e o interrogara mais uma vez sobre Átila. Quanto antes os hunos atacassem, melhor.

Ele olhou o campo de trigo dos dois lados, um mar ondulante e dourado que continha mais de 50 mil homens posicionados para a batalha, o maior exército já colocado em campo por Roma no Império do Ocidente. Por um breve momento, sentiu-se sobrecarregado, como se o crisol da batalha estivesse apenas em suas mãos. Aécio fizera dele seu conselheiro especial devido a seu conhecimento em primeira mão sobre Átila e havia nomeado Macróbio e o restante do *numerus* como sua guarda pessoal. Era uma honra enorme, mas também uma responsabilidade assustadora. E se ele estivesse enganado? Tinha sido ele que aconselhara Aécio a não fazer um assalto preventivo, mas esperar até que os próprios hunos atacassem, encontrá-los de igual para igual na cumeeira, travar uma batalha sangrenta de atrito e torcer para vencer ali; um ataque preventivo podia encontrar arqueiros de Átila distribuídos abaixo, preparados para despejar uma tempestade mortal de flechas nos romanos e visigodos e obrigá-los a voltar pela elevação acima, enfraquecendo-os e tornando-os menos capazes de resistir ao assalto huno que inevitavelmente se seguiria. Era uma tática que Flávio tinha visto Átila empregar na Pártia três anos antes, atraindo o inimigo para um assalto sobre uma elevação deserta e encontrando uma linha fixa de arqueiros hunos.

Flávio lembrou-se da grande espada, empunhada pela primeira vez com Arturo na sala-forte do palácio de Átila. Se tivesse razão hoje, o legado dessa aventura extraordinária poderia ser não apenas a ausência das mãos de Átila na espada, o poderoso símbolo do reinado huno, mas também o que Flávio aprendera cavalgando junto dele em sua batalha simulada, absorvendo o conhecimento dos pontos fortes e fracos do grande guerreiro que agora podiam ser colocados contra ele neste dia nas Planícies Cataláunicas, onde o destino do mundo ocidental logo seria decidido.

Pela linha à direita, viu seu primo Quinto Aécio, gritando ordens ao *numerus* misto de visigodos e romanos que ele afiara numa das melhores formações de choque do exército nos últimos meses. Quinto estava musculoso e bronzeado, uma grossa cicatriz correndo por sua barba rala e descendo ao pescoço, muito diferente do menino que Flávio vira deixando a *schola* inconsolável depois de matar acidentalmente o amigo Marco Catão dois anos antes.

Outros desta turma também estavam ali, aqueles que sobreviveram para tanto: um era membro da equipe de Aécio, dois estavam entre tribunos *fabri* que supervisionaram a fortificação do acampamento atrás das linhas, e o resto liderava *numeri* de cavalaria e infantaria na encosta. Flávio viu que Macróbio também observava Quinto e eles trocaram um sorriso. Apesar de toda a bravata e tenacidade, os dois sabiam que Marco Catão estava hoje com Quinto, que, a cada passo que ele desse encosta acima, seus ouvidos estariam soando com aquelas palavras que Macróbio lhe gritara ao lado do cadáver ensanguentado na *palaestra*, que ele devia, pelo amigo, sustentar o que fazia como homem e levar adiante a honra de Roma.

Flávio estreitou os olhos para o céu. O sol estava perdido na neblina, mas a umidade aumentava e ele sentiu o suor escorrer pelo pescoço. Olhou novamente a cumeeira. De súbito viu algo, um homem ao longe correndo pelo trigo na direção deles, cortando uma trilha na elevação, encosta abaixo. Seguiu-se outro, e mais além ele viu outros dois saírem de seu esconderijo e agitar as bandeiras. Todos os batedores deviam permanecer na cumeeira depois que o assalto começasse para sinalizar quaisquer alterações no movimento inimigo, mas ele não culpava os dois que fugiam, procurando a segurança relativa em suas próprias linhas, em vez de a morte certa entre os dois exércitos adversários.

Aécio e os dois generais levantaram-se rapidamente, colocaram o elmo, e Flávio fez o mesmo.

Por toda a linha, uma imensa massa de homens se erguera, faiscando lanças e espadas, a cavalaria *comitatenses* montada, os cavalos bufando e pisoteando. O chefe do mosteiro em Châlons, que estivera esperando por este momento com vestimenta e água benta, tentou ungir Aécio, que o empurrou de lado; não era hora para Deus. Ele irrompeu à frente da linha e se virou.

— Preparem-se para a batalha — gritou, em seguida avançou cumeeira acima, de espada em punho.

Flávio puxou o gládio e olhou para Macróbio.

— Está preparado, centurião? — Ele se virou aos demais do *numerus*. — Apsachos? Máximo? Catão? Todos vocês, soldados? Estão preparados?

Eles bateram as espadas.

— *Ave*, tribuno.

Flávio apontou a espada para Aécio.

— Então, à guerra.

No início, o exército avançou sem saber se o inimigo fazia o mesmo, sua visão das linhas hunas completamente obstruída pela elevação e tendo que se basear apenas pelos sinais dos batedores. E então, um dos homens que descera correndo da cumeeira passou disparado por Aécio, gritando: *"Os hunos estão chegando, os hunos estão chegando."* Aspar o segurou, arrastando-o trôpego e ofegante encosta acima enquanto o interrogava, soltando-o em seguida.

— Átila aproxima-se em linha, subindo a encosta como nós, primeiro sua infantaria — gritou ele a Aécio. — Você tinha razão.

Flávio olhou de um lado a outro. A cavalaria estava a meio galope atrás da infantaria, pronta para cavalgar ao conflito ou contornar pelos flancos. Mandá-los avançar em um ataque frontal teria sido arriscar sua chegada à elevação exaustos e à plena vista dos arqueiros hunos, que no momento podiam estar mirando do outro lado. Átila claramente decidira fazer o mesmo, manter a cavalaria em reserva, sabendo que os arqueiros montados, em particular, eram valiosos demais para serem enviados cumeeira acima, alvos fixos nesse de momento de incerteza enquanto percebiam que não havia investida da cavalaria romana para contra-atacar e só uma enorme onda de infantaria avançando contra eles. Flávio sentiu a boca secar enquanto avançava, o sinal do medo e da adrenalina que experimentara pela primeira vez diante de Cartago. A batalha dos Campos Cataláunicos seria um embate de soldados a pé, uma batalha de um tipo mais brutal, milhares de homens atacando e lutando com espada, maça e punhos pela posse daquela elevação e pelo controle do campo de batalha.

Logo à direita de Flávio, o flanco esquerdo do exército visigodo avançava sob o comando de Radagaiso e Tiudimer, com Teodorico e Torismudo fora de vista, vários estádios para o sul, onde se esperava a principal investida dos gépidas de Ardorico. Um homem — um *milites* romano que ousadamente avançara atrás de Aécio, mas depois refugou, provavelmente esmagado pela enormidade do exército atrás dele e sua própria visibilidade à frente dos soldados — oscilou, cambaleou e errou demais à direita, à frente das linhas visigodas; de repente caiu de joelhos e largou a arma, cobrindo as orelhas com as mãos e enroscando-se em uma bola no chão. Radagaiso foi a ele, o rosto contorcido de fúria, pegou o homem pelo cabelo e o decapitou com um único golpe de espada, virando e segurando a cabeça no alto para que seus homens vissem.

— É isto que acontece aos covardes — berrou, jogando a cabeça na direção da cumeeira, o sangue espirrando em volta dela.

Aécio estava muito à frente e concentrado demais na cumeeira para testemunhar o acontecimento, mas, ainda que não fosse o caso, Flávio sabia que não teria tentado impedir; só o que importava agora era manter o ímpeto. Que o primeiro sangue numa batalha fosse um ato disciplinar de seu próprio lado não era necessariamente um mau presságio, tratava-se de algo que podia endurecer a determinação dos soldados que seguiam; entretanto, nas circunstâncias desta aliança, a execução de um soldado romano por um líder godo à plena vista do exército podia ser compreendida como um ato de provocação letal, algo que levaria à total desintegração da linha porque os camaradas do homem procurariam se vingar, atacando os visigodos. Felizmente, o acontecimento pareceu ter sido esquecido com a mesma rapidez com que se desenrolou e o corpo do homem foi pisoteado e deixado bem para trás, com o avanço do exército. O próprio Flávio viu que Radagaiso não teve a intenção de provocar e sem dúvida teria feito o mesmo com um de seus próprios homens, se tivesse mostrado hesitação ou desespero, provavelmente lidando com ele com mais selvageria e fúria do que a que infligira ao romano.

A cumeeira estava a menos de trezentos passos à frente. Flávio ofegava muito, o suor escorria de seu rosto, o coração batia como um tambor. O solo seco abaixo do trigo estremecia e vibrava com o martelar de milhares de homens de armadura subindo a encosta. Tudo no passado, todo o planejamento e estratégia, os pensamentos que ocuparam as longas horas da manhã, pareciam recuar como o campo plano de trigo a suas costas e ele só conseguia se concentrar no presente, em um mundo de sensações e na ação, dando pouco espaço para a reflexão. Era um mecanismo antigo do soldado prestes a entrar em batalha, um travamento dos processos de pensamento que permitia colocar em menor perspectiva a enormidade e o horror do que estava a ponto de acontecer. A única coisa que importava agora era segurar bem a espada, o bater dos pés, o treinamento e o instinto que assumiriam assim que ele fizesse o primeiro contato com o inimigo.

Macróbio estava à frente, avançando com os outros do *numerus* para cercar e proteger Aécio, tentar reduzir seu passo e trazê-lo de volta, para trás da liderança do exército. Ele não precisava mais estar no front para estimular e liderar as tropas no avanço, e era mais importante que sobrevivesse ao embate inicial para orientar a batalha à medida que ela se desenrolasse. Aécio também entendeu isto e ficou para trás com eles, deixando que o *numerus* o envolvesse enquanto a infantaria fluía à volta e subia a encosta com estrondo. Os indivíduos mais à frente estavam a menos de duzentos passos da crista da cumeeira e ainda não viam nada à frente, apenas a linha ondulante de trigo e a névoa do céu mais além. Por um momento fugaz, Flávio se perguntou se tudo aquilo não seria só um sonho, se Átila e seu exército não passariam de uma fábula da imaginação conjunta, uma miragem vista pelos batedores na névoa e no calor. Era como se eles subissem correndo uma encosta onde tudo o que havia além era a margem do mundo e uma queda no abismo.

E então ele ouviu. O bater dos pés parecia ter se duplicado, um ruído pulsante que martelava em seus ouvidos. O chão não mais vibrava apenas, mas sacudia-se, toldando a linha da cumeeira à frente. E então o exército huno entrou repentinamente em seu campo de visão, milhares de homens vestidos de preto, berrando e brandindo as armas na linha da cumeeira, no máximo a dez passos dos primeiros soldados romanos. Ele mal teve tempo de registrar isso quando os dois exércitos se chocaram, o enorme ímpeto de cada lado provocando uma sanfona humana até que o centro tornou-se uma massa sólida de carne, esmagando os homens no meio com uma força que repercutia de cada lado, lançando os homens à frente de volta a Flávio e empurrando no trigo aqueles atrás dele.

Enquanto ele se levantava e a linha se sacudia, o barulho foi substituído por uma cacofonia de gritos estridentes e berros, pelo choque do aço e o baque e esmagar de maças e clavas. O emaranhado de corpos do embate inicial tornou-se a linha de frente, os hunos de um lado e os *milites* e visigodos do outro, atacando-se e cortando-se, derrubando homens de seu próprio lado que estavam próximos demais para evitar as armas dos camaradas. Corpos empilhavam-se sobre corpos até que os dois lados estavam separados demais para fazer contato e então subiam e escorregavam pelo monte, não mais capazes de brandir as armas, atacando-se com as mãos e os dentes, procurando os olhos e o pescoço, como lhes ensinaram.

A pressão de homens subindo a encosta forçou-se cada vez mais no moedor de carne, milhares lutando desesperadamente pela vida em uma faixa de terra com no máximo dez passos de largura e já tomada de uma pilha alta de cadáveres. O sangue descia a encosta e passava por Flávio em rios viscosos e vermelhos, como se a própria cumeeira sangrasse, trazendo dedos, pernas e braços decepados e, pior, pedaços de carne que davam a impressão de terem sido arrancados de corpos vivos por animais selvagens em um frenesi de alimentação.

Flávio ficou assombrado com a ferocidade e a velocidade do ataque e sabia que os milhares de outros colocados ao longo da linha pouco atrás do combate sentiam o mesmo. Mas ele tinha ciência de que precisavam manter a coragem e sustentar sua posição, prontos para contra-atacar qualquer avanço e impedir que os hunos assaltassem os flancos romanos. Ele já podia ver homens dos dois lados que tinham ultrapassado a pilha de corpos, travando duelos desesperados antes de serem dominados pela mera vantagem numérica. Ele viu a arma que mais provocara medo nos pártios três anos antes, os laços com lastro que chicoteavam da linha huna como línguas de serpente, matando instantaneamente os romanos e visigodos que levavam toda a força do chumbo na cara, enrolando-se no pescoço de outros que eram arrancados do chão e arrastados indefesos para as linhas hunas, onde lhes davam cabo com espadas e maças, suas mãos agarradas ao pescoço e os olhos e narizes espirrando sangue com o aperto dos nós.

Da massa em turbilhão, veio um guerreiro huno cambaleando para eles, tendo perdido um olho e com a face horrivelmente mutilada, como se um cão o tivesse atacado. Aécio ergueu a espada, mas Macróbio saltou à frente e pegou o homem pelo pescoço, torcendo-o de lado com a espada ainda embainhada e largando-o no chão enquanto o sujeito soltava seu último suspiro aos gorgolejos. Outro homem apareceu atrás dele, mas desta vez era o chefe gordo Radagaiso, uma massa ensanguentada de pele pendendo da boca e um globo ocular balançando-se de um cacho, o resultado horrendo de sua luta com o huno; ele cambaleou, arremeteu e caiu no chão de olhos arregalados, um machado cravado fundo nas costas. Pela linha à esquerda, Flávio via sangue e pedaços de carne voando pelo ar como lama de uma carroça em alta velocidade, onde um *numerus* de machadeiros ibéricos entrava na refrega, faiscando as armas acima da peleja quando as erguiam e desciam com um barulho nauseante de osso quebrado e carne pulverizada.

Flávio perguntou-se quantos dos guerreiros hunos adversários seriam homens com quem ele cavalgara junto de Átila dois anos antes. Lembrava-se de que ele e Átila tinham conversado sobre o que os gregos chamavam de *kharme*, a sede de batalha. Perguntou-se se Átila tinha agora esta sede, ou se na realidade era incapaz de senti-la sem ter na mão a espada sagrada. Enquanto olhava pela linha, procurando por algum sinal do líder huno, sentiu uma redução na ferocidade da batalha, os homens que momentos antes se lançavam uns aos outros através das pilhas de cadáveres agora recuando em linhas irregulares de cada lado da cumeeira. O que restava da explosão que havia pulsado pelas linhas romanas desde o assalto inicial, empurrando os homens para a frente uma vaga após outra, finalmente se esgotara, como uma imensa onda do mar que se choca numa praia, para depois recuar fervilhando e desordenada. Flávio sentia que o mesmo ocorria do lado huno. Era como se as baixas, a exaustão e o choque do embate tivessem envolvido os sobreviventes e os deixassem atordoados, o ímpeto de trás não mais o suficiente para obrigá-los a avançar sobre os corpos ou contra o adversário. Eram como duas grandes feras maltratadas e diaceradas depois de um duelo, rosnando e babando, porém não mais capazes de travar um combate mortal, a vontade de lutar ainda presente, mas a energia dissipada e seus braços e pernas incapazes de responder.

A batalha parecia suspensa na balança. Flávio sabia que o menor evento agora podia mudar o curso da história: uma explosão renovada de ferocidade de alguns soldados na linha, os gritos de um oficial saltando à frente para estimular seus homens, um sinal celeste que repentinamente assumisse um enorme significado. Ele sabia que haveria aqueles do outro lado observando também, esperando pelo momento certo para agir.

E então viu a figura de um guerreiro montado erguendo-se da linha escura do exército huno, o cavalo espumando e pisoteando, jogando a cabeça de um lado a outro, o homem no alto sólido e imperturbável, olhando à frente com as mãos nos quadris. Mesmo antes de reconhecê-lo, Flávio sabia que só podia ser Átila. Estava a menos de cinquenta passos, mais perto do que Flávio teria imaginado chegar ao rei huno novamente, tão próximo que podia ver as linhas de seu bigode e as três cicatrizes brancas em cada face. Ele se ergueu na sela, retesou-se e berrou como um touro, um som extraordinário que trovejou e estalou pela linha como um trovão. Os demais hunos o imitaram, gesticulando e olhando de banda os romanos e visigodos a apenas alguns passos.

O barulho dos berros foi tragado por um imenso choque de armas, espada contra escudo, machado contra perneiras, como o som de uma grande cascata montanhosa caindo em uma garganta.

Flávio sentiu uma repentina apreensão percorrer a linha de frente romana, distinguiu o cheiro do medo. Era tarde demais para Aécio reagir à altura; Átila tinha a vantagem. Mas Flávio sabia que Átila também fizera um jogo muito arriscado: havia aparecido sem arma em punho. Talvez, aparecendo desarmado, pretendesse provocar os romanos, revelar sua invencibilidade mesmo sem armas e fortalecer seu exército huno, mostrar-lhes que confiava na força de armas deles para vencer. Mas havia uma verdade por trás do jogo de Átila que só Flávio, Macróbio e Aécio conheciam, uma verdade que agora podia ser usada de forma arrasadora contra ele. Flávio sentiu a linha huna ficar nervosa, indócil, mais uma vez levando as mãos às armas, preparando-se para um assalto renovado. Olhou para Aécio, que assentiu. *Chegou a hora.*

— Macróbio! — gritou Flávio, olhando o *numerus* a sua volta. — Vocês, homens. Levantem-me nos ombros.

Macróbio de imediato avançou, embainhou a espada e pôs as mãos em concha para Flávio subir, o *optio* Catão de um lado de Flávio e Semprônio e Máximo atrás. Quando estava no alto de seus ombros, acima dos *comitatenses* e visigodos que o cercavam e claramente visível a Átila e à linha huna, ele estendeu a mão para trás e abriu a aba que cobria a longa espada presa às costas, sentindo a pedra dura e irregular do pomo e fechando a mão no punho. Ele a sacou com um só movimento e a ergueu, olhando ao redor e vendo todos os olhos fixos nele.

— Temos a espada de Átila — gritou Flávio. — *Nós temos a espada de Átila.*

Macróbio a havia polido na noite anterior e o metal precioso que fora ligado com ferro para tornar a lâmina mais forte do que o aço tinha um lustre especial mesmo nesta neblina, como se absorvesse a luz solar e a irradiasse sobre os homens reunidos na cumeeira. Ao olhar para ela, estreitando os olhos com seu reflexo, Flávio lembrou-se do que Erecan dissera a Prisco sobre a espada, que seu segredo, seu domínio sobre os homens, não estava em qualquer magia dos xamãs, mas na habilidade dos ferreiros, na antiga perícia daqueles que produziam armas de guerra: aqueles que sabiam que o poder de uma ótima espada feita para um rei não estava em seu punho ou em seu nome, mas no caráter especial da aparência que fazia outros se unirem a seu portador ou se encolherem diante dela.

Subiu um grito imenso do lado romano, ressoando pela linha. Átila berrou novamente, mas desta vez de horror. Seu cavalo empinado, quase o lançando para o chão, bateu em retirada e desapareceu na encosta em uma tempestade de poeira. Os hunos na linha de frente viraram-se para vê-lo, tirando os olhos do inimigo, a adrenalina que havia-se acumulado para o ataque agora os deixando confusos e desorganizados. Aécio aproveitou o momento e saltou à frente, de espada em punho, seguido por Macróbio e pelos demais do *numerus*, rompendo a linha de frente com os *comitatenses* atrás dele, subindo pelos montes de corpos e irrompendo sobre os hunos. Segundos depois, toda a linha romana e visigoda havia fechado o espaço e tomado a crista da elevação, abatendo uma multidão de hunos que se comprimiam ao grosso de seu exército numa tentativa desesperada de escapar. Por toda a linha, soaram as trombetas romanas, o sinal para os *comitatenses* firmarem posição e parar na cumeeira; Aécio instruíra os comandantes a consolidar e esperar por reforços, em vez de perseguir o inimigo encosta abaixo e correr o risco de entrar em uma linha reformada, fortalecida com arqueiros da reserva de Átila.

Flávio colocou a grande espada na bainha, pegou seu gládio e observou os hunos batendo em retirada encosta abaixo, na direção do círculo de carroças que ele sabia estar em algum lugar na neblina e na poeira para além dali. O barulho havia mudado, os ruídos de combate substituídos pelos gritos dos feridos e os gemidos dos moribundos, o coro de dor de milhares de homens abatidos.

A carnificina havia sido pavorosa, em uma escala que ele jamais teria pensado ser possível em tão breve tempo. Os homens de seu *numerus* escaparam incólumes, tendo recuado como um cordão em volta de Aécio, mas aqueles que foram lançados para a frente no horror encrespado da cumeeira pagaram um preço medonho. A maioria dos tribunos das unidades *comitatenses* de liderança estava morta, bem como muitos de seus oficiais maiores; Aspar jazia ensopado de sangue contra uma pilha de cadáveres, recebendo os primeiros socorros de homens de seu *numerus* pessoal, de algum modo ainda vivo, apesar de seu pescoço ter sido envolvido por um laço e a cabeça quase decepada.

Átila sofrera um golpe em seu prestígio, mas permanecia vivo e seus arqueiros montados ainda eram inimigos formidáveis. Ele saberia que o exército romano tinha sido severamente enfraquecido e que as baixas incluiriam chefes tribais como o godo Radagaiso, que teriam liderado do front e não se permitiriam recuar e ser protegidos como Aécio. O curso do combate no norte e no sul contra os ostrogodos e gépidas ainda não era claro; Aécio enviou prontamente mensageiros para informar seus comandantes do sucesso no centro, tentando espicaçar sua determinação. Mas, com o centro da cumeeira agora em mãos romanas, eles estavam em uma posição excelente tanto para a defesa quanto para o ataque, capazes de conter investidas hunas encosta acima, bem como fustigar o inimigo de longe. Flávio já via os *sagitarii* subindo a encosta de suas posições de reserva, por ordens de Aécio, agora que a elevação estava garantida, prontos para despejar flechas no inimigo. Ao longo da cumeeira, tribunos *fabri* organizavam os *milites* para empilhar os cadáveres, de companheiros e inimigos, em um longo monte pela vanguarda, criando uma fortaleza de carne a partir da carnificina da batalha.

Flávio voltou-se para Aécio.

— Congratulações, *magister militum*. Este é o maior feito de armas de todos os tempos.

A face de Aécio estava rígida como pedra.

— A batalha ainda não acabou. A maré da guerra ainda pode se voltar contra nós. Preciso de você a meu lado, tribuno, para me dizer o que Átila fará a seguir.

— Ave, *magister militum*.

# 17

Flávio e Aécio observavam da cumeeira quando uma cena extraordinária se desenrolou frente a seus olhos. A encosta descia a uma planície monótona semelhante àquela que eles acabaram de atravessar, mas ali não havia rio ao longe para quebrar a vista. O calor do sol e de tantos homens e cavalos em um espaço tão confinado, respirando, transpirando e sangrando, tinha criado uma névoa que flutuava sobre o campo de batalha e ocultava tudo que estivesse além de alguns estádios de distância. Porém, da névoa, a cerca de quinhentos passos abaixo da cumeeira, assomava a frente do círculo de carroças de Átila, as rodas colocadas para fora e as laterais das carroças formando uma tela quase contínua de madeira, como a muralha de um forte. De seu ponto de observação na cumeeira, podiam enxergar o interior do círculo, mas a visão era bloqueada pela elevação de uma enorme nuvem de poeira; tudo o que Flávio conseguia observar era um ocasional clarão de aço e um borrão de cascos e pernas. Além disso, ouvia também relinchos e uivos com o barulho que subia do círculo, como o ronco de uma multidão em uma arena. Ele se virou para Aécio, elevando a voz para ser ouvido no tumulto:

— Vi isto em Pártia. Átila está atiçando seus arqueiros montados, fazendo-os cavalgar em círculo de modo que fiquem tensos como uma mola, prontos para disparar ao ataque.

Aécio voltou-se para Aspar.

— Diga aos tribunos dos *sagitarii* para alinhar os homens em formação cerrada em duas fileiras de salva. Não devem atirar suas flechas em um arco alto para cair entre o inimigo, mas esperar até que eles estejam à queima-roupa, até que possam ver o branco dos olhos dos cavalos. Só devem disparar a uma ordem minha.

Aspar gritou as ordens pela linha. Flávio virou-se e viu os primeiros homens dos dois *numeri* de *sagitarii*, cada um deles com quinhentos arqueiros, chegando à crista e pegando os arcos. Tinham ficado como reservas atrás da força principal, valiosos demais para desperdiçar no assalto inicial, mas agora era essencial que estabelecessem posição com a maior rapidez possível, para tirar proveito do terreno elevado. Outros deles chegaram, ofegando muito, as aljavas repletas de flechas, as pontas de ferro brilhando por terem sido afiadas um pouco mais na noite anterior.

Ouviu-se outro som do círculo de carroças, um som que Flávio já tinha escutado antes, o entoar gutural sinistro que enchera o ar noturno nas terras da estepe do Oriente três anos antes. Era o último som que os cavaleiros hunos na planície de Pártia fizeram antes de atacar e ele viu o primeiro deles aparecendo agora, rompendo de uma abertura no círculo e liderando um fluxo de cavaleiros que se espalhou pela planície e subia com estrondo a encosta na direção deles.

Apsachos, o sármata, virou-se para Macróbio.

— Permissão para me unir aos *sagitarii*, centurião.

— Permissão concedida — resmungou Macróbio, com os olhos nos hunos. — Mas poupe a última flecha para mim, caso me veja capturado.

O chão agora se sacudia com a aproximação dos hunos. Flávio olhou os dois lados da cumeeira. À direita, ao longe, teve um vislumbre de Quinto, ensanguentado, porém de pé, os homens sobreviventes de sua unidade formando um perímetro defensivo na extremidade da elevação. Muito poucos *sagitarii* estavam em formação, menos de cem de cada *numerus*, o resto ainda fora de vista, subindo a encosta a partir do oeste. Mas o ponto fraco da posição na frente da primeira carga huna podia funcionar a favor deles. Em sua velocidade atual de ataque, os hunos manobrariam e dispariariam antes que o grosso dos soldados tivesse assumido posição, limitando as baixas aos homens já na cumeeira. Aqueles que vinham atrás teriam de manter a coragem, passando por cima dos corpos dos camaradas e refazendo a linha, mas estariam presentes em número suficiente. Flávio segurou com força a guarda da espada. Os hunos agora estavam a menos de duzentos passos, perto de seu alcance preferido para manobrar a montaria e apresentar os arcos.

Ele sabia que Aécio não daria a ordem para que os *sagitarii* atirassem neste momento, que aqueles que estavam em posição seriam sacrificados para garantir o máximo efeito quando o resto dos homens tivesse chegado. Disparar uma saraivada exaurida agora seria mandar a mensagem errada aos hunos, faria com que redobrassem os esforços enquanto se preparavam para outra carga, acreditando que a cumeeira tinha uma defesa fraca e Aécio estava despreparado para um assalto. Para ter qualquer possibilidade de derrotar um inimigo tão formidável, Aécio teria de garantir o mais poderoso golpe possível quando a linha estivesse em sua maior força.

Os hunos agora estavam dentro do alcance, movendo-se em paralelo com a cumeeira, os cavalos arremetendo para a frente e os arqueiros virando-se e erguendo os arcos. Pálido e abatido, o tribuno dos *sagitarii* mais próximo olhou para Aécio, mas o *magister militum* permaneceu impassível, mantendo-se firme e olhando inexoravelmente à frente. Com um forte grito enquanto os cavalos rodavam, os arqueiros hunos soltaram suas flechas ao se aproximarem, as pontas cortando o ar com um assovio estridente e caindo nos homens da cumeeira como se fossem hastes de trigo, cada segundo ou terceiro homem dos *sagitarii* tombando mortos ou feridos. O tribuno que tinha parecido desesperado tombou com uma flecha atravessada no alto da coxa, o sangue pulsando da artéria em grandes jatos, até que ele arriou lentamente no chão. Atrás de Flávio, Catão, o *optio* de seu próprio *numerus*, largou a espada e passou a lutar em vão com uma flecha que atravessara seu pescoço, gorgolejando e espumando sangue, em seguida caindo morto de costas, arregalado de incredulidade.

Os hunos rodaram perto da linha de suas carroças, prontos para outra investida, o ar entre os dois exércitos um redemoinho de poeira dos cascos dos cavalos. Aécio virou-se para Flávio e o segurou pelo ombro.

— Você e Macróbio devem assumir o *numerus sagitarii* sul. O centurião deles também caiu. Devem reunir os homens que chegam e colocá-los em posição. Com as pontas de ferro pesadas que ordenei que colocassem nas flechas na noite passada, seus arcos lhes darão uma vantagem de vinte passos no nível de voo sobre os arcos hunos. Espere por minha ordem.

Macróbio já estava entre os homens, gritando ordens para aqueles que quase tinham chegado, ajudando a empurrar de lado os cadáveres e feridos para abrir espaço e refazer a linha.

Minutos depois havia duzentos deles, depois trezentos homens espaçados pela cumeeira, protegidos na extremidade por Quinto e seus soldados, os arqueiros representados por um número semelhante no *numerus* do outro lado. Era a massa crítica necessária para tornar eficaz a salva de flechas, mas, mesmo assim, a vantagem seria mínima. Os hunos já subiam a encosta novamente, seus cavalos espumando e de olhos arregalados, galopando com o próprio ímpeto, deixando os arqueiros livres para preparar os arcos a fim de disparar quando estivessem dentro do alcance.

Macróbio andava de um lado a outro da linha, berrando ordens:

— Escolham seu adversário enquanto ele estiver manobrando o cavalo e mantenham-se fixados nele. Quando vier a ordem, os dois primeiros homens à direita da linha disparam no primeiro cavaleiro, percorrendo a linha aos pares enquanto eles rodam e atacam. Lembrem-se, eles são alvos móveis, portanto mirem pouco à frente deles. Esperem pela ordem de Flávio Aécio.

O chão trovejava e vibrava quando os primeiros hunos começaram a girar o corpo. Macróbio gritou novamente:

— Retesar os arcos! — Passaram-se segundos, longos segundos, enquanto outros hunos se preparavam para atirar.

— Soltem! — gritou Aécio. A primeira dupla de *sagitarii* soltou suas flechas à queima-roupa no cavaleiro líder, derrubando-o de seu cavalo e, em rápida sucessão, o restante do *numerus* disparou enquanto os hunos se aproximavam. O que parecia um ataque irreprimível tornou-se uma cena do mais completo caos, os primeiros cavalos caídos bloqueando os demais e, em instantes, dezenas de cavalos e homens se empilhavam em um monte na encosta, os cavaleiros que vinham atrás dando guinadas para todo lado numa tentativa de evitar a carnificina, caindo presas eles mesmos das flechas. Agora os *sagitarii* atiravam à vontade, despejando um fluxo contínuo de flechas nos hunos. Centenas jaziam mortos e feridos, os cavalos sobreviventes galopavam para o círculo de carroças, mais frequentemente sem seus cavaleiros. Flávio respirou fundo e olhou para Aécio. Seu plano dera certo. Sem uma única baixa para os romanos durante o segundo assalto, os hunos foram afugentados e abatidos, os sobreviventes obrigados a entrar num círculo de carroças mal abastecido demais para suportar um sítio por muito tempo.

Ele voltou pela cumeeira até Aécio, parando para se ajoelhar junto do cadáver de Catão, quebrando e retirando a flecha de seu pescoço e fechando-lhe os olhos. Não sentiu nada, nem remorsos, nem pesar, como se o falecimento em batalha de um homem que ele conhecia havia 12 anos fosse tão inevitável como o ciclo lunar; então se lembrou do filho pequeno de Catão em Roma e se perguntou se um dia ele saberia como o pai tinha morrido: enfrentando o inimigo e entregando sua vida ao maior combate que Roma já travara contra uma força bárbara em toda a história. Ele se levantou, foi a Aécio e, juntos, olharam a matança de homens e cavalos encosta abaixo, observando enquanto os *sagitarii* finalizavam os inimigos feridos que tentavam mancar e se arrastar para fora de alcance.

— Átila ficará furioso, mas saberá que perdeu qualquer esperança de vantagem tática — disse Flávio. — Pode experimentar outra incursão, mas sabe que terá o mesmo resultado. Por fim, a fome e a sede o impelirão a sair. Esta parte da batalha pode estar vencida, porém a matança ainda não acabou.

Aécio apontou para o sul com a cabeça, onde um difícil embate ainda acontecia entre a principal força visigoda e os gépidas de Ardarico.

— Os *sagitarii* continuarão aqui com o resto do *comitatenses* de Aspar para manter Átila ao largo. Anagasto agora pode deslocar seu *comitatenses* para reforçar Teodorico e Torismudo contra os gépidas. Isto é, se Teodorico e seus filhos ainda estiverem vivos e dispostos a aceitar um exército *comitatenses* em suas alas. Com a batalha agora virando a nosso favor, as intenções e o equilíbrio de poder entre nossos aliados pode ter se alterado, Flávio. O que começou como uma aliança de necessidade entre romanos e visigodos pode se tornar uma competição para preencher um vácuo deixado no império do Norte com o recuo do espectro de Átila. Para um general, a orquestração da tática de batalha muda rapidamente para a estratégia da política e do jogo de poder. Considere-se sortudo por ainda ser um tribuno e poder se concentrar apenas na luta. Eu agora devo participar de um jogo diferente.

Outro barulho surgiu do círculo de carroças, um ruído oco e retumbante, ecoando do círculo no ar úmido acima da cumeeira. Os soldados pararam o que faziam: os *sagitarii* que completavam suas aljavas, Macróbio e os outros do *numerus* que estavam agachados em torno do corpo de Catão... Todos pararam para observar a cena extraordinária que se desdobrava abaixo deles. A poeira dos cavaleiros tinha baixado e o interior do círculo agora era claramente visível, os sobreviventes do exército huno agachados e deitados desordenadamente pela beira, seus cavalos encurralados em volta deles. No meio, havia um monte de selas dos cavalos mortos que se elevava a uma altura de no mínimo cinco vezes a de um homem, cercado por tábuas e rodas empilhadas de carroças desmontadas. De pé em uma plataforma estava um sujeito, de manto e armadura pretos, os pés plantados e firmemente separados, de frente para a cumeeira. Sempre que ele gritava, erguia os braços e cerrava os punhos, como se seu corpo sofresse espasmos de fúria.

Flávio olhou, hipnotizado. *Era Átila.*

— O que ele está fazendo? — murmurou Aécio.

— Construindo sua própria pira funerária — respondeu Flávio. — Está nos dizendo que talvez o tenhamos engaiolado, mas ele não permanecerá assim por muito tempo. Os hunos são guerreiros das estepes, dos vastos espaços abertos, e não estão acostumados a ser enjaulados em fortalezas e cidades. Ele nos diz que prefere morrer pelas próprias mãos ou na luta a definhar em um sítio.

Macróbio aproximou-se e ficou ao lado deles.

— Ele parece um leão abatido pelas lanças de caçadores, que anda de um lado a outro da jaula e não se atreve a correr, mas jamais deixa de apavorar os que estão por perto com seu rugido.

Aécio estreitou os olhos. Falou:

— Assim que os visigodos e o *comitatenses* de Askar tiverem destruído os gépidas e não houver mais nenhuma ameaça de contra-ataque pelos flancos, ordenarei que os *sagitarii* desçam a encosta a uma posição onde podem fazer chover flechas dentro do círculo. A cavalaria *comitatenses* subirá à cumeeira, pronta para conter qualquer último assalto huno. Não me interessa atender aos desejos de Átila, mas eu o verei e a seu exército destruídos neste dia, ou permitirei que parta como um inimigo derrotado. Minha decisão dependerá dos visigodos, de quem sobreviver entre Teodorico e seus filhos e de onde estará seu futuro.

Outro som chegou a eles, desta vez do barulho abafado do conflito entre os visigodos e os gépidas ao sul: o som grave e ressonante de um toque de chifre, longo, seguido por outro curto, como se interrompido abruptamente. Flávio sentiu os pelos da nuca se eriçarem, cada músculo de seu corpo tenso, uma reação instintiva de algum lugar no fundo de sua alma. Ele já ouvira este som antes, quando o avô Gaudêncio fora encurralado por lobos quando caçavam na floresta e ele e seus primos godos cavalgaram em seu resgate. Era o chifre de guerra dos reis godos, soprado apenas em momentos de maior perigo. Ele se lembrou da pergunta de Torismudo sobre sua aliança, na noite anterior no salão de banquete. Seu lado romano lhe dizia que havia pouco que agora pudesse fazer por Teodorico, que seu lugar era ali, ao lado de Aécio, que o rei já não poderia ser auxiliado. Mas seu lado godo lhe dizia que, mesmo que Teodorico tivesse caído, era seu dever se juntar a Torismudo e o irmão e reclamar o corpo, então lutar para se vingar daqueles que mataram o rei. Flávio sabia que, apesar de sua inimizade amarga e passada com Teodorico, Aécio devia sentir o mesmo chamado ancestral do chifre de guerra, pois ele era ainda mais próximo do que Flávio de seu ancestral godo, mas que, como general, devia livrar-se do instinto e permanecer em seu lugar, senhor do campo de batalha.

Flávio virou-se para ele, mas não precisou pedir. Aécio apontou para o sul.

— Vá.

Flávio gritou para Macróbio, que tinha voltado aos *sagitarii*:

— Centurião, comigo.

Colocou a espada na bainha e desatou a correr, seguido por Macróbio e os outros homens do *numerus*, Apsachos e Máximo vindo com dificuldade atrás deles, desviando-se e pulando os cadáveres que jaziam no campo de batalha, saltando o regato tomado de sangue pouco abaixo da cumeeira e avançando com a maior velocidade possível para a luta. Ele distinguia um ou outro visigodo subindo da margem do rio, avançando atrás de seus chefes para se unir à refrega, gritando e berrando ao alcançarem o embate de armas no centro; os gépidas mantinham a linha e resistiam a cada tentativa visigoda de rompê-la e separá-los, o que tornaria mais fácil dominar e matar. Duzentos passos mais adiante, com as pilhas de corpos ainda mais altas, Flávio sacou o gládio e gritou enquanto corria, liderando Macróbio e os demais pela linha externa gépida, à peleja no centro do combate.

Flávio golpeou e atacou, pegando um homem no pescoço e escorregando com ele no chão ensanguentado, colocando-se de pé num salto no instante em que uma saraivada de flechas dos arqueiros visigodos batia na linha de gépidas a sua esquerda. Ele correu ao lugar onde sabia que provavelmente Teodorico estaria liderando o avanço de seus homens, depois viu algo que o fez parar de pronto. Os gépidas eram parentes próximos dos ostrogodos, mas eram mais baixos, mais parrudos e usavam espadas mais curtas; os homens que Flávio viu à frente não eram gépidas, mas ostrogodos, mais altos e musculosos do que os homens a sua volta. Aécio fez o máximo para evitar que os visigodos lutassem com seus primos ostrogodos, mas por algum motivo uma unidade ostrogoda tinha se incorporado à força gépida.

Ao se aproximar mais, ele percebeu que era mais do que isso. Vários homens usavam elmos adornados e armadura segmentada hunos. Estes não eram ostrogodos separados do exército de Ardarico que os *comitatenses* enfrentaram na elevação do norte, eram da própria guarda pessoal de Átila, uma unidade de elite, talvez os melhores soldados a sua disposição. Era extraordinário que estes homens não estivessem protegendo Átila agora; deviam estar numa missão de grande importância, por ordem do próprio rei huno. Flávio percebeu que Átila, afinal, talvez tivesse dado seu último lance na batalha: ao saber que suas forças hunas foram derrotadas e Aécio era inviolável na cumeeira, a ele agora interessava unicamente tentar matar Teodorico, comprometendo seus melhores recursos neste último ato.

A mente de Flávio disparava enquanto ele avançava, escorregando em sangue e tropeçando em corpos em sua busca pelo rei visigodo. Ele se lembrou do que Aécio dissera sobre o vácuo de poder depois da batalha, sobre a aliança desconfortável entre romanos e visigodos.

Átila também sabia disso: o rei que eles viram berrando no círculo de carroças junto de sua pira funerária era também um mestre estrategista, não apenas um comandante de guerra. Flávio percebeu que o melodrama de Átila na pira depois do fracasso de seus arqueiros havia sido uma distração para que mantivessem seus olhos desviados dos visigodos, longe do envio de sua guarda de elite para o combate. Ao ordenar que seus guardas matassem Teodorico, Átila talvez estivesse tentando garantir uma corda de salvação, sabendo que Aécio pensaria duas vezes antes de permitir aos visigodos, sob o comando de um novo príncipe ambicioso, perseguir e destruir os hunos sobreviventes e criar um ímpeto próprio, podendo se voltar contra seus aliados romanos e o próprio Aécio.

Macróbio apareceu ao lado dele, ofegante e pingando sangue. Apontou com a espada.

— Aquele é Andag. Lembro-me dele da guarda pessoal de Átila na cidadela.

Flávio olhou a figura volumosa cerca de vinte passos à frente, ao lado de uma pilha de corpos visigodos, incitando outros a atacá-lo. Uma imensa maça com corrente se pendurava de sua mão esquerda, a esfera coberta de cravos terríveis. Os visigodos lutavam em volta dele e empurravam para trás a linha gépida, deixando muito espaço para ele girar a maça, em provocação. O motivo para o homem estar parado ali e não lutando entre os visigodos que avançavam estava no chão diante dele: era um chifre de caça esmagado. Ele parecia um predador com uma presa, parado sobre o corpo da vítima, certificando-se de que seu inimigo visse que tinha se saído vitorioso. Os visigodos estavam a cem passos e mais além dele agora, empurrando os gépidas encosta abaixo, porém Andag ainda permanecia ali, encarando e circulando.

Flávio segurou firme a espada, avançando.

Macróbio foi atrás dele.

— Ele agora está isolado e não pode sobreviver — interveio. — Basta esperar e será derrubado por uma flecha.

Flávio meneou a cabeça.

— Não vejo Torismudo e seu irmão em lugar nenhum. Os outros chefes estão mortos ou lideram seus homens nos flancos. Sou eu quem deve executar a vingança.

Um grito elevou-se atrás deles e Flávio virou-se, vendo Máximo cercado por um grupo de gépidas que voltaram da linha de retirada para um último ataque ao inimigo.

Apsachos procurava por flechas para encher a aljava vazia, mas puxou a espada e correu para ajudar, Macróbio e os outros seguindo bem de perto. Flávio afastou-se deles e avançou até ficar alguns passos de Andag, separado apenas por uma plataforma de pedra exposta e cercado por cadáveres de gépidas e visigodos. Ele olhou o chifre novamente e então, na frente da massa de corpos mutilados em uma poça de sangue, viu uma espada de punho dourado que reconheceu da noite anterior, quando Teodorico aproximou-se e ficou a seu lado a margem do rio.

Andag era um homem monstruoso, com pelo menos dois passos inteiros de altura, e tinha retirado a armadura, revelando um peito largo como um barril e ombros e bíceps imensos, como Flávio jamais tinha visto. De súbito ele ergueu a maça e a desceu com uma força nauseante na cabeça de um dos cadáveres que se projetava da pilha, esmagando-o em uma polpa sangrenta, depois erguendo a arma e a rodando sobre a cabeça, fazendo voar a sua volta os fragmentos de crânio e sangue que foram apanhados nos cravos. O huno deixou a maça baixar e olhou fixamente para Flávio, ofegando e espumando como um cão.

— O rei está morto — escarneceu num latim com forte sotaque godo. — Vida longa ao imperador.

— Seu imperador está aprisionado no círculo de carroças, pronto para acender a própria pira funerária — disse Flávio. — Seus arqueiros montados foram destruídos por nossos *sagitarii* da cumeeira. Além disso, os ostrogodos foram derrotados pelos *comitatenses* e você pode ver o que aconteceu com os gépidas. Restamos apenas nós, Andag. Você e eu *somos* a batalha.

— Então por que você me enfrenta? Por que não deixa que eu seja morto por um de seus arqueiros, ou me deixa escapar e desaparecer?

Flávio respondeu na língua dos godos:

— Porque sei que você não é covarde. Porque permanecerá parado sobre seu troféu até ser desafiado. E porque ele era meu rei e eu terei minha vingança.

Ele pegou o gládio e deu um salto para a frente, evitando uma poça escorregadia de sangue que se acumulara na pedra, e atacou com força o abdome de Andag, sentindo os músculos agarrarem a lâmina enquanto a deslizava até o punho. Andag foi apanhado de guarda baixa pela velocidade de seu ataque e berrou de fúria e surpresa, levantando a maça e golpeando-a na direção das antigas cicatrizes no braço de Flávio. Andag caiu cambaleando de costas, o gládio se soltou e o ferimento em seu abdome se encheu de sangue. Flávio sabia que seu golpe tinha errado a espinha, que não seria o bastante para derrubar Andag imediatamente, e se postou tenso e preparado, a espada gotejando diante dele. Lembrou-se de seu primeiro abate tantos anos atrás, do alano na frente das muralhas de Cartago, o ponto de vulnerabilidade que Arturo lhe ensinara a prever. Agora Andag se enfraquecia visivelmente, o abdome e as pernas brilhando do sangue da ferida, mas girava a maça a suas costas e de repente avançou, o tronco e o pescoço expostos como fizera o alano. Desta vez Flávio é quem foi apanhado desprevenido pela velocidade do ataque, incapaz de fazer qualquer coisa além de se atirar para a frente e estender a espada com ambas as mãos, escorando-a no corpo para se tornar uma lança humana. Sentiu o esmagar da espada entrando pela testa de Andag, o homem imenso incapaz de se deter devido ao ímpeto de seus braços, a maça voando de suas mãos e girando acima da cabeça de Flávio.

Os dois homens escorregaram juntos na poça de sangue e Andag caiu em Flávio, o corpo enorme tirando-lhe o fôlego e jogando sua cabeça para trás. Na fração de segundo enquanto lutava para permanecer consciente, Flávio entendeu que não fora a ausência da grande espada de Átila que tinha vencido esta batalha, mas a mera força das armas, a luta brutal de homens em combate individual, pelejando por suas vidas, como ele e Andag acabaram de fazer.

E então nada viu além de escuridão.

# 18

Flávio recuperou a consciência de cara para o chão em uma poça de sangue, que tinha se acumulado no terreno duro e escorrera sob sua cabeça e seu corpo. Com um olho aberto, podia ver o filete de sangue alimentando a poça da pilha de cadáveres mais além, seus ferimentos drenados e abertos: cabeças parcialmente decepadas, cortes abertos por membros e troncos, buracos escuros de onde se derramavam entranhas que brilhavam em cascatas lúgubres sobre os corpos. Ele tentou se mexer, mas seu corpo parecia paralisado, uma sensação que não tinha desde que fora atacado pelos primos godos durante um jogo de bola quando meninos. Então ele se lembrou de Andag, o brutal golpe enquanto ele cravava a espada, a convergência de visigodos que correram aos gritos para apoiar Teodorico, a gritaria e os cânticos dos hunos, as últimas investidas do rei golpeado. Tentou se mexer de novo e sentiu os joelhos se flexionarem, depois os braços. Ao fazer isso, viu um braço se estendendo da pilha, meio imerso em sangue, o tronco pulverizado irreconhecível e a cabeça numa massa de cabelos ensanguentados, osso e cérebro. Manteve a mão em sua vista enquanto se levantava lentamente de joelhos, depois viu: o anel de ouro, inconfundível, no indicador. *Era Teodorico.*

Ele olhou fixamente, com a cabeça girando. Via as letras gravadas ali: HEVA. Lembrou-se do banquete no grande salão na floresta quando Teodorico tinha lhe mostrado, entre risos e histórias emocionantes de bravura em batalha, inebriados da bebida de mel e vinho e da carne da caça. Teodorico explicou o significado das letras: *Hic est victoriae anulus. Eis o anel da vitória.* Flávio olhou em volta, vendo o sangue começar a coagular, as moscas já pousando nos olhos e bocas dos cadáveres. Se esta era verdadeiramente a vitória, Teodorico garantira seu lugar no grande salão dos céus. Flávio viu a espada curta do rei projetando-se do sangue e a mais longa empalada em um guerreiro huno um pouco mais adiante. Puxou a cota de malha para cima no braço do cadáver do rei e cobriu a mão, escondendo o anel de qualquer um que aparecesse para pilhar os mortos, puxou o punho da espada para baixo e cerrou os dedos sem vida em volta dela. Ele encontraria Torismudo e seu irmão e os traria a este lugar, e o anel provaria que o cadáver mutilado era de seu pai. E eles veriam que o rei tinha morrido de espada em punho, enfrentando o inimigo, na batalha mais sangrenta que já fora travada em nome de seu reino e de Roma.

Flávio se colocou de pé lentamente, vendo o ferimento em carne viva no braço atravessando as quatro cicatrizes brancas onde o Alaunt o atacara todos aqueles anos antes diante das muralhas de Cartago. Lembrou-se da sede furiosa que sentira depois daquela batalha e a sentia novamente agora, mas desta vez era como se sua própria alma precisasse de reabastecimento. Avançou alguns passos hesitantes, oscilando nos pés, depois viu a forma colossal de Andag prostrada e retorcida em meio aos cadáveres pouco à frente da poça. O peso do corpo de Andag enquanto escorregava no sangue e caía na espada de Flávio impelira a lâmina mais para dentro de seu crânio, entretanto o inimigo tinha conseguido viver mais alguns instantes atormentados, de algum modo erguendo-se e cambaleando para trás antes de cair, com as mãos segurando as laterais da cabeça e os olhos arregalados e distorcidos de pavor.

Flávio pôs um pé na cabeça de Andag, abaixou-se e puxou o gládio, segurando desequilibrado e olhando em volta, caso mais algum guerreiro de Átila estivesse pronto a investir e atacá-lo. Mas só quem ele conseguia ver vivos no campo de batalha eram as figuras confusas de *milites* romanos e visigodos vagando entre as pilhas de cadáveres, de vez em quando se abaixando para examinar um camarada caído, às vezes desferindo um golpe de espada ou lança para dar fim à agonia de um amigo ou despachar um inimigo. Macróbio estava ali e atrás dele Flávio distinguia meia dúzia de homens do antigo *numerus*; Astragos, o sármata, apoiava Máximo, sua cabeça enrolada num tecido ensanguentado. Macróbio retirara o chapéu de feltro e parecia velho, o cabelo branco e o rosto marcado de rugas; porém, ao se aproximar um pouco mais, era a imagem atemporal de um guerreiro romano. Flávio ergueu o braço e os dois homens entrelaçaram as mãos, os sobreviventes do *numerus* reunindo-se em volta deles. Pela primeira vez, não houve ditos espirituosos, nem o humor de batalha. Estavam todos exaustos e cobertos de sangue e a escala da carnificina parecia deixar até mesmo Macróbio estupefato.

— Preciso encontrar Torismudo — disse Flávio com a voz rouca. — O pai dele jaz atrás daquela pilha de cadáveres.

Macróbio apontou para um grupo de homens e cavalos sobre um sulco no terreno a oeste.

— Está em conferência com Aécio — respondeu. — Torismudo deseja perseguir Átila, mas Aécio o aconselha contra isto. Átila é uma força esgotada e Torismudo, como novo rei dos visigodos, precisa garantir seu trono em Tolosa antes de partir em campanha novamente.

— Irei a ele. Antes disso, precisamos encontrar água para nossos homens.

— O regato que atravessa o campo de batalha está vermelho de sangue. A fonte mais próxima é um rio acima do ponto de onde flui o regato, cerca de dois estádios a oeste. Precisaremos partir agora para chegar lá antes do pôr do sol.

Flávio pousou a mão no ombro de Macróbio.

— Assim seja, centurião. A última grande batalha de Roma acabou. Cumprimos com nosso dever e sustentamos nossa honra. Agora é hora de cuidar de nossos homens.

— *Ave*, tribuno.

Naquele fim de tarde, Flávio ficou no escuro ao lado do rio Aube, um pouco afastado do círculo bruxuleante de archotes que cercava a sepultura. Abaixo da margem, no ponto de travessia, os cavalos relinchavam e pisoteavam, já selados e tratados para a longa jornada que começariam naquela noite em direção à capital visigoda em Tolosa, dez dias ao sul. A leste, sobre o campo de batalha, o céu brilhava alaranjado como um falso amanhecer, iluminado pelas piras que os romanos e os visigodos fizeram dos montes de seus próprios mortos; os hunos e ostrogodos caídos seriam deixados no campo de batalha para se decompor, um último grande banquete para os abutres que seguiam os exércitos de Roma desde que eles partiram pela primeira vez em suas guerras de conquista, mais de mil anos antes.

Começava a chuviscar e, através do crepitar dos archotes, Flávio via os chefes visigodos em volta do túmulo, cabisbaixos e com as espadas puxadas e estendidas de ponta para baixo diante deles. O único outro romano presente era Aécio, nas sombras para além dos archotes, seu elmo nas mãos e o olhar severo e resoluto. Depois de Flávio ter levado Torismudo e o irmão ao corpo do pai, trouxeram-no a este local e cavaram eles próprios a sepultura, removendo facilmente a areia macia que se acumulara na margem do rio neste lugar; só depois que dispuseram do cadáver, passaram a ordem aos chefes de sair dos acampamentos. O sepultamento era apressado e sigiloso para escondê-lo dos olhos de catadores que já estariam à espreita, rondando o campo de batalha, esperando para despir os corpos e tirar qualquer coisa de valor da terra ensopada de sangue. Mas havia outro motivo para a urgência de Torismudo. Ele usou a cerimônia para garantir o juramento de lealdade dos chefes tribais, homens cujo apoio seria fundamental para ele fortalecer sua reivindicação ao trono visigodo. Alguns voltariam ao acampamento para angariar a lealdade de seus homens, enquanto outros cavalgariam naquela noite como guarda pessoal de Torismudo a Tolosa, na esperança de chegar à capital antes da notícia da morte de Teodorico e afirmar o direito de Torismudo ao reinado sobre qualquer reivindicação de seus irmãos. A cerimônia sobre a sepultura de Teodorico não era de tristeza e luto; era um novo conselho de guerra.

Flávio olhou para Aécio, tentando avaliar o jogo estratégico que ele fazia agora.

Antes de Átila, Teodorico foi o maior inimigo de Aécio e Torismudo sabia disso. A aliança entre visigodos e romanos acontecera por necessidade, contra um inimigo comum. Com os hunos agora derrotados, Aécio sabia que a antiga inimizade com Roma podia ressurgir entre os filhos de Teodorico. O *magister militum* também não estava ali para pranteara Teodorico, mas para garantir que Torismudo partisse naquela noite a Tolosa com seu exército. Se perseguisse Átila, como desejava, e esmagasse o que restava do exército huno, Torismudo podia ficar tentado a tomar o manto de Átila, renegar sua aliança com Roma e avançar para Ravena. Com os vândalos de Genserico de Cartago agora reunidos como um bando de lobos do mar na costa da Itália, Aécio sabia que Roma não suportaria um assalto simultâneo de duas forças bárbaras. Convencer Torismudo da ameaça em Tolosa e da necessidade de garantir seu reino aliviaria a pressão de Roma, permitindo que as forças esgotadas depois da batalha se reagrupassem e Aécio desenvolvesse uma nova estratégia defensiva.

De todos os filhos de Teodorico, Torismudo era o que provavelmente teria uma melhor disposição para com Roma, depois que fosse aclamado rei, aquele que mais valia a pena cultivar. Fora educado na *schola militarum* e combatera vitoriosamente junto com Roma na maior batalha que os dois aliados já enfrentaram. Teodorico, o filho mais novo, também estivera nos Campos Cataláunicos, mas era mais afastado na linha de sucessão e servil demais ao irmão para ser um concorrente; sua vez chegaria mais tarde. Dos outros quatro irmãos, Frederico, Eurico, Retimer e Himnerith, nenhum deles auxiliara na batalha, nem tinha fortes laços com Roma. Se Torismudo caísse em suas maquinações, quem quer que sobrevivesse à inevitável guerra de sucessão que se seguiria teria uma probabilidade maior de forjar uma aliança com Genserico do que com Valentiniano e seu exército enfraquecido sob comando de Aécio.

Flávio olhou para Torismudo, parado à cabeça da sepultura, e se lembrou do jovem ávido na *schola* dez anos atrás, quando estudavam a Batalha de Adrianópolis. Embora todos os rapazes na *schola* tivessem conhecimento da feia realidade por trás da guerra, tendo sido criados em meio a intrigas, assassinatos e alianças precárias entre seus pais, tios e irmãos, para eles a guerra era de batalhas e táticas em campo; o pano de fundo que lhes interessava era logístico — o movimento de exércitos, o tamanho e a especialização das unidades, manter linhas de suprimento abertas, como organizar o recrutamento e o treinamento.

Nos anos que se seguiram, foram atraídos a assuntos mais sombrios e complexos, muito afastados da ponta da lâmina e da glória das armas. Os Campos Cataláunicos em si eram uma nova forma de guerra, algo que poucos de seus jogos teria permitido, uma batalha em que a visão geral dos generais e a nuança tática não importavam e, no fim, a vitória estava na valentia física e no atrito sangrento.

E agora Torismudo enterrava o pai e tinha diante de si um futuro como rei em que não poderia haver lugar para quatro de seus irmãos. Flávio não o invejava pelo preço que teria de pagar por assumir sua herança de direito: a sordidez de uma luta mutuamente destrutiva, os assassinatos, a aflição e ódio de suas cunhadas e dos filhos delas, a culpa que infeccionaria nele até o dia de sua morte. Hoje era o último dia da juventude de Torismudo; o fardo do rei pesaria duramente sobre ele. Esta era a realidade da guerra, da luta pelo poder que estava por trás dela. Flávio ficou feliz que tudo isso agora estivesse para trás, que seus dias de combate pela grande estratégia de Roma estivessem encerrados.

Os chefes tribais embainharam as espadas e se afastaram. Era o sinal para que os dois romanos prestassem seus respeitos e Flávio e Aécio entraram no anel de archotes, parando ao lado da sepultura com Torismudo à cabeceira e seu irmão ao pé da cova. Flávio olhou a cova rasa, lembrando-se do cadáver esmagado que tinha encontrado no campo de batalha; viu que a cabeça e o tronco haviam sido cobertos por um manto, os braços cruzados sobre peito e o anel de ouro claramente visível. Junto com o corpo, havia objetos que Teodorico e o irmão conseguiram reunir para garantir que o pai não chegasse ao além de mãos vazias: várias copas de bronze, os adornos e o arnês de ouro e bronze dourado do cavalo do próprio Teodorico, o colar de ouro torcido que havia usado em batalha estendido a seu lado, suas duas espadas, os punhos envoltos em ouro e decorados com granadas. A espada menor, aquela que Flávio colocara na mão de Teodorico no campo de batalha, ainda estava suja de sangue, a maior marca de honra nos bens sepulcrais de um guerreiro godo que morreu enfrentando o inimigo em combate.

Torismudo virou-se para Flávio, seus olhos escuros e insondáveis, já remoendo o futuro.

— Flávio Aécio, você lutou junto de meu pai e tentou salvar sua vida no campo de batalha. Não me esquecerei disto. Eu o saúdo.

Flávio baixou a cabeça em reconhecimento e como despedida ao rei caído. Olhou para Aécio e os dois romanos retiraram-se do círculo e foram à margem do rio, deixando Torismudo e o irmão a sós com o pai. Aécio virou-se e pôs a mão em seu ombro. Disse, então:

— Você lutou bem, Flávio Aécio, e sustentou a honra tanto de Roma como dos ancestrais godos de seu avô. E ao pegar a espada de Átila e retirar seu símbolo de poder, pode muito bem ter virado a batalha a nosso favor. Eu também o saúdo.

— Mas agora não posso voltar a Roma.

Aécio retirou a mão e olhou os archotes acesos, Torismudo e seu irmão pouco visíveis preenchendo a sepultura com a pilha de areia ao lado dela.

— A corte é um lugar perigoso — concordou Aécio. — É perigoso também para mim, mas sou *magister militus* e vivi nela toda minha vida. Para alguns, o fato de você ter perpetrado um subterfúgio contra um imperador, mesmo um inimigo mortal de Roma, pode sugerir que seja capaz fazer o mesmo com o nosso. Valentiniano é facilmente influenciado por Heráclio, que sabe o que você e seus homens pensam dos eunucos da corte. E existem outros que influenciam o imperador, como os bispos agostinianos de Roma e Ravena, que sabem de sua associação com o herege Pelágio. Já falam em fogueiras públicas, de cristãos purificando cristãos. Se voltar a Roma, estará entrando em um redemoinho tão perigoso quanto qualquer campo de batalha, porém mais difícil de atravessar.

— Assim, devo lhe pedir que me absolva do serviço a Roma.

— Torismudo o aceitará em seu conselho interno. Pode fazer um ótimo serviço lá para mim, como meus olhos e ouvidos na corte do último aliado que resta a Roma. Um dia, em breve, em seu tempo de vida, se não no meu, um príncipe godo será imperador em Roma.

Flávio retirou os adornos de ouro da lateral do elmo, as marcas de sua patente como tribuno que ele ordenara que fossem colocadas pelos ferreiros de Ravena antes de velejar a Cartago todos aqueles anos atrás. Entregou a Aécio.

— Aprendi o que significa ser um soldado — respondeu Flávio. — Não serei espião, nem maquinador. Meu lugar é com minha espada na mão à frente de meus homens. E não servirei a Roma se seu imperador é influenciado por um eunuco.

Aécio pegou as tiras de ouro, pesando-as nas mãos. Respondeu, então:

— Que assim seja. Está livre de qualquer dever para com Roma. Mas ficarei com estes como lembretes honrados de um dos últimos verdadeiros guerreiros de Roma.

— E meus homens? Macróbio?

— Também estão liberados do serviço, se for este o desejo deles.

— Eles esperam com os cavalos. Perguntarei a eles.

— E você? O que fará, Flávio Aécio?

Flávio olhou para cima através do chuvisco, sentindo as gotas se formarem nos lábios, provando o gosto de sal, suor e sangue que ainda estavam em seu rosto. Acima deles, as nuvens baixas refletiam as piras do campo de batalha, como se o sangue daquele dia tivesse manchado os próprios céus. Ele apontou a linha do rio para além da arena em que estiveram lutando até poucas horas antes.

— Seguirei para o norte esta noite, junto com aqueles de meu *numerus* que desejarem ir comigo. Encontraremos uma embarcação que nos leve à costa ocidental da Bretanha, onde Arturo tem um baluarte. Oferecerei meus serviços a ele como soldado.

— A guerra está em seu sangue, Flávio Aécio.

— Na Bretanha, ainda posso combater por Roma; não pela Roma de Honório que a abandonou, mas pela Roma que um dia forjou o laço entre os legionários e o povo daquela terra, os ancestrais de Arturo e seus homens. Esta é uma causa na qual Roma não representa intriga, assassinatos e eunucos, mas um lugar onde um soldado pode lutar como um soldado.

Aécio virou a mão para a chuva leve.

— Se vai à Bretanha, terá de se acostumar com isto.

— Fui aos desertos da África combater os vândalos e cavalguei nas estepes com Átila. No deserto, nas terras áridas e ermas que levam a ele, toda a história espalha-se na terra a sua volta, pouco encoberta pela poeira. O lembrete constante das glórias do passado torna-se um fardo, uma visão de batalhas que passamos a acreditar jamais podermos imitar. Cartago foi vencida pelas façanhas de Cipião Emiliano, mas seu legado pesa tanto sobre nós quanto nos inspira. Com Átila foi diferente. Cavalgar com ele foi como sair de uma tela em branco do passado, sem césares ou Cipiões a imitar, sem vitórias a superar, indo para um futuro desconhecido. Foi revigorante. Sinto o mesmo em relação ao Norte, onde a chuva nos limpa do passado. Em breve o sangue dos Campos Cataláunicos será lavado para a terra gretada, as safras amadurecerão como nunca e o povo se esquecerá de que houve uma batalha aqui. Um dia talvez eu seja um velho guerreiro remoendo as glórias do passado. Mas, como soldado, anseio agora por um lugar onde as pessoas olhem apenas para o futuro.

Aécio abriu um sorriso.

— Bem, então a Bretanha pode servir a você. E Arturo tem as virtudes de um rei. Não é uma decisão ruim.

— Ele precisa de toda a ajuda que conseguir, se quiser ter sucesso contra os saxões.

— Ele ainda está com aquela huna? Erecan?

— Ela partiu com Arturo para a Bretanha depois que escapamos da capital huna, atravessando o Danúbio. Tive poucas notícias deles desde então.

Aécio meneou a cabeça.

— Uma neta de Mundiuk. Uma filha de Átila. Isso faria qualquer inimigo pensar duas vezes.

— Lembra-se de quando você me ensinava arco e flecha, quando eu era menino, no Campo de Marte? Jamais acreditei em suas histórias de arqueiros hunos capazes de juntar dois inimigos pela cabeça com uma só flecha, até que a vi fazer isso com meus próprios olhos.

— Eu pretendia perguntar — disse Aécio. — Aquela espada. O que fará com ela?

— A espada de Átila? Seus dias se encerraram. É hora de novos reis com novas espadas. Mas, por direito, deve ir à pessoa seguinte na linha de sucessão, à guerreira huna que perpetuará a linhagem sanguínea de Átila.

— Este também é um motivo para você ir à Bretanha?

— Até então a história estará inacabada. Talvez seja meu último dever para com Roma, iniciado quando você me enviou ao Oriente para encontrar Átila e a espada para além do Danúbio.

Eles observaram enquanto Torismudo e o irmão alisavam a areia sobre a sepultura do pai, depois pegaram os archotes e os jogaram no rio, apagando o que restava das chamas e mergulhando a margem no escuro. Um cavalo relinchou, em seguida um cão uivou, um som agudo e penetrante soando pelo campo de batalha e ecoando nas margens do rio. Flávio recuou um passo e ergueu o braço direito.

— *Ave atque vale*, Flávio Aécio Gaudêncio, *magister militum*. Eu o saúdo

Aécio retribuiu, erguendo a mão.

— Vá com Deus, Flávio Aécio Segundo, último tribuno verdadeiro de Roma.

# *Epílogo*

*Bretanha, inverno, 455 d.C*

Flávio assoprou nas mãos em concha, sentindo o calor de seu hálito nas palmas e observando a condensação rodopiar acima dele. Agora a neve caía com mais força, mas ele ainda distinguia os picos escarpados que se elevavam ao redor como um grande anfiteatro, abrindo-se apenas onde eles subiram a trilha rochosa no fim de tarde anterior, do vale a leste. Passaram por um lago após outro, cada um deles mais alto do que o seguinte, unidos por torrentes de água cristalina, as margens congeladas em cascatas de gelo que lambiam a trilha e tornavam o caminho traiçoeiro para cavalos e homens. Enfim chegaram ao mais alto de todos, o lago que Arturo chamava de Glaslyn, suas águas escuras pouco visíveis abaixo dele através do redemoinho de neve e da neblina matinal.

Como a maioria dos outros, ele passou uma noite espasmódica enroscado sob seu manto, por dentro da entrada de uma das minas de cobre que pontilhavam as encostas, mais como proteção contra a montanha do que contra qualquer saxão tolo o bastante para tê-los seguido até este lugar.

Subindo no vento uivante na noite anterior, ficara assombrado ao ver pedras voando dos picos e se encolheu com os outros atrás de uma laje irregular enquanto uma avalanche caía a volta deles. Os bretões lhe disseram que um gigante andava por estes penhascos, um monstro chamado Rhitta Gawr, aprisionado ali em cima desde a época em que mantos de gelo cobriam as montanhas e pingavam sobre a pedra, deixando pedaços irregulares para ele empurrar quando os ventos de tempestade incitavam sua fúria e ele batia e berrava pelos picos.

Macróbio, porém, contava uma história diferente, passada dos soldados da legião que antigamente ocupavam o forte arruinado à cabeceira do vale, construído ali na época dos primeiros césares para dar proteção aos mineradores. Diziam que quando o imperador Constantino se converteu ao cristianismo, o deus da guerra Marte teve uma explosão de revolta pelo lugar e era ele quem andava pelos picos e batia as pedras, jogando-as no vale abaixo. Desde a época em que Constantino o desprezou, nenhum soldado romano que andava por esta via estava a salvo de sua fúria. Os homens no forte recusaram-se a sair do vale e as minas foram abandonadas. Quando Flávio soube da história, recurvado contra o vento enquanto subiam a trilha, os penhascos assomando hostis no alto, ele puxou seu pesado manto de lã pelo corpo, escondendo os últimos vestígios de sua aliança passada, o pesado conjunto *cibanius* de cinto e espada que seu tio Aécio lhe dera em Roma uma vida atrás. Sentia-se distante de Cristo ali e estava disposto a dar o benefício da dúvida à história. Pela primeira vez, sentiu prazer por não mais combater por Roma.

Macróbio agora subia a encosta depois de sair dos fogos de cozimento, carregando um odre cheio numa das mãos e uma perna de carne cozida na outra. Escalou a pedra na frente do poço da mina e se sentou pesadamente na laje solta ao lado de Flávio, entregando-lhe o odre.

— Cerveja fraca e carneiro. É só o que eles têm.

Flávio abriu o odre e bebeu um gole fundo, erguendo-o bem. Estava gelado, mas revigorante. Ele baixou o odre e olhou o carneiro.

— Lembra-se do cervo que comemos diante de Cartago? Feche os olhos e imagine que é isto.

Macróbio pegou o odre e bebeu ruidosamente, engolindo o conteúdo e derramando pela barba. Baixou o odre e limpou a boca.

— Se tivermos sorte, teremos cervo mais uma vez muito em breve. O último dos bandos guerreiros dos bretões apareceu algumas horas atrás e Arturo conferencia com eles agora. Dizem os boatos que voltaremos à fronteira e ao vale do rio Dee, à antiga floresta de caça da Vigésima Legião. Teremos um banquete de reis.

Flávio franziu os lábios.

— Se é para lá que vamos, não será cervo que caçaremos.

Desanimado, Macróbio olhou a carne.

— Só bárbaros comem carneiro — resmungou.

Flávio estreitou os olhos para ele.

— Bárbaros? Tem olhado para si mesmo ultimamente? Esse rabo de cavalo tem tamanho suficiente para atrelar uma carroça e sua barba daria orgulho a qualquer comandante de guerra germânico.

— Foi conselho de seu tio Aécio, lembra-se? Misture-se com os nativos ou alguém o identificará. De qualquer modo, você não pode falar nada.

Flávio abriu um sorriso.

— Então, se afinal somos bárbaros — respondeu ele —, *podemos* comer carneiro. Estou faminto.

Macróbio pegou a perna de carneiro com as duas mãos e a rasgou ao meio, entregando uma parte a Flávio e comendo ruidosamente seu pedaço, a gordura brotando em sua barba e unindo-se à cerveja. Um cavalo relinchou alto, o som ecoando pelas encostas montanhosas, e ele se levantou, ainda comendo.

— Hora de cuidar dos animais — disse Macróbio com a boca cheia. Ele lançou-se para a frente, a ponta da bainha da espada batendo nas pedras, e desceu ao amontoado de rochedos perto da margem do lago onde tinham encurralado os cavalos para passar a noite; os animais haviam ficado apavorados na tempestade e se recusaram a entrar nos túneis, e Macróbio permaneceu com eles atrás do pequeno abrigo proporcionado pelos rochedos. Mais além, pela margem do lago, Flávio distinguia Arturo e mais ou menos dez chefes bretões, reunidos em torno da laje circular de pedra que era o antigo local de conferência para aqueles que se reuniam ali. Flávio não estava entre eles por opção própria. Era companheiro de batalha de Arturo, e não seu conselheiro, e Macróbio era mestre-cavalariço de Arturo, nada mais. O papel de Flávio como estrategista e tático de guerra tinha terminado nas Planícies Cataláunicas, no momento em que entregara as insígnias de classe a Aécio e se afastara do exército romano para sempre. Ali, era apenas um soldado e outro homem era rei.

Flávio arrancou com os dentes o último pedaço de cartilagem do osso e deixou que a gordura pingasse na lâmina da espada sobre seus joelhos, onde a estivera polindo quando Macróbio subiu ali. Esfregou a gordura na lâmina e a virou, cuidando para que entrasse no espaço da guarda, onde o ar úmido provocava ferrugem no aço. Ele limpou o excesso com a bainha do manto, depois passou o dedo pelas marcas que eram profundas demais para ser removidas pela pedra de amolar. Olhou o caminho que tomaram do vale, agora marcado de branco, onde a neve caíra no terreno ininterrupto da trilha, entre o amontoado de pedras caídas. Os quatro anos desde as Planícies Cataláunicas foram de luta quase incessante, continuamente em movimento. Daqueles homens do *numerus* original que decidiram acompanhar Flávio e Macróbio na travessia do mar à Bretanha, só alguns permaneceram. Não eram mais *limitanei* romanos, mas cavaleiros de um novo senhor, endurecidos pela batalha, a guarda escolhida por Arturo, cada homem equivalente a qualquer campeão que os saxões lançassem contra eles. Era uma guerra de duelos, de escaramuças, de emboscadas sangrentas, enquanto eles e os outros bandos guerreiros dos bretões recuavam diante do avanço incessante dos invasores, os sobreviventes se reunindo sob a liderança de Arturo à medida que se espalhava a notícia de que ele tinha sido aceito pelos chefes tribais como seu soberano, seu rei.

E agora, neste baluarte desolado de montanha, eles chegavam ao final da trilha.

Mais a oeste ficava Mona, a antiga ilha dos druidas, plana e indefensável, e depois Hibérnia; para além dali havia apenas mar aberto, a beira do mundo. Eles chegaram ao último lugar onde se entocaram os bretões que resistiram a Roma quatrocentos anos antes, e agora Arturo e seus homens viam-se diante da mesma decisão fatídica de seus antepassados: ficar nestas montanhas, neste lugar que nenhum invasor podia dominar, ver o futuro para seus filhos somente sob os olhos malignos do deus dos penhascos, ou voltar e partir, usar as poucas centenas de homens de seus bandos para tentar o que nunca foi feito: enfrentar os saxões em batalha campal, usando táticas dos romanos que o inimigo ainda não tinha vivenciado. A decisão era tomada agora, por aqueles reunidos à margem do lago, em torno da laje circular. Mas Flávio sabia que curso tomaria Arturo. Ele não desapareceria na história como o último dos guerreiros bretões quatrocentos anos atrás, vivendo como ogros nas montanhas, sempre em movimento, sempre sendo perseguido. Estes eram os ancestrais de Arturo, mas ele também era descendente dos soldados romanos que viajaram até a Bretanha e casaram-se com mulheres bretãs, e Flávio sabia que era o sangue romano de Arturo que venceria. Se eles caíssem, seria como soldados no campo de batalha, firmando terreno junto das sombras de seus ancestrais romanos, os legionários e *milites* de uma guerra de mil anos, uma história que não terminaria com o último deles recusando seu lugar de direito como guerreiros jurados a lutar até a morte para proteger sua honra e a de seus camaradas.

Flávio olhou o redemoinho de neve. *Quatro anos desde as Planícies Cataláunicas.* Agora os assuntos de Roma pareciam história antiga, tão remotos quanto os grandes acontecimentos das Guerras Púnicas sobre os quais ele lera quando menino nos livros de Políbio e Lívio. Por um bom tempo, depois de chegar à Bretanha, eles receberam poucas notícias, apenas rumores da captura de mercenários godos que atravessaram o canal para combater com os saxões, mas nada de primeira mão.

E então seu primo se juntou a eles depois de uma perigosa jornada a partir da Itália. Quinto, seu antigo aluno na *schola* em Roma, fora morto uma semana antes, resistindo sozinho a um ataque saxão na sangrenta escaramuça perto de Virocônio que acabou por empurrar Arturo para o oeste, através das montanhas, até este lugar. As notícias trazidas por Quinto mostravam que Flávio tinha sido bem aconselhado a deixar Roma, como fez. O abominável eunuco Heráclio convencera Valentiniano de que Aécio cobiçava a púrpura imperial e, juntos, os dois homens apanharam seu tio desprevenido e o apunhalaram e espancaram até a morte. Flávio sabia que Aécio um dia teria problemas com a intriga da corte, mas morrer desse jeito, nas mãos de homens que nem uma vez viram um inimigo em batalha, era um fim abominável para um soldado romano, para o melhor general que Roma havia produzido por gerações e a última esperança para o Império do Ocidente.

Flávio deixara a cabeça pender quando ouviu a notícia. O que aconteceu depois da morte do tio parecia tão inevitável quanto o ciclo das estrelas. Os guardas hunos de Aécio, Optila e Trastila, antigas escoltas de Erecan que se tornaram intensamente leais a seu novo senhor, executaram uma vingança sangrenta, assassinando Valentiniano enquanto ele praticava arco e flecha no Campo de Marte, nos arredores de Roma. Agiram por lealdade a Aécio, e não a Átila, mas parecia preordenado que fossem justamente guerreiros hunos aqueles que derrubaram o último imperador romano relevante no Ocidente. Depois de Valentiniano, só poderiam chegar ao trono fracos e marionetes.

Temendo pela própria vida depois de seu assassinato, a imperatriz Eudóxia ofereceu-se, assim como as duas filhas, ao rei vândalo Genserico. Em uma guinada inacreditável do destino: os bárbaros cujo exército dera a Flávio seu primeiro gosto da batalha, mais de um quarto de século antes, diante de Cartago, agora eram convidados aos portões da própria Roma. Era como se a deusa Roma, expulsa pelos padres e bispos de Cristo, se erguesse uma última vez de seu desterro e chamasse a cidade à autodestruição, recusando-se a permitir que se rebaixasse ainda mais, abrindo uma greta no inferno para que fosse tragada e se encerrasse sua ascendência de mil anos sobre os assuntos humanos.

E Quinto também trouxera notícias de Átila. O homem que o próprio Flávio ouvira berrar nas Planícies Cataláunicas que desejava morrer pela espada também teve um fim vergonhoso, afogado em seu próprio sangue depois de uma hemorragia provocada por uma bebedeira excessiva nas comemorações de outro casamento. Após bater em retirada da batalha, ele reagrupou os sobreviventes hunos e marchou para Roma, saqueando as cidades do norte da Itália pelo caminho, mas seu exército era uma força gasta e voltou rapidamente para as estepes para além do Danúbio. Átila podia ter fracassado na conquista do Império do Ocidente pela força das armas, mas, no fim, venceu. Espiões que vigiavam seu *strava*, as celebrações do funeral, disseram que ele foi sepultado com o vasto tesouro de moedas de ouro romanas, todas dos tributos que arrancou dos imperadores, secando os cofres de Roma. A perda desse ouro empobrecera o império, impossibilitando que os imperadores em Ravena pagassem ao exército. Depois de saber disto, Flávio entendeu que seria apenas uma questão de tempo até que os godos, os mais fortes vassalos que restavam a Átila, invadissem a Itália e depusessem os últimos governantes que sucederam Valentiniano, os imperadores marionetes que supervisionavam a desintegração final do exército romano no Ocidente.

Flávio apertou o manto no corpo, lembrando-se de como fizera o mesmo gesto tantos anos atrás, naquela última manhã gelada nos arredores de Cartago, antes de os vândalos invadirem.

Ele se lembrou de Arturo também naquela manhã, vendo-o pela primeira vez sair de uma nuvem de poeira no deserto, depois prevendo o futuro juntos, enquanto esperavam pela evacuação das embarcações da cidade em chamas. A história provou que tinham razão em um aspecto crucial.

Antes cavaleiros das florestas dedicados ao saque, os vândalos tornaram-se navegadores habilidosos e guerreiros do mar em sua nova cidade portuária. Assim como Roma um dia tinha aprendido com os bárbaros, adaptando suas armas e táticas, também os bárbaros aprenderam com Roma, tomando a única força que todos pensavam ser inexpugnável e fazendo-a deles. Pela primeira vez desde Pompeu, o Grande, reprimir a pirataria meio milênio antes, Roma perdera o controle do Mediterrâneo. Poucas décadas depois de seu primeiro encontro com o mar, atravessando da Espanha para a África em sua marcha para Cartago, Genserico tornou-se o homem forte dos oceanos, adaptando as táticas de incursões florestais para o mar, evitando ações da frota com a marinha romana remanescente, mas usando seus *liburnae* velozes para fustigar e esgotar as embarcações romanas em encontros-relâmpago em que os vândalos com frequência saíam vitoriosos.

Com Átila morto e a frota de guerra vândala no Tibre, seria Genserico, e não o rei huno, a marchar pelos portões de Roma, mas este era o final que se tornara inevitável depois de Átila tocar o chifre de guerra e liderar seus cavaleiros pelo Danúbio uma década antes, desviando os olhos de Roma da ameaça por mar e desencadeando o colapso do Império do Ocidente. Pelo que Flávio sabia, já podia ter acontecido; a cidade eterna e todo o simbolismo que o motivava quando jovem agora podia estar em cinzas e ruínas.

Lembrou-se de outra coisa que Arturo dissera em Cartago. *Tudo que vai, volta.* A perda de férteis terrenos agrícolas na África para os vândalos enfraquecera fatalmente Roma, assim como seiscentos anos antes sua perda para os romanos tinha condenado a Cartago púnica. Ele se lembrou de um volume que vira quando menino na biblioteca em Roma, uma coletânea de elocuções sibilinas que previa a queda de Cartago mais uma vez, que Roma pagaria um alto preço pela destruição da cidade por Cipião e seu exército todos aqueles séculos antes. Flávio aprendera a não acreditar em profecias pagãs; eram os homens, e não os deuses, que decidiam o destino de cidade. O jogo da guerra não era um capricho divino, mas uma questão de estratégia e tática, de equilíbrio de poder, de decisões certas ou erradas, tomadas por homens. Agora, com Genserico às portas de Roma, uma coisa parecia certa. A guerra com Cartago, todos aqueles séculos antes, dera grandeza a Roma; hoje, com Cartago como quartel-general para o último assalto bárbaro a Roma, a guerra a alquebrara.

Flávio embainhou a espada e se levantou. Abaixou-se pela entrada do túnel e pegou seu alforje, pendurou-o no ombro e saiu para se colocar na beira das pedras lançadas fora pelos mineradores. Através da neve, via movimento à margem do lago. Os chefes tribais que estiveram sentados em torno da laje circular partiram, alguns subindo a encosta que levava a seus soldados e outros aos cavalos. À volta, Flávio via pessoas se agitando nas outras entradas do poço da mina e, mais perto da margem do lago, viu homens que antes estiveram reunidos em torno do fogo em busca de calor e agora reuniam as armas e seus pertences. Macróbio levava um cavalo cinza e mosqueado e mais ou menos uma dúzia de montarias restantes pelo caminho até a laje, a única coisa que lhes sobrara, batendo os cascos pela trilha, cada um deles contido por um menino que esperava seu cavaleiro. Depois da laje, Flávio divisava Arturo e outra figura de pé perto da margem, observando o lago. Ele sabia que esperavam por ele. *Era chegada a hora.*

Vinte minutos depois, Flávio desceu a última encosta de entulho das minas e pegou a trilha da margem do lago por onde Macróbio levava um cavalo pouco à frente, com Arturo e seu companheiro esperando mais adiante. A principal força de homens, trezentos, talvez, no total, reunia-se com seus chefes em uma área de terreno mais plano ao lado da extremidade leste do lago, onde a água caía em uma torrente furiosa para o lago seguinte, mais abaixo, a caminho do rio no vale por onde passaram ao subir. Os outros cavalos de que se encarregava Macróbio foram distribuídos entre os chefes, seu único sinal de status entre as formas de manto que se agrupavam contra a neve, entre eles os poucos homens restantes do *numerus* de Flávio de quatro anos antes.

Ele acelerou o passo, agora que estava em terreno mais firme, ansioso para não deixar que os homens esperassem mais do que o necessário e na esperança de que o movimento aliviasse o frio em seus membros. Instantes depois, estava ao lado de Macróbio na frente de Arturo, sua barba pontilhada de cinza visível por baixo do capuz do manto. A pessoa que o acompanhava tinha descido à beira da água, mas agora voltava, o capuz puxado para trás e o rosto erguido para a neve, o cabelo castanho e comprido amarrado e as cicatrizes nas faces aparecendo lívidas no frio. Os anos de guerra endureceram Erecan, tornaram-na mais feroz, mais bonita. Por baixo do manto, ela ainda vestia a armadura em placas que o Átila lhe dera, e, por baixo dela, a túnica forrada de pelo e calças feitas da pele de animais que ela própria caçou nas estepes de seus ancestrais. Às costas de Erecan, seu arco estava recoberto de couro e, no cinto, Flávio via o laço enrolado, as lâminas de metal cuidadosamente viradas para fora de modo que só o inimigo conhecesse seu golpe letal.

Flávio virou-se para Arturo, que também baixara o capuz. Ele parecia descarnado, o rosto emoldurado pela barba e o cabelo comprido que caía até os ombros, como as imagens de Cristo que os homens do Norte começaram a fazer à própria semelhança. Flávio pôs a mão na guarda da espada e olhou o amigo.

— E então? Tomou sua decisão?

Arturo apontou a trilha abaixo.

— Não podemos ficar aqui — respondeu. — A neve molhada será gelo em algumas horas. O frio desce as encostas. O gelo quebrará as pernas dos cavalos e dos homens.

— Quer dizer que decidiu retornar à guerra.

Arturo olhou para Flávio, seus olhos insondáveis.

— Você me acompanhará?

— Meus homens são seus, Arturo.

— Você ainda é o tribuno deles, Flávio. E Macróbio é seu centurião.

— Isto faz parte do passado. Roma renunciou. Chegou a hora de livrarmo-nos da história. Você é o *dux* deles. É seu capitão.

Macróbio pegou um grande bloco antigo na margem do lago, parte de uma casa da guarda que no passado ficava abaixo das minas. Limpou a neve, revelando caracteres gravados fundo na superfície: LEG XX.

— Vigésima Legião — disse ele em voz baixa.

Flávio lembrou-se de todos os vestígios do poderio militar romano que tinham visto pela paisagem desolada da Bretanha: as paredes esfareladas da antiga fortaleza em Deva, as ruínas cobertas de mato do forte de marcha na cabeceira do vale, tudo sendo absorvido pela terra. Macróbio virou o bloco e o jogou em uma pedra na margem do lago, despedaçando-o.

— Assim termina Roma — disse ele, estreitando os olhos para Arturo. — Agora é sua vez.

Arturo o olhou fixamente.

— *Ave*, centurião. Enquanto usar este velho chapéu de feltro, será um *milites* romano para mim. Roma pode ter acabado, mas seus soldados ainda vivem.

Outra figura aproximou-se deles, encapuzada e com um cajado na mão, apontando a pedra circular onde Arturo tivera seu conselho.

— Nos dias distantes de nossos ancestrais, as pedras e os círculos de pedra tinham grande importância como locais de reunião. Elas existem por todo o lugar, se abrirmos os olhos e soubermos onde olhar.

— Você começa a parecer cada dia mais um druida, Pelágio — comentou Arturo. — Terei de começar a chamá-lo por seu antigo nome bretão.

— Ainda não, Arturo. Apenas quando você for coroado rei.

— Então, talvez você precise esperar muito tempo, meu amigo. Sua barba ficará mais branca e será tão longa que se prenderá em seu cinto. De qualquer modo, lembre-se do que acreditamos tão apaixonadamente junto com Aécio em Roma. O tempo dos impérios acabou. O tempo da república está sobre nós.

— Ah — disse Pelágio, curvando o dedo —, esta era *Roma*. Mas isto é a *Bretanha*. E não estou falando de um império, apenas de um reino. Possivelmente um reino muito pequeno. Mas de pequenos arbustos podem crescer árvores grandes e fortes.

— Aí está você de novo, falando como um druida. É hora de beber seu chá de visco.

— Bárbaros — resmungou Macróbio, batendo os pés. — Não se pode viver com eles, nem sem eles.

Eles se viraram e observaram o lago. A água tinha uma cor estranha, um vermelho metálico reluzente, tingida pela mineração de cobre nas encostas, havia muito abandonada, mas ainda gotejando vermelho sempre que chovia, como se a montanha sangrasse.

A vista do outro lado era encoberta por neblina e neve, mas Flávio sentia os paredões de rocha que ficavam além, erguendo-se da outra margem aos penhascos bem acima. Diziam que um segundo gigante das montanhas espreitava ali, no lago: Afanc, monstro das profundezas, irmão de Rhitta Gawr, lançado ali depois que os dois travaram uma batalha titânica nos penhascos na aurora dos tempos. Outros diziam que o lago não tinha fundo, que uma pedra atirada nele cairia até o inferno. Para os antigos bretões, tratava-se de um lago sagrado, local de oferendas, como os rios e brejos que Flávio os vira adorar por toda a Bretanha, fronteiras aquáticas entre este mundo e o próximo. Guerreiros que sabiam que seu fim estava próximo jogavam neles seus escudos e espadas, sabendo que as armas estariam esperando para serem equipadas quando eles próprios dessem o último suspiro e passassem ao próximo mundo, prontos para as batalhas por vir.

Arturo acenou para Macróbio, que pegou um fardo longo no alforje do cavalo e lhe entregou. Arturo retirou uma espada do fardo e entregou a Erecan. Era a espada de guerra sagrada de Átila, a espada do deus da guerra, guardada com eles desde que a retiraram da cidadela dos hunos, embaixo do nariz de Átila, quase cinco anos antes. Não via a luz do dia desde a batalha nas Planícies Cataláunicas e a lâmina estava cinza e opaca, pontilhada de ferrugem. Olhando para ela, e vendo a ferocidade nos olhos de Erecan, Flávio perguntou-se se a missão deles de tomar a espada e privar Átila de seu símbolo de poder afinal teria mudado o rumo da história.

Seu primo Quinto dissera que, quando Átila morreu, o novo imperador no Oriente, Marciano, sucessor de Teodósio, não sonhou com uma espada quebrada, mas com um arco quebrado. Os guerreiros hunos não precisavam de um símbolo sagrado como motivação para a batalha, não mais do que soldados romanos precisavam de uma cruz cristã ou de uma águia. Ele olhou para Macróbio, a face desgastada pelas intempéries, enrugado, grisalho, e lembrou-se dos Campos Cataláunicos. Talvez a maior batalha de todos os tempos tivesse sido decidida não pela ausência da espada sagrada, mas pela força das armas romanas, pelo sangue, suor e determinação de homens como Macróbio, levando toda a pujança de mil anos de bravura militar à última batalha a ser travada no Império do Ocidente em nome de Roma.

Flávio se virou para Arturo.

— Tem certeza disto?

Arturo assentiu e deu de ombros.

— Afinal, é uma espada de cavalaria, longa demais para nós. Combatemos como soldados de infantaria, como *pedes*. É um peso morto.

— Tem toda razão — resmungou Macróbio. — Prefiro sempre um antiquado gládio. O *equites* sempre foi superestimado.

Arturo pôs a mão em seu ombro.

— Falou como um verdadeiro *milites*, meu amigo. — Ele se virou para Erecan. — De qualquer modo, a decisão não é minha.

Erecan sopesou a espada, olhando as faixas douradas e opacas em volta do punho, depois falou em grego.

— Enviarei isto a meu pai, para que fique a seu lado em seu lugar de direito no além.

Arturo fez uma leve mesura e todos recuaram um passo. Erecan pegou o punho na mão esquerda, deixou que a ponta riscasse o chão atrás dela e apontou com a outra mão para o lago.

Com um grito áspero, ela se curvou para trás e atirou a espada por sobre a cabeça, fazendo-a rodopiar bem alto no ar, depois cair para além de sua linha de visão, no redemoinho da neblina. Eles a ouviram cortar a água, então desaparecer, mal deixando uma marola. Erecan se virou, voltou ao caminho e pegou as rédeas de Macróbio, pulando no lombo do cavalo e acariciando seu pescoço, aproximando-se de sua orelha e falando baixinho na língua de seu povo. O cavalo pisoteou e bufou, e ela se sentou reta, tirou o laço do cinto e o estalou no alto, a corda girando e se enroscando na neve que caía, depois o recolheu e guardou no cinto.

— Quando meu pai encontrou essa espada, entendeu que se tornaria um senhor da guerra — disse ela. — A partir daí, passaram a chamar seu exército de um turbilhão. Sigam-me à batalha e verão o motivo.

Flávio percebeu o brilho nos olhos dela. Vira este mesmo olhar antes, muito longe, nas severas planícies perto do lago Maeotis, cavalgando com Átila enquanto ele avançava com seus arqueiros para os prisioneiros pártios. De repente, sentiu-se tonto, como se estivesse vivendo para o momento, para um sinal — como o brilho de uma lâmina recém-oleada —, de que a batalha estava ao largo, que o inimigo estava próximo. Ele se virou para Macróbio.

— Pronto, centurião?

Macróbio apontou os homens que esperavam à frente deles.

— Só pensando em nossos rapazes. Se eles comeram o suficiente. Não se pode fazer marchar um exército de barriga vazia.

Flávio abriu um sorriso.

— Você terá cuidado disto.

Macróbio respirou fundo, assentiu, pegou o velho elmo amassado e o bateu no gorro de feltro.

— Avante, *milites* — disse ele, marchando à frente pela trilha até seus homens. Flávio demorou-se por um momento, olhando o bloco quebrado no chão diante dele, lembrando-se de todos aqueles soldados romanos que se foram.

— Avante, *legionarii* — falou em voz baixa.

Erecan puxou as rédeas do cavalo e o olhou de cima.

— Onde ela está?

Flávio a olhou, perplexo.

— A quem se refere?

— Você não para de tocar essa pedra que tem no pescoço. Uma mulher deve tê-la dado a você.

Flávio baixou os olhos, percebendo que seu dedo estava enganchado em volta do colar de azeviche que Una lhe dera. Ele a soltou, metendo-a rapidamente por baixo da túnica, e olhou para Erecan.

— Está com Deus — respondeu.

Erecan lhe lançou um olhar determinado.

— Então você deve encontrar outra mulher.

— Não — disse Flávio. — Não foi isso que quis dizer. Eu quis dizer que ela espalha a palavra de Deus, em meio ao próprio povo.

Erecan não parecia impressionada.

— Ela sabe usar uma espada?

Flávio pensou por um momento, olhando novamente para cima.

— Ela sabe correr. Muito rápido e por muito tempo.

— Então temos utilidade para ela. Quando esta batalha terminar, deve ir buscá-la.

Ela conduziu o cavalo para seguir Macróbio e virou-se para trás.

— E ela pode trazer Deus, se quiser — acrescentou. — Precisamos de toda a ajuda que pudermos encontrar.

Erecan se afastou a galope e Arturo apareceu ao lado de Flávio. Trazia o elmo que Aécio dera ao sobrinho quando foi nomeado tribuno e que Flávio entregara a Arturo quando atravessaram o canal para a Bretanha. Um elmo dourado não tinha lugar na cabeça de um soldado de infantaria que não combatia mais por Roma; ali, era um elmo adequado apenas para um rei. Flávio lembrou-se de quando conheceu Arturo, andando pelo deserto africano, vestindo a sotaina de um monge, um homem que renegara o combate e os prazeres terrenos por uma vida de contemplação, que dera as costas a seu povo enquanto os bárbaros invadiam. Sorriu consigo mesmo da lembrança, vendo o rei guerreiro endurecido pela batalha agora diante dele.

— E *você*, está pronto?

Arturo colocou o elmo e respirou fundo. Tirou a espada da bainha e apontou o vale.

— *À guerra.*

# Nota do Autor

As páginas seguintes dão um breve acompanhamento histórico ao romance, inclusive o relato do extinto mundo romano no Ocidente, a administração do império, o cristianismo, Santo Agostinho e Pelágio, e o exército romano no quinto século d.C., e termina com um resumo das fontes históricas e arqueológicas do romance.

## O mundo romano tardio no Ocidente

Quase seiscentos anos se passaram desde a época de *Total War-Rome: Destruição de Cartago*, meu primeiro romance nesta série histórica. Depois de ser uma república iniciante flexionando seus músculos no Mediterrâneo, Roma tornou-se o centro do maior império que o mundo já conheceu, sua influência estendendo-se do estreito de Gibraltar à baía de Bengala, e da margem do Saara à extremidade norte da Bretanha. No centro de tudo isso estava o exército, pilar da força romana, à medida que os séculos se desenrolavam. Enquanto ditadores tornavam-se imperadores, o império oscilava sob a corrupção e a ambição pessoal, a pressão bárbara nas fronteiras tornava-se muito forte para conter e o populacho caía sob influência de uma nova religião. Um ponto crítico fundamental aconteceu durante os reinados dos imperadores Diocleciano e Constantino o Grande, no final do terceiro e início do quarto séculos d.C. Diocleciano reformou o exército, dificultando para que possíveis usurpadores o reunissem para sua causa e tornando-o mais eficaz nas fronteiras, e dividiu o império administrativamente em dois; Constantino adotou oficialmente o cristianismo como a religião do Estado e transferiu a principal capital imperial de Roma para a antiga colônia grega de Bizâncio, no Bósforo, a nova cidade chamada Constantinopla.

O período do Império Romano tardio no Ocidente refere-se ao século e meio entre esses imperadores e a queda do último imperador do Ocidente, em 476 d.C. A primeira metade deste período foi uma época de restauração da prosperidade e da segurança, enquanto as reformas de Diocleciano e Constantino tinham um efeito positivo. Quem visitasse Roma teria visto uma cidade maior do que havia sido no passado, com novas e magníficas basílicas, inclusive a igreja de São Pedro. Mas a segunda metade foi uma questão inteiramente diferente. Nenhuma flexibilidade estratégica, nenhum tratado ou concessão pôde conter a ameaça bárbara nas fronteiras do Reno e do Danúbio, e era inevitável uma ruptura no tecido do império. Em 376 d.C., na Batalha de Adrianópolis, o exército romano oriental e ocidental combinado foi derrotado pelos godos, que avançaram inexoravelmente pela Grécia e a Itália, até saquearem a própria Roma — um golpe psicológico arrasador do qual o Ocidente jamais se recuperou verdadeiramente. Apesar de comandantes capazes, o exército romano estava paralisado por imperadores fracos, mais preocupados em posicionar o exército para garantir sua própria segurança do que defender as fronteiras. Outros exércitos bárbaros seguiram os godos, de vândalos a saxões, os primeiros marchando pela Gália e a Espanha e os últimos obrigando a retirada romana final da Bretanha. Estava montado o palco para o extraordinário pano de fundo histórico deste romance, uma história de tragédia e inevitabilidade, mas também de coragem e bravura militar, contra tudo e contra todos, feitos que colocam as realizações do exército romano tardio junto daquelas de seus ilustres antepassados de séculos anteriores.

Nos anos 430 d.C., época da abertura deste romance, Roma era um lugar em transformação. Uma parte significativa das classes administrativas agora tinha ascendência bárbara, resultado de chefes tribais germânicos pacificados que enviavam os filhos à Itália para ser educados, de mercenários germânicos no exército acendendo a altas patentes e do casamento inter-racial. Assim como as pessoas viviam com mais medo do que nunca da invasão bárbara, do mesmo modo se toldava a distinção étnica entre romano e bárbaro. Estilicão e Flávio Aécio, os dois comandantes militares romanos mais capazes do século

V, eram respectivamente de ascendência vândala e goda, e muitos entre os soldados comuns tinham ancestrais que foram inimigos mortais de Roma nas florestas para além do Reno e do Danúbio apenas algumas gerações antes.

Também ocorriam mudanças significativas no estilo de vida e na cultura material. Os pergaminhos eram substituídos por códices, livros como os conhecemos hoje; as togas eram descartadas em favor de calças e túnicas. O antigo sistema monetário, baseado no denário de prata, deu lugar a um novo padrão de ouro na forma do *solidus*, com a cunhagem em prata e em metal básico sem ampla aceitação, como resultado da corrupção e da instabilidade econômica. A aparência da cidade de Roma, não mais capital do império, também mudava. Na época de meu primeiro romance, ambientado no segundo século antes de Cristo, o Coliseu, o Panteão e os palácios imperiais ainda seriam construídos; no quinto século d.C., já eram monumentos do passado; a última exibição de gladiadores no Coliseu acontecera em 386 d.C. e os palácios agora eram secundários às novas capitais imperiais em Constantinopla, no Oriente, e Milão e Ravena, no Ocidente. As construções que sobreviveriam — templos, tribunais e anfiteatros — em geral só ficaram de pé porque foram convertidas em lugares de adoração cristã. O século V também viu os primórdios de uma nova ordem, que, contudo, veio a ruir perante o estabelecimento do mundo que reconheceríamos como medieval; e por trás dessa queda às trevas, estava um comandante de guerra bárbaro mais do que qualquer outro, a temida figura de Átila, o Huno.

## Administração do império

Os primeiros imperadores costumavam alegar que eram meros guardiões da república, que o título *princeps* era apenas outra versão do antigo título emergencial *dictator* assumido por Júlio César para guiar a república pelas guerras civis. Naturalmente, isto era uma ficção; depois de Augusto, a Roma antiga nunca voltou a ser uma república. Mas sobreviveram suas principais instituições administrativas, em particular o Senado, e a forma legada de administração provincial estabelecida na república tardia forneceu uma planta-baixa para o império. O sucesso deste sistema nas novas províncias dependia do fortalecimento da elite nativa — estimulando-os a assumir papéis administrativos nas cidades e a ver o que havia de atraente na romanização.

Se pensarmos nos grandes monumentos pelo império, nos anfiteatros, aquedutos e basílicas, poucos foram de fato encomendados e financiados por Roma; muitos foram o resultado da generosidade competitiva entre aristocratas nativos romanizados, homens que queriam fortalecer seu prestígio e garantir a eleição a um cargo. Em uma província como a Bretanha, a maioria do povo com estilo de vida romano era de nativos, os soldados da reserva compondo a única população imigrante de porte, integrada pelo casamento — e os veteranos nem sempre eram eles mesmos romanos, ou sequer da Itália. Este sistema se provou um meio eficaz de manter a paz e a prosperidade nas províncias, estimulando uma geração rica o bastante para manter uma alta taxa de impostos e proporcionando a base para sua coleta pelo desenvolvimento de cidades e redes viárias.

As circunstâncias que levaram às reformas do imperador Diocleciano foram uma ruptura maciça em seu sistema administrativo durante o terceiro século d.C. — um período que viu mais de trinta imperadores, bem como um aumento da pressão bárbara nas fronteiras e um colapso econômico que ameaçava ao mesmo tempo o abastecimento de comida para o exército e o metal precioso necessário para seu pagamento. Em vez de tentar reconstituir o antigo sistema, Diocleciano e seus conselheiros criaram uma estrutura mais rígida, baseada em províncias menores, organizadas em "dioceses". A antiga província da África Proconsular, por exemplo, transformou-se nas três províncias de Bizacena, Zeugitânia e Tingitana; a Bretanha tornou-se Britannia Prima e Britannia Secunda. Mais tragicamente, ele dividiu o império em Ocidente e Oriente, com uma tetrarquia governante composta de um "Augusto" maior e um "César" menor em cada uma. Ao fazer isso, preparou o caminho para Constantino criar a nova capital imperial no Bósforo e para a mudança na Itália, afastando-se de Roma para Milão e Ravena. Além de ser uma questão de comodidade administrativa, a divisão de Diocleciano reconhecia as diferenças sociais, econômicas, linguísticas e religiosas arraigadas entre Oriente e Ocidente, e, por fim, levou a sua criação formal como impérios separados em 386 d.C. Na época deste romance, portanto, os soldados do exército do Ocidente não teriam de jurar aliança a um imperador "maior" em Constantinopla, mas a seu próprio imperador na nova capital ocidental de Milão.

Os imperadores romanos tardios em geral nos parecem mais autocratas e despóticos do que seus predecessores. Em parte, isto foi uma consequência do maior controle estatal sobre as atividades econômicas, inclusive a produção de alimentos e equipamento para o exército, bem como a obrigação de o povo se limitar a suas ocupações, tornando muitos trabalhos hereditários por lei.

Outro fator foi a alteração no foco para o Oriente, onde era mais profundamente arraigada a tradição de reis semideificados. Enquanto em Roma o imperador e sua família foram uma presença visível, em Constantinopla e nas novas capitais na Itália a corte imperial era mais distante e majestosa. Esta distância está incorporada na estátua de Constantino erguida em sua nova basílica no fórum em Roma: colossal, altamente estilizada e fitando os céus, em vez de olhar o povo, ironicamente encomendada quando ele estava prestes a renunciar à religião pagã e ao culto imperial. Se olharmos os retratos cunhados dos imperadores ocidentais durante o século seguinte, a imagem é variada, alguns mostram o realismo de imperadores-soldados, para quem o despotismo significava ser obstinado e brutal, em vez de qualquer tipo de imagem pessoal elevada. Os problemas surgiram por tentativas de sucessão dinástica em que imperadores fracos eram apoiados por homens com ambições sinistras; comandantes capazes de exército, como Estilicão e Aécio, podiam passar mais tempo combatendo intrigas da corte do que a invasão bárbara. Isto, bem como a rixa dinástica, viria a se provar uma parte importante da ruína do Ocidente romano como uma entidade administrativa no quinto século d.C.

# Cristianismo

Uma enorme mudança na Antiguidade tardia foi o surgimento do cristianismo como religião de Estado. Sua adoção nasceu da guerra — uma visão em batalha fez o imperador Constantino se converter ao cristianismo, levando a sua aceitação pelo Estado em sua morte, em 331 d.C. O cristianismo parecia oferecer mais ao povo do que a religião romana pagã. Em sua forma inicial, três séculos antes de Constantino, o cristianismo era menos uma *religião* — no significado latino original da palavra, uma "obrigação" — do que um curso de ensinamentos morais, mais filosófico, interativo e relevante à vida cotidiana do que a religião pagã. Era, inclusive, receptivo a todos, enquanto a religião pagã, no nível do Estado, era exclusiva e remota, limitando a participação nos rituais aos sacerdotes e privilegiados. Em uma época em que a crueldade volúvel era lugar comum, a tradição judaico-cristã proporcionava um código de moralidade que tinha poucos precedentes no mundo clássico; não havia equivalente aos dez mandamentos na Roma pagã, apenas obrigações de sacrifício e veneração e ameaças de represálias divinas contra aqueles que não cumprissem os ritos. O cristianismo atraía os oprimidos, mostrando-lhes como ter forças com uma vida abertamente moral, e assim proporcionava consolo aos menos privilegiados, que eram severamente limitados a sua alçada no mundo antigo para a melhoria social ou o ganho material.

Seria equivocado, porém, pensar que aqueles no poder em Roma que tornaram o cristianismo a religião do Estado tenham sido influenciados por esses fatores. Para Constantino, o Grande, era mais uma questão de *realpolitik* do que revelação pessoal, apesar de sua alegação de ter "visto a luz" na batalha contra seu rival Magêncio em 312 d.C. Constantino provavelmente sabia como os governantes sassânidas da Pérsia — arquirrivais de Roma no Oriente — usaram o monoteísmo para proveito próprio, subordinando o zoroastrismo para fortalecer a própria base de poder. Os imperadores romanos, já no século III, estimularam a adoração de Sol Invictus, "o Sol Invencível", semelhante à adoração do Deus Sol no antigo Egito, e o alinharam com o culto imperial. Deste modo, prepararam o caminho para a transição ao deus judaico-cristão único depois de 331 d.C.

Com a conversão ao monoteísmo, o imperador perdia seu status divino, a base para o culto imperial — não podia mais ser um deus —, porém esta concepção foi rapidamente substituída pela do imperador como divinamente nomeado, como o escolhido de Cristo, igual aos apóstolos. Por conseguinte, os primeiros imperadores cristãos podiam até ser mais divinos em seu comportamento do que os predecessores, alguns exercendo poderosamente esta nova imagem, porém os mais fracos existindo como pouco mais do que símbolos, vivendo remotamente em seus palácios, marionetes nas mãos dos homens fortes que realmente administravam o império.

De outras formas também, a transição para o cristianismo de Estado representou menos uma sublevação do que se poderia imaginar. A antiga "tríade capitolina", os deuses Júpiter, Juno e Minerva, traduzia-se na Santíssima Trindade de Pai, Filho e Espírito Santo. A Mater Magna foi incorporada na Virgem Maria e os muitos santos que logo proliferaram na Itália e em outros lugares tomaram o lugar de deuses locais pagãos. A ideia de padres divinamente ordenados, como intermediários necessários entre o povo e Deus, deu ao clero um status semelhante ao do antigo sacerdócio, aprimorado pelo desenvolvimento de rituais e liturgias arcanas que posteriormente o distanciaram do povo. O cristianismo começava a assumir muitas daquelas feições que afastaram o povo da religião pagã. Como Constantino havia previsto, o caráter inclusivo do cristianismo — o tamanho de sua congregação — implicava que a população podia ser controlada por intermédio da Igreja. A origem da moralidade cristã na pobreza e na abstinência era adequada a um império de tributação alta, cargos hereditários e servidão para muitos cidadãos, que eram quase escravos, mas que, como cristãos, provavelmente aceitariam melhor seu quinhão. Longe de ser uma transição para o esclarecimento depois de um passado pagão cruel e amoral, o cristianismo tornou-se um meio para uma administração totalitária controlar e oprimir uma população que, de outra forma, entraria em colapso na anarquia e se voltaria contra o imperador.

Na época deste romance, cem anos depois de Constantino, muitas instituições do cristianismo tardio tornavam-se bem estabelecidas, inclusive o papado, o bispado e os mosteiros, os primeiros dos quais situavam-se nas aldeias rurais fortificadas típicas deste período. O sistema de datação romana mudou do *ab urbe condite*, "da fundação da cidade", para *anno domini nostri iesu*, do ano do nascimento de Nosso Senhor, uma data fixada pelo monge trácio Antesius. Nas cidades, havia a necessidade premente de construções com tamanho suficiente para receber grandes congregações, proporcionar "casas de Deus". Em Constantinopla, esta necessidade foi atendida pela grande igreja de Santa Sofia, sua forma em cúpula influenciando o projeto de muitas igrejas no Oriente, bem como as primeiras mesquitas no século VII. Em Roma, foram os antigos tribunais ou "basílicas" — termo originalmente derivado do grego para "rei" e que significava "palácio" — que proporcionaram o plano básico, seu projeto oblongo em colunatas com um apse numa extremidade sendo visto nas primeiras igrejas basílicas, como a de São Pedro. Além disso, muitos templos pagãos transformaram-se em igrejas, como, por exemplo, o Panteão em Roma e outras construções como o Coliseu, que foram consagradas como lugares santos devido a sua associação com o martírio cristão primitivo, garantindo ironicamente sua sobrevivência nos tempos modernos.

Apesar da história inicial do cristianismo, antes de Constantino, como uma religião perseguida, não houve represálias sistemáticas contra aqueles que continuavam a praticar a religião pagã depois de 331 d.C.; estaríamos equivocados em projetar no período romano uma visão condicionada por nossa imagem de extrema intolerância religiosa pela Igreja ocidental no período medieval. No todo, o cristianismo se mostrava atraente às massas e a conversão forçada era desnecessária. O sacrifício pagão foi proibido, mas não o politeísmo. A religião pagã continuou a ter suficiente virtude para que o imperador Juliano "o Apóstata", em meados do século IV, retornasse ao politeísmo e à perseguição durante seu reinado. Dos quatro principais historiadores do século V, o primeiro deles, Eusébio, era profundamente anticristão, atribuindo os infortúnios do império à rejeição de antigos deuses e à adoção do cristianismo. No exército romano, não pode haver dúvida de que ainda perduravam práticas pagãs profundamente arraigadas, inclusive a adoração de deuses tradicionalmente preferidos por soldados, como Mitras, Ísis e Sol Invictus.

No seio da Igreja, as diferenças no estilo de adoração cristã tornavam-se cada vez mais evidentes entre Oriente e Ocidente, resultando nas distinções que existem até os dias de hoje entre as Igrejas de Roma e Constantinopla. À medida que essas diferenças tornaram-se institucionalizadas, os teólogos envolveram-se em debates sobre questões de doutrina e prática que ficaram cada vez mais obscuros — um paralelo com a tradição sofista do debate filosófico no período clássico tardio, tratando mais do estilo do que da essência. Apesar de sua natureza em geral recôndita, esses debates resultaram em "cismas" que levaram adeptos de uma ou outra posição a serem marcados como hereges e perseguidos, frequentemente até a morte; um número maior de cristãos foi morto por seus colegas de crença desta forma do que atirados aos leões pelos imperadores pagãos, um lado sombrio do cristianismo no Ocidente que mancharia sua história pelos muitos séculos futuros.

## Santo Agostinho e Pelágio

Dois eruditos do início do século V que figuram neste romance destacam-se por seu impacto sobre o pensamento cristão primitivo e pela relação entre o cristianismo romano e a conduta de guerra nas últimas décadas do Império do Ocidente. O primeiro foi o bispo Agostinho de Hippo Regius na África do Norte, mais tarde canonizado como Santo Agostinho; o segundo foi um monge de provável origem bretã chamado Pelágio. Sabemos muito sobre Agostinho porque suas ideias tornaram-se parte do pensamento cristão dominante no Ocidente, por meio de suas duas maiores obras escritas, as *Confissões* e *A Cidade de Deus*; Pelágio, por outro lado, foi marcado como herege e nenhum de seus escritos originais sobreviveu.

*A Cidade de Deus*, de Agostinho, pode ser vista como uma resposta às invasões bárbaras de sua época, bem como à fraqueza endêmica que ele via no Estado romano, levando-o a desprezar impérios terrenos e afirmar que o único império triunfante seria o reino espiritual da Igreja, sua "Cidade de Deus". Era uma posição que encontraria poucos seguidores na liderança do exército, que procurava por uma Igreja militante para proporcionar um ponto de convergência aos soldados em campo, em vez de uma Igreja que abandonara as questões terrenas e olhava apenas para os céus. Por outro lado, muitas outras afirmações de Agostinho agradavam ao clero e ao Estado porque serviam para fortalecer o poder da Igreja sobre o povo, inclusive sua crença de que os bispos e padres eram ordenados divinamente e que o favor ou a "graça" divina era um pré-requisito da ação humana, algo que exigia a intervenção de padres e os rituais da Igreja que se tornavam estabelecidos neste período.

Foi esta última questão que colocou Agostinho em desacordo com Pelágio, que argumentava que os atos humanos não precisavam de orientação divina ou sacerdotal e que o povo podia se comportar segundo seu livre-arbítrio. O pensamento de Pelágio pode refletir a tendência do individualismo na vida espiritual da Bretanha romana e do antigo mundo celta do noroeste da Europa, entre as pessoas atraídas aos ensinamentos de Jesus quando chegaram à Bretanha no início do império, mas que eram menos receptivas à Igreja romana desenvolvida posteriormente.

O legado desta tradição distintamente do nordeste europeu, em divergência com a Igreja de Roma, pode ser visto mil anos depois na Revolução Protestante e na disseminação do não conformismo na Europa e em outros lugares. O desenvolvimento do pensamento religioso no século V, portanto, não só tem influência direta sobre a estratégia militar da época — se o império "terreno" era ou não digno de combate —, como também sobre nossa compreensão do mundo cristão de hoje.

## O exército romano em V d.C.

O exército romano tardio era muito diferente do exército republicano de meu romance anterior desta série, *Total War-Rome: Destruição de Cartago*. O perigo em olhar para eras passadas, onde parecia possível a generalização, tal como a Roma antiga, é o de diminuí-las e aplicar uma imagem bem documentada — de soldados, de estilo de vida, tipos de construção — a todo o período, quando na realidade estamos falando de um enorme intervalo de tempo; os seiscentos anos entre o sítio da Cartago púnica no século II a.c. e as invasões hunas no quinto século d.C. cobrem quase o mesmo período de tempo entre a Batalha de Agincourt e os dias de hoje. Em parte, as mudanças que observamos no exército romano tardio refletem as evoluções que devemos esperar ver por um período de tempo tão longo, mas também devem muito às reformas impostas pelos imperadores Diocleciano e Constantino, mencionados anteriormente.

Em muitos aspectos, sabemos menos sobre o exército romano tardio do que de seu predecessor republicano. Para o exército no século II a.C., temos o extenso tratado militar de Políbio, enquanto nenhum dos historiadores de V d.C. cuja obra sobreviveu era soldado ou estava muito interessado em detalhes militares. Os *Notitia Dignitatum*, catálogos do quarto século d.C. de cargos do império, fala-nos muito das estruturas superiores de comando, mas pouco da organização no nível da unidade. Ao contrário do início do império, há poucas lápides na Antiguidade tardia com inscrições trazendo informações da carreira militar de um soldado, ou acúmulo de provas arqueológicas e de inscrições de fortificações onde a ocupação por unidades individuais foi mantida por longos períodos. Além disso, poucos sítios e batalhas da Antiguidade tardia foram vitórias cabais para os romanos, e mesmo estes raras vezes foram registrados em relatos de testemunhas oculares ou em mais do que algumas linhas de texto, em geral sem detalhar a tática ou as unidades envolvidas.

Mais uma vez, devido a nossa tendência à miopia, a unir evidências fragmentadas que na realidade estão amplamente dispersas no tempo — mesmo no contexto do exército romano tardio do Ocidente, falamos de um período de um século e meio, de Constantino, o Grande, à queda do Império do Ocidente em 476 d.C. —, alguns relatos modernos do exército romano tardio podem apresentar um quadro espantosamente complexo, enquanto que, se quisermos conhecer o quadro em detalhes a qualquer altura do tempo, ele pode parecer mais organizado e racional. O que mostra a aparente diversidade de patentes e títulos de unidade, em particular quando avançamos no século V, é um exército em evolução e reformulação rápida em resposta a ameaça externa, discórdia interna e a incorporação crescente de unidades bárbaras em suas fileiras, tudo isso ofuscado pelo conhecimento de que o exército em breve teria de enfrentar um inimigo das estepes da Ásia em um confronto tão decisivo quanto qualquer outro na longa história de Roma.

Nosso adjetivo "bizantino", para indicar algo excessivamente detalhado e complicado, vem do nome da antiga colônia grega no Bósforo onde foi construída Constantinopla. O termo "bizantino" costumava ser usado em referência ao Império Romano do Oriente, desde sua criação no século IV d.C. até a queda final de Constantinopla para os turcos em 1453. À primeira vista, o exército romano tardio pode parecer "bizantino" em sua organização, excesso de administração e paralelos com a complexidade da nova governança provincial criada no quarto século.

Porém, mergulhando mais fundo, chegamos mais perto dos próprios soldados e é possível ver como este retrato pode dar uma impressão equivocada de sua eficácia como força de combate. Em muitos aspectos, o exército imperial inicial era controlado com mais rigidez e menos flexível, com as legiões tendo algo do caráter intratável dos regimentos europeus de linha do século XVIII e início do XIX. Se deixarmos de lado a aparente complexidade da organização de nível superior, podemos ver um exército no século V em que a maior responsabilidade tática era transferida a unidades menores, com mais flexibilidade dada aos comandantes em um nível inferior e mais iniciativa sendo esperada de cada soldado. Foi isto que conferiu força ao exército romano tardio e é algo que tentei abordar neste romance.

## Oficiais e outras patentes

Em grande medida, encerrou-se o *cursus honorum*, a sucessão de cargos militares e civis que formava uma estrutura de carreira fixa para um romano de classe senatorial ou equestre no início do império. No começo do século V, os filhos de aristocratas ainda seriam "comissionados" como oficiais menores, mas somente depois de ter passado pela escola de tribunos. Enquanto a academia de oficiais do século II a.C. de meu primeiro romance desta série era uma conjectura, a *schola militarum* do império tardio é atestada historicamente, precursora das modernas academias como Sandhurst e West Point. Uma diferença fundamental de minha academia anterior é que os alunos na *schola militarum* incluíam muitos ex-oficiais "não comissionados", homens recomendados pelo *magister* de seu exército de campo ou pelo *dux* de sua unidade de fronteira, o que significava que o corpo de oficiais do exército romano tardio incluía mais homens saídos das fileiras do que aconteceu no início do império. Isto conferia um espírito muito diferente ao serviço militar, onde qualquer *milites* podia aspirar ao alto comando e muitos imperadores-soldados e *magister milites* eram eles próprios homens de origem humilde que ascenderam por mérito militar e não por privilégio de nascimento.

A antiga patente de centurião persistia em algumas unidades, inclusive aquelas que ainda levavam o título de *legio*. Porém, a legião conhecida do início do império, composta de até 7 mil homens e dividida em coortes e centúrias, deixou de existir no século V, e unidades que ainda traziam este título não eram diferentes das outras unidades menores, em geral chamadas de *numeri* — muitas com uma força nominal de talvez mil ou quinhentos homens — que formavam os blocos fundamentais do exército romano tardio. O papel do centurião no comando de uma unidade com o porte de companhia agora é assumido por um tribuno que, como vimos, pode ser tanto um jovem oficial como o veterano promovido das fileiras. A predominância de veteranos como comandantes de unidade teria imposto um ônus específico sobre um tribuno a ser nomeado sem experiência em campo, seus homens sendo menos deferentes a seu status social do que seriam no início do império, esperando que ele conquistasse seu respeito da forma difícil, pela liderança em batalha.

"Tribuno" é melhor compreendido não como uma patente verdadeira, mas como um título que significa "comandante de uma unidade", sendo o status relativo do tribuno determinado pela unidade envolvida — de modo que o tribuno de um *limitanei numerus*, com talvez oitenta ou cem homens, seria considerado menor do que o tribuno de um *equus comitatenses* ou um *pedes homoerari*, respectivamente uma unidade de guarda de cavalaria de elite ou uma unidade de infantaria maior, de centenas de homens. Em termos modernos, um tribuno pode ser o equivalente de qualquer coisa, de um chefe de pelotão a um comandante de batalhão, de um tenente a um tenente-coronel. Para as fileiras inferiores, os muitos títulos confirmados na Antiguidade tardia para oficiais não comissionados menores e soldados rasos podiam representar uma intercalação de diferentes épocas, como sugeri anteriormente, embora, como o exército britânico moderno, talvez houvesse títulos diferentes para a mesma classe, de acordo com o papel especializado ou a tradição naquela unidade, semelhante a sapador, canhoneiro, cavaleiro, fuzileiro, carabineiro ou sentinela. Neste romance, refiro-me aos soldados rasos por seu título mais comumente atestado, *pedes*, literalmente "soldado a pé", ou *milites*.

## Armas

A armadura e as armas do soldado romano também mudaram drasticamente em relação ao início do império. Desapareceram a armadura *lorica segmentata*, as pernas expostas e as sandálias do legionário; os soldados agora mais provavelmente usavam cotas de malha, túnica e calças, uma imagem que nos parece mais medieval do que romana. A espada curta de ataque gládio e a lança *pilum* dos legionários foram substituídas por um leque de armas que às vezes refletia a origem bárbara de seus usuários, inclusive o arco composto. Os tipos de espada que foram copiados por ferreiros germânicos séculos antes a partir de exemplos gregos, etruscos e romanos primitivos, depois evoluíram para corresponder às táticas de combate bárbaras, tornando-se, por sua vez, a base para as espadas romanas tardias; a tecnologia de armas assim teve seu ciclo completo em meados do quinto século d.C., quando os soldados que combatiam por Roma foram contrapostos como nunca a invasores bárbaros, em um confronto em que o poderio militar romano e a reputação de Roma em seu apogeu não podiam mais exercer influência contra o homem que se via como o próximo imperador do mundo conhecido.

## Organização

O exército do início do império pode ser dividido amplamente em legionários — soldados-cidadãos — e auxiliares, homens das novas províncias que seriam recompensados com a cidadania romana depois de um período de serviço; também incluía unidades irregulares das tribos de fronteira recentemente aliadas, os *foederati*.

Depois que o imperador Caracala garantiu a cidadania universal a homens livres dentro do império em 212 d.C., toldou-se a distinção de status entre legionários e auxiliares, embora as legiões continuassem em seu papel de unidades guarnecidas nas províncias, preparadas para posicionamento, e os auxiliares como unidades de fronteira.

As reformas dos imperadores Diocleciano e Constantino eliminaram esta antiga estrutura militar, substituindo as legiões por *comitatenses*, literalmente "companheiros", e as unidades de fronteira por *limitanei*, tropas de fronteira. Estas novas unidades deram sequência à distinção de papel entre as legiões e os auxiliares, mas houve grandes mudanças na organização interna, em particular entre as legiões e os *comitatenses*. As legiões foram unidades grandes de no mínimo 5 mil homens, com o *esprit de corps* de um regimento moderno, porém um papel tático mais semelhante ao de uma brigada; eram adequados para batalhas convencionais típicas da república tardia, por exemplo, durante as Guerras Púnicas. Os *comitatenses*, por sua vez, compreendiam unidades de oitocentos a mil homens, lembrando mais um batalhão moderno.

A redução do tamanho das unidades tornou o exército de campo mais móvel e flexível, mais adequado a um leque de ações contra invasores bárbaros que provavelmente travariam menos batalhas convencionais. Mas o principal motivo para a mudança talvez tivesse pouca relação com a tática de campo e mais com a segurança do imperador; os comandantes legionários que pretendiam ameaçar a púrpura imperial podiam apelar à lealdade de um grande corpo de homens, enquanto talvez fosse mais difícil um usurpador manejar e mais fácil o imperador controlar unidades menores leais a seus próprios comandantes.

É desconcertante, como vimos, que algumas unidades continuassem a ser chamadas de legiões, por exemplo, a *Legio II Adiutrix* e a *Legio XX Victrix*. Porém, estas parecem ter sido legiões apenas no nome e provavelmente representam uma tentativa consciente de manter alguma continuidade da tradição das primeiras formações a fim de estimular o moral e o recrutamento. Uma comparação pode ser feita no exército britânico atual com a retenção do nome Guarda Negra, o antigo Regimento Real das Highlands, as Terras Altas, para uma companhia do recém-formado Regimento Real da Escócia, o que significa que as tradições e símbolos são mantidos, embora a Guarda Negra tenha deixado de existir como regimento.

Junto com a nova organização, vieram novas estruturas de comando. Acabaram-se os antigos legados, em que os comandantes de legiões e exércitos no campo eram liderados por cônsules ou membros da família imperial. Os *limitanei* de fronteira agora eram liderados por um *dux*, a origem de nossa palavra "duque", ou pelos *comes*, menores, os "condes". Os exércitos de campo *comitatenses* eram comandados por um *magister* e as tropas de modo geral pelo *magister militum*, braço-direito do imperador e na realidade segundo em comando do império.

Para fortalecer ainda mais sua segurança, os imperadores prepararam uma força especial *comitatenses* como seu exército pessoal, e com isso retiraram forças dos exércitos provincianos, substituindo a antiga Guarda Pretoriana por uma nova guarda de elite do palácio, a *praepecti comitatente*.

Esta decisão de priorizar a segurança do imperador em detrimento das defesas de fronteira e das províncias contrabalançava as vantagens táticas da nova organização de *comitatenses* e foi um ponto fraco que nos ajuda a entender a vulnerabilidade do Império do Ocidente a invasões neste período.

## Recrutamento

O exército do início do império era em grande parte uma força de voluntários, dando continuidade à tradição do exército cidadão da república e incluindo soldados de formação marcial nas províncias recém-formadas. Ser um legionário era honroso e estimado, e podia levar à extremamente importante concessão de terras na aposentadoria; ser um auxiliar era um caminho para a cidadania. Mais relevante ainda era o fato de que os soldados eram bem pagos o bastante para que isto fosse um incentivo também ao recrutamento, permitindo a um homem poupar o suficiente para cultivar seu pedaço de terra na aposentadoria e sustentar uma família, melhorando sua situação social e as perspectivas de aprimoramento de seus filhos.

Grande parte deste quadro mudou no império tardio. A concessão de cidadania universal no regime de Caracala, em 212 d.C., reduziu o incentivo para os homens se unirem como auxiliares.

A crise do século III, uma época de anarquia que viu mais de trinta imperadores, presenciou também sucessivos imperadores depreciarem a cunhagem da prata até que o pagamento dos soldados quase não tinha valor nenhum. Mesmo depois de recriado o padrão ouro, o pagamento dos soldados nos séculos IV e V era notadamente irregular e em geral não existia; os soldados, em vez disso, passaram a depender dos imperadores ou de comandantes abastados para a doação de grandes somas, um sistema que podia permitir que a lealdade de um exército fosse comprada pelo imperador ou por uma facção adversária em uma época em que o exército não devia ter sido afetado pelas manobras políticas, marchando com toda determinação contra a ameaça bárbara.

Como é bastante sugestivo, a base tradicional para o recrutamento voluntário desapareceu em grande parte no século IV e muitos *comitatenses* e *limitanei* eram soldados sob alguma forma de coação — alguns em lugar de impostos, enquanto um pai podia enviar um dos filhos para o exército como substituto por suas obrigações em dinheiro ou bens em espécie. Como acontece com qualquer exército convocado, o moral e o *esprit de corps* não eram garantidos; poucos homens teriam lutado pela glória de Roma, menos do que seus ancestrais legionários e é de se pensar que existiam muitos cínicos e individualistas entre suas fileiras. Entretanto, às vezes são estes homens, em um exército de convocados, sob a coerção da guerra, que se provam os soldados mais capazes e imaginativos, e assim o alistamento no exército romano tardio não era necessariamente um ponto fraco. Embora pudessem começar com relutância, os convocados tendiam a desenvolver uma determinação em face da guerra total, na qual seus lares e famílias eram ameaçados — como certamente aconteceu na Itália depois do saque de Roma pelos godos em 410 d.C. —, e um orgulho de sua capacidade e daquela de suas unidades. A maior lealdade desses homens seria para com seus camaradas e comandantes que combatiam junto deles e angariavam seu respeito, reforçando o foco transmitido da pequena unidade do exército romano tardio, em contraste com as legiões do passado.

Assim como os oficiais de "entrada direta" — jovens tribunos de formação aristocrata —, o aspecto profissional restante do exército romano tardio estava no recrutamento voluntário contínuo de soldados de regiões com fortes tradições marciais, em particular a Panônia, perto do Danúbio, e o norte dos Bálcãs, e sobretudo no influxo de bárbaros que recentemente tinham sido inimigos de Roma. No início do império, oferecer a inimigos recém-pacificados termos favoráveis de serviço no exército foi uma maneira de romanizar os nativos e lhes dar uma válvula de escape para o fervor marcial que de outra forma poderia levar à inquietação e à rebelião. No império tardio, por sua vez, os comandantes de guerra germânicos recém-colonizados por tratados na Gália e na Espanha não foram derrotados nem desarmados, e viam o serviço no exército romano como uma ocupação admirável para seus filhos, bem como um meio de defender seu próprio território recém-adquirido contra a ameaça bárbara. Os bárbaros no exército romano podiam ir de unidades de *foederati* nas fronteiras, alguns pouco mais do que bandos errantes de guerreiros, a oficiais que chegavam à patente de comandante do exército, algo que não se tem registro no início do império.

As capacidades desses homens de formação bárbara como guerreiros, bem como os convocados endurecidos e cínicos da Itália e das antigas áreas provincianas, ajudam a explicar a extraordinária resistência do exército romano em suas últimas batalhas no Ocidente; estas foram batalhas vencidas menos pela estratégia e a manobra do que pela capacidade de cada soldado de combater um inimigo feroz na luta corpo a corpo, a essência de qualquer reconstrução das hostilidades neste período fundamental da história antiga.

# Fontes do Romance

A "espada de Átila" é um artefato genuinamente atestado, descrito por Prisco de Panio em uma citação no início deste romance. Prisco, personagem da história, é nossa principal fonte para Átila e os hunos no quinto século d.C. e praticamente tudo que pode ser dito sobre Átila deriva ou de seus relatos remanescentes, ou de fontes posteriores que podem ser atribuídas a ele. Prisco nasceu em Panio no mar Propôntida, perto de Constantinopla, por volta de 420 depois de Cristo, e com seu amigo Maximino — jovem oficial do exército — foi para a corte de Átila em nome do imperador do Oriente Teodósio em 449 d.C., apenas dois anos antes da grande ofensiva de Átila no Ocidente.

Prisco era sobretudo um erudito, autor de obras de retórica bem como de extensas histórias do Império do Oriente e de Átila, e o texto sobrevivente de sua expedição à corte do rei huno fornece uma das narrativas em primeira mão mais vívidas a chegar a nós da Antiguidade clássica. Dele, sabemos detalhes dos hunos para os quais não há outras evidências, inclusive a construção de madeira "ininterrupta" da fortaleza de Átila, o ritual de marcar as faces de um guerreiro e o papel do xamã. Prisco também nos dá um senso da imensa complexidade deste período, uma época de intriga e maquinações contínuas nas cortes, tanto do Império do Oriente de Teodósio, como no ocidental de Valentiniano.

Como os hunos foram um povo nômade e só construíam em madeira, nas poucas vezes em que construíam, as provas arqueológicas de sua existência são muito limitadas, excluindo-se as descobertas ao acaso em sepulturas. Algumas geraram esqueletos de homens e mulheres cujos crânios mostram claros sinais de achatamento, resultando na testa oblíqua, descrita neste romance. Uma descoberta de destaque foi um túmulo encontrado em 1979 perto do mosteiro beneditino de Pannonhalma, não muito longe de Budapeste. Entre os achados, estavam magníficos adereços de folha de ouro para cavalos, a base para os adornos equestres de Mundiuk no prólogo deste romance, bem como a bela espada que aparece na capa deste livro, seu punho cercado por faixas de ouro decoradas e a bainha também adornada em ouro.

Está claro que os ferreiros hunos eram artesãos muito habilidosos e que a veneração da espada tinha raízes profundas; quase mil anos antes de Prisco, o historiador grego Heródoto descreveu que os citas veneravam o seu deus da guerra na forma de uma espada de ferro, colocada em um monte feito de gravetos e que não só gado bovino e equino, mas também inimigos capturados eram sacrificados diante destes altares: "(...) Cortam o pescoço de suas vítimas, recolhem o sangue, carregam-no ao alto do monte e despejam sobre a espada. Ao pé do altar, cortam o braço direito e o ombro do corpo e os jogam no ar, deixando o braço onde cai. Os troncos jazem separadamente" (*Histórias*, 4.62).

Infelizmente para nós, Prisco não era um historiador militar, dando poucos detalhes de campanhas e batalhas, e seu trabalho remanescente não contém nada sobre os dois enormes confrontos retratados neste romance. Apesar de estar no ápice de uma das mais extraordinárias campanhas militares da história, a conquista da Cartago romana pelos vândalos no reinado de Genserico em 439 d.C. é conhecida apenas por algumas linhas de outros historiadores, nenhuma com mais de uma frase de extensão.

Estamos melhor servidos para o que provavelmente foi o maior confronto militar da Antiguidade clássica, a batalha das Planícies Cataláunicas em 451 d.C. entre romanos e visigodos de um lado e os hunos, ostrogodos e gépidas do outro, com numerosos outros aliados em ambos os lados representando a maioria dos povos belicosos na Europa do período. Todos os relatos modernos da batalha derivam de *História dos godos* (*Getica*) de Jordanes, um oficial menor em Constantinopla em meados do século VI que baseou grande parte de seu trabalho — inclusive uma história de Átila e dos hunos — em volumes perdidos de Prisco. O relato que Jordanes faz da batalha cobre mais de 2 mil palavras, mas grande parte dele é formalista — incluindo um discurso de Átila, por exemplo, que deve ser fictício — e existem apenas alguns detalhes topográficos e táticos, inclusive o aparecimento da cumeeira central, a disposição dos exércitos, o regato correndo com sangue e o destino do rei godo Teodorico, "(...) Lançado de seu cavalo e pisoteado pelos próprios homens (...). Dizem alguns, porém, que ele foi morto pela lança de Andag, da hoste dos ostrogodos, que estava então sob influência de Átila" (*Getica*, 40).

Ele também nos conta sobre o cometa que supostamente foi visto na véspera da batalha. Ao avaliarmos Jordanes como fonte histórica, é importante lembrar não só que ele escrevia um século depois da batalha, mas também que sua principal fonte, Prisco de Panio, não foi nem testemunha ocular do confronto, nem historiador militar.

No caso de Cartago, a mera humilhação da derrota e a ausência de um historiador que a tenha testemunhado — um homem como Políbio, que assistiu à conquista romana de Cartago quase seiscentos anos antes — contrabalança um pouco a falta de evidências escritas dos romanos, uma vez que os próprios vândalos não tinham tradição literária. Para as Planícies Cataláunicas, o choque e a exaustão podem ter dominado qualquer um que tentasse descrever a cena, embora houvesse outros fatores. Os principais historiadores do período, cujas obras sobreviveram, homens como Prisco e Jordanes, eram de Constantinopla e estavam mais concentrados nas questões do Oriente. Em Ravena e Roma, qualquer motivo para comemorar a batalha, no máximo uma vitória ambígua para os romanos, logo se perdeu na marcha da história; o próprio Átila não teria sido mais uma ameaça; porém, apenas 25 anos depois, em 476 d.C., seus aliados ostrogodos de outrora invadiram a Itália, tomaram Ravena e declararam rei seu chefe tribal Odoacro, efetivamente dando um fim ao Império Romano do Ocidente.

Os Campos Cataláunicos provavelmente ficam em Champagne, no nordeste da França, perto de Châlons, nome pelo qual a batalha às vezes é conhecida. Para alguns, um fator decisivo nesta identificação foi a descoberta, em 1842, na margem sul do rio Aube, de um túmulo contendo um esqueleto com duas espadas e ornamentos de ouro e prata datados do quinto século d.C. — um deles um anel com a inscrição HEVA, talvez a ser interpretado como descrevi no Capítulo 13 deste romance —, coerente com os bens sepulcrais de um chefe guerreiro godo. A ideia de que este pode ter sido o rei Teodorico, sepultado apressadamente após a batalha, foi proposta pela primeira vez no século XIX e é a base para a cena no Capítulo 16 deste romance.

O chamado "tesouro de Pouan" pode ser visto hoje no Musée Saint-Loup, em Troyes.

Uma figura central neste romance é Arturo, bretão renegado com sangue romano que serve nos *foederati* na Gália, trabalha como agente secreto do *magister militum* Aécio e volta à Bretanha para liderar seu povo contra os invasores saxões. As décadas depois da retirada romana da Bretanha, em 410 d.C., sempre me pareceram o contexto mais provável para tal homem, uma época de tumulto na Bretanha, quando o resultado das invasões era incerto — quando um único líder carismático de qualquer um dos lados podia ter pendido a balança — e também quando a Gália provavelmente estava tomada de veteranos e aventureiros bretões, alguns atentos à situação em sua terra natal. Nos Campos Cataláunicos, por exemplo, é impossível acreditar que os exércitos dos dois lados não incluíssem mercenários bretões, alguns com ancestrais legionários, combatendo ao lado de saxões, anglos, jutos e homens de todas as outras tribos guerreiras com quem seus irmãos e primos lutaram nas fronteiras de Gales e no oeste da Inglaterra. Se Arturo realmente existiu e conseguiu estabelecer um reino, perdido para a história, embora preservado na mitologia, é outra questão deste período obscuro mais fascinante da história antiga, em uma época em que nascia a Europa moderna que conhecemos.

As citações de Amiano Marcelino no Capítulo 7 incluem frases traduzidas de seu *Res Gestae*, sobre os hunos (Livro XXXI) e o comentário de Una no Capítulo 8 sobre a oração do bispo Quodvultdeus de Cartago é uma paráfrase de parte de um sermão atribuído a ele chamado "Inocentes Sagrados". No Capítulo 9, a inscrição vista por Flávio é real, hoje visível na base da Coluna de Trajano em Roma; já aquela entalhada por ordem de Trajano nos penhascos dos Portões de Ferro no Danúbio, no Capítulo 11, a "Tabula Traiana", hoje pode ser vista do lado sérvio, de frente para uma imensa escultura no penhasco do adversário dácio de Trajano, Decébalo, minha inspiração para a ideia de que estes entalhes colossais de dois generais podem ter existido naquela garganta, na Antiguidade. O aumento no nível do rio que levou a Tabula Traiana a ser deslocada à sua posição atual também inundou a ilha de Ada-Kaleh, um porto livre medieval e antro de contrabandistas com "vielas sinuosas" que imaginei já ter esta aparência no quinto século d.C.

Nessa época, no outro lado do mundo antigo, na Etiópia, o extraordinário reino cristão de Aksum chegava a seu auge, como conta Una no Capítulo 8. Para muitos, como Una, Aksum teria parecido um refúgio da perseguição e um lugar para recomeçar a cristandade e foi, sem dúvida nenhuma, uma base para as histórias de uma terra cristã fictícia no Oriente — inclusive a lenda de Preste João — que persistiu até o início da era moderna.

Para outras informações por trás da ficção, inclusive minha própria tradução das passagens de Prisco sobre os hunos e de Jordanes sobre a batalha dos Campos Cataláunicos, bem como imagens da grande espada dos hunos, outros artefatos e locais mencionados no romance, veja www.davidgibbins.com e www.facebook.com/DavidGibbinsAuthor.

# Sobre o Autor

David Gibbins é autor best-seller do *New York Times* e do *Sunday Times*, cujos romances venderam quase 3 milhões de exemplares e são publicados em trinta línguas. É arqueólogo acadêmico por formação e seus romances refletem a longa experiência em pesquisa de sítios da Antiguidade em todo o mundo, tanto terrestres quanto submarinos. Nasceu no Canadá e foi criado lá, na Nova Zelândia e na Inglaterra. Formou-se como primeiro da turma em Estudos Mediterrâneos Antigos na Universidade de Bristol e fez doutorado em arqueologia na Universidade Cambridge, onde foi pesquisador do Corpus Christ College e fez pós-doutorado na Faculdade de Estudos Clássicos. Como professor universitário, ensinou arqueologia e arte romanas, história antiga e arqueologia marítima; além da ficção, é autor de muitas publicações acadêmicas, inclusive artigos nos periódicos *Antiquity*, *World Archaeology*, *The International Journal of Nautical Archaeology*, *New Scientist* e em outras publicações, bem como ensaios e coletâneas, inclusive *Shipwrecks* (Routledge, 2001).

Seu campo de trabalho na arqueologia o levou por toda a região do Mediterrâneo, inclusive Turquia, Israel, Grécia continental e Creta, Itália e Sicília, Espanha e África do Norte, bem como a Grã-Bretanha e a América do Norte. Seus projetos tiveram apoio, entre outros, da British Academy, das British Schools em Roma, Jerusalém e Ancara, da Society of Antiquaries of London, além de uma bolsa de pesquisa do Winston Churchill Memorial Trust. Por várias temporadas, trabalhou em Cartago, chefiando uma expedição de pesquisa das ruínas do porto da Antiguidade. Aprendeu a mergulhar aos 15 anos e chefiou expedições para investigar sítios de naufrágios em todo o mundo, inclusive navios romanos afundados no Mediterrâneo e na costa das Ilhas Britânicas. Foi professor-adjunto do American Institute of Nautical Archaeology enquanto trabalhou por duas temporadas em um naufrágio da antiguidade grega na costa da Turquia.

Tem um antigo fascínio por história militar, em parte originado de uma longa formação nesse campo em sua própria família. Além do profundo interesse por armas e armaduras, coleciona e dispara armas de fogo militares dos séculos XVIII e XIX e produz e reproduz disparos de espingardas de pederneira americanas nas florestas do Canadá, onde faz a maior parte de seu trabalho de escritor. Seus interesses militares refletem-se nos romances anteriores, inclusive as Guerras Púnicas (*Total War-Rome: Destruição de Cartago*), a campanha romana no Oriente (*The Tiger Warrior*), a guerra vitoriana na Índia e no Sudão (*The Tiger Warrior, Pharaoh*) e a Segunda Guerra Mundial (*The Mask of Troy, The Gods of Atlantis*).

Você pode saber mais a respeito de David em seu site www.davidgibbins.com e seguindo-o em www.facebook.com/DavidGibbinsAuthor.

Este livro foi composto na tipologia Dante MT
Std, em corpo 11,5/15,5, e impresso em
papel off-white no Sistema Cameron da
Divisão Gráfica da Distribuidora Record.